Aussicht auf Sternschnuppen

Katrin Koppold

Aussicht auf Sternschnuppen

Aureolus Verlag

Über die Autorin:
Katrin Koppold arbeitete nach ihrer Schulzeit als Journalistin, Fitnesstrainerin, TV-Darstellerin und Pferdepflegerin auf einem Gestüt in Irland, bevor sie sich dazu entschloss, sesshaft zu werden. Heute ist sie Lehrerin und wohnt mit ihrer Familie und ihren zwei Katzen bei München.
Im Sommer 2013 ist mit „Zeit für Eisblumen“ der zweite Band der Sternschnuppenreihe erschienen.

Besuchen Sie mich im Internet:
www.katrinkoppold.de

Inhaber: Katrin Hohme, Marzling
2. Auflage, 2014

Umschlaggestaltung: Stephanie Kirschbaum, Stuttgart
Umschlagabbildung: © Stephanie Kirschbaum, Stuttgart;
Paar: © Anastasia Popova, fotolia.de
Sterne für Kapitelaufmacher/Szenentrenner:
© Spork Thug Typography – dafont.com
Satz: Lektor-Art, Stuttgart

Für Stefan, Nadine und Thomas,
ohne die es dieses Buch nicht gegeben hätte

Ein weiser Mann hat einmal gesagt,
wenn du an eine Weggabelung kommst,
geh' einfach drauf los.
(Zitat aus dem Film „360")

Eins

Für den unwahrscheinlichen Fall, dass ich als überzeugte Katholikin wiedergeboren werde, trete ich in meinem nächsten Leben direkt nach dem Schulabschluss in ein Kloster ein.

Ich stelle es mir wunderbar vor, den ganzen Tag mit andächtigem Gesicht auf Kirchenbänken herumzusitzen oder in stillem Zwiegespräch mit Gott versunken in irgendwelchen Kräutergärten herumzuwandeln. Niemand von meiner verrückten Familie könnte unangekündigt vor der Tür stehen, von mir würde nie mehr erwartet werden, dass ich mich besonders modisch anziehe und bestimmt hätte keine der anderen Nonnen eine Botox-Flatrate. Aber vor allem würden in meinem zweiten Leben als Dienerin Gottes Männer überhaupt keine Rolle spielen und ich würde garantiert nicht unter dem Küchentisch kauern, das Handy meines Freundes in der Hand und folgende Nachricht lesen: *„Caro, non vedo l'ora di rivederti. Angela"*, was ich dank des Volkhochschulkurses Italienisch I mit *„Liebster, ich kann es kaum erwarten, dich wiederzusehen, Angela"* übersetzen konnte.

Erbost drückte ich auf die „Löschen"-Taste. So ein Schuft! Mit mir nicht mehr regelmäßig ins Bett wollen, sich aber eine italienische Geliebte zulegen ... Und das, wo ab dreißig die Chance, ein Kind zu bekommen, jeden Monat um ein Prozent sinkt und ich somit mit sechsunddreißig kurz vor der Menopause stand.

„Warum sitzt du auf dem Boden?"

Ich schreckte hoch und stieß mir dabei den Kopf an der Tischplatte an. Giuseppe, mein Freund, stand nur mit einem Handtuch bekleidet vor mir.

„Dein Handy hat angefangen zu vibrieren und ist vom Tisch gehüpft. Ich wollte es aufheben."

Diese Erklärung ist einleuchtend, nicht wahr? Vor allem, wenn sie von mir kommt. Ich bin nämlich so gradlinig wie eine Laugenstange. Das behauptete jedenfalls meine Schwester Fee. Und ihre Einschätzung meiner Person schien richtig zu sein.

„Seltsam! Das Display zeigt gar nichts an." Giuseppe runzelte die Stirn und drückte ein wenig darauf herum, legte dann aber das Handy kommentarlos auf den Küchentisch zurück. „Ich gehe duschen. In einer Stunde muss ich zum Flughafen."

Er drehte sich um und verschwand im Bad.

Seufzend blickte ich ihm hinterher. Er sah so gut aus! Und er war groß! Endlich ein Mann, neben dem ich nicht wie Averell Dalton wirkte. Ich könnte sogar problemlos hohe Schuhe tragen und immer noch zu ihm aufschauen.

Vielleicht gab es eine ganz harmlose Erklärung für die SMS. Vielleicht hatte eine Verwandte sie geschrieben! Seine Schwester, Mutter oder Oma. Nur leider wusste ich, dass Giuseppe Einzelkind war, seine *mamma*, auch wenn ich sie bisher noch nicht persönlich kennen lernen durfte, Carla hieß und seine beiden Großmütter bereits gestorben waren. Vielleicht war die SMS auch versehentlich an ihn geraten und eigentlich für jemand ganz anderen bestimmt. Das konnte doch sein, oder? Erst vor zwei Wochen hatte ich eine Nachricht von einer Kollegin bekommen, in der sie mich *Puschel* nannte.

Ach, es war zu unfair! Da irrte ich jahrelang auf der Suche nach dem Richtigen durchs Leben, zog eine männliche Niete nach der anderen und kurz vor Schluss hatte ich ihn doch noch gefunden. Mr. Right. Und nun sollte schon wieder alles vorbei sein?

Dabei hatte ich dieses Mal versucht, alles richtig zu machen. Ich hatte einen Italienisch-Kurs besucht, um mich mit Giuseppe in seiner Muttersprache zu unterhalten. Ich war in ein Steak-Restaurant gegangen. Als Vegetarierin! Und nicht nur, dass ich mit ihm zusammen ein Champions-League-Spiel besucht hatte, nein, ich hatte auch noch im Fanbereich der Italiener gestanden. Mein Gott, wie viele Opfer muss ein Mensch denn noch bringen, um die Liebe seines Lebens an sich zu fesseln? Nein, ich konnte es nicht glauben, dass Giuseppe mich betrog. Obwohl, wahrscheinlich konnte ich es doch, denn sonst hätte ich ja die SMS nicht gelesen. Aber ich wusste, wer es definitiv nicht glauben könnte: Fee! Sie würde ich anrufen.

Aus dem Badezimmer heraus ertönten tiefe italienische Baritonklänge. Die Gelegenheit war günstig.

Ich griff zum Hörer. Fee hob sofort ab. Sie hatte ihr Handy immer griffbereit. Ich hatte sie schon beim Sex mit ihrem Freund Sam erreicht, im Flugzeug kurz nach dem Start, selbst auf dem Gynäkologiestuhl war sie einmal ans Telefon gegangen.

„Helga, was gibt´s?"

„Ich brauche deinen Rat."

„Moment." Sie dämpfte ihre Stimme. „Bring sie irgendwie dazu, in den Hamburger reinzubeißen. Ist mir egal wie. Öffne ihren Mund zur Not mit Gewalt. Sie wird schließlich dafür bezahlt." Dann hörte ich sie wieder lauter: „So, jetzt bin ich für dich da?"

Die Gesprächsfetzen lenkten mich kurzfristig von meinem Problem ab und ich hakte nach.

„Wer soll wem mit Gewalt den Mund öffnen?"

Fee seufzte. „Ich stehe gerade am Karlsplatz und drehe ein Porträt mit einer Kandidatin von Germanys Next Topmodel. Mit der, die das Mc Donald-Casting gewonnen hat. Und nun weigert sich die blöde Nuss, einen Burger zu essen. Sie kann das Fleisch angeblich nicht einmal mit dem Mund berühren, weil sie Vegetarierin ist. Und als ich ihr vorgeschlagen habe, lediglich in das Brötchen zu beißen, meinte sie, das gehe auch nicht, weil sie keine Kohlehydrate essen dürfe. Ich hätte ein Leben zu tauschen!"

Das war das Stichwort. Aber ich musste mich kurz fassen. Fee hasste Menschen, die nicht zum Punkt kamen.

„Super! Möchtest du vielleicht meins?“, bot ich ihr an. „Ich habe gerade in Giuseppes Handy eine SMS gefunden. Eine gewisse Angela kann es kaum erwarten, ihn wiederzusehen, und in einer Stunde macht er sich auf den Weg zum Flughafen. Mir hat er erzählt, dass er auf Geschäftsreise in die Toskana muss.“ Also wenn das nicht kurz war!

„Gib mir dreißig Minuten!“ Fee legte auf.

Meine Schwester war in zwanzig Minuten bei mir. Gut, ich wohne mit dem Auto nur fünf Minuten vom Karlsplatz weg. Trotzdem war es mir schleierhaft, wie sie es so schnell geschafft hatte, ein widerspenstiges Model zum Verzehr eines Burgers zu überreden, den Dreh zu beenden und dann auch noch vor meiner Wohnung einen Parkplatz zu finden. Aber sie war schon immer die Energischere von uns beiden gewesen.

Fee arbeitete als Redakteurin bei dem Boulevardmagazin *trend*. Sie jettete um die Welt und interviewte Schöne, Reiche und Leute, die unbedingt ins Fernsehen wollten. Männer wurden bei ihr, abgesehen von unserem Vater und Opa Willy, kategorisch in Hotties und Langweiler eingeteilt. Und so hatte sie aus ihrer Verwunderung noch nie einen Hehl gemacht, dass ich mich nach Arschloch-Olli (Typ *heißes Otto-Katalog-Model*) ausgerechnet in Giuseppe (Typ *langweiliger Aktentaschenträger*) verliebt hatte.

„Das kann nicht sein“, wisperte sie, als sie mit mir zusammen bei einer Tasse Kaffee auf meinem kleinen Balkon saß, während Giuseppe sich im Schlafzimmer anzog. „Für die SMS muss es eine ganz harmlose Erklärung geben. Giuseppe fährt einen gelben Van, er trägt im Bett Schlafanzüge und er geht zur Wirbelsäulengymnastik. Und hattest du nicht erwähnt, dass er darüber nachdenkt, Reitstunden zu nehmen? Tief im Innern seines Herzens ist er bestimmt schwul.“

„Du spinnst doch. Er ist nicht schwul. Er ist nur sensibel und“, ich überlegte einen kleinen Moment, „vielseitig interessiert.“

„Sag ich doch. Schwul. Oder zumindest ein ziemliches Weichei." Sie sah mich eindringlich an. „Helga, Giuseppe hat letztens einen Strafzettel bekommen, weil er auf der Autobahn zu langsam gefahren ist. Wenn er eine Weinflasche öffnet, bin ich fast verdurstet, bis der Korken endlich raus ist. Ich kann es nur wiederholen: Er trägt im Bett Schlafanzüge!" Sie schlug sich mit der flachen Hand auf die Stirn. „Wie zum Teufel soll es so jemand schaffen, zwei Frauen auf einmal zu befriedigen?"

„Na ja, mit dir will er ja schon seit einiger Zeit nicht mehr schlafen", flüsterte eine böse, kleine Stimme in meinem Kopf, die ich aber sofort energisch in ihre Schranken verwies.

„Und wer soll ihm sonst eine solche SMS schreiben, wenn nicht eine Geliebte?", fragte ich lahm. „Caro, non vedo l´ora di rivederti. – Ich kann es kaum erwarten dich wiederzusehen."

„Vielleicht ist diese Angela eine italienische Geschäftspartnerin."

„Eine Geschäftspartnerin würde so etwas nie schreiben."

„Warum nicht? Du kennst doch diese Italiener. Die sind halt manchmal ein wenig überschwänglich."

„Giuseppe nicht."

Fee rollte die Augen gen Himmel. „Nein, Giuseppe nicht."

In diesem Moment betrat der Stein des Anstoßes den Balkon. Trotz des warmen Aprilwetters trug Giuseppe eine schwarze Hose und ein langärmliges hellblaues Hemd mit Jackett und dazu passender Krawatte. Seine lockigen, dunklen Haare lagen nass an seinem Kopf. Misstrauisch beäugte ich ihn. Wirkte er anders als sonst? Schuldbewusster?

„Ich muss gleich los, Cara. Das Taxi wird jeden Moment da sein." Er strich mir kurz über den Kopf und wandte sich dann an meine Schwester. „Felicitas. Ich habe gar nicht gehört, dass du gekommen bist." Obwohl er seit mittlerweile zehn Jahren in München lebte und fehlerfreies Deutsch sprach, hatte er immer noch diesen leicht singenden italienischen Akzent, den ich so sexy fand. Doch meine Schwester konnte er damit nicht beeindrucken.

„ Und? Wohin geht die Reise dieses Mal?", fragte sie kühl.

„Ich muss nach Lucca. Ein wichtiges Projekt, das sich kurzfristig ergeben hat. Leider!" Er zog sich einen Stuhl heran und setzte sich zu uns.

„Oh, da wird Helga aber traurig sein. Wo sie es sich doch schon seit ewigen Zeiten wünscht, einmal in die Toskana zu fahren! Du könntest sie mitnehmen!"

Ich trat ihr unter dem Tisch gegen das Schienbein.

„Das wäre wundervoll gewesen. Aber ich werde wahrscheinlich jede Sekunde arbeiten müssen." Giuseppe zuckte bedauernd mit den Schultern. „Außerdem muss Helga dieses Wochenende ein Seminar halten. Was ist noch einmal das Thema, Cara?" Er legte seine Hand auf meine.

„Argumentationstraining gegen Rechts." Ich zog meine Hand weg. Von wegen Cara ... Seine eigentliche Cara wartete wahrscheinlich schon sehnsüchtig am Flughafen, um mit ihm zusammen zu einem Liebesurlaub nach Italien aufzubrechen. Und solange diese Sachlage nicht geklärt war, wünschte ich keine Zuneigungsbekundungen.

Unten hupte es kurz. Ich begleitete Giuseppe zur Tür.

„Ich rufe dich an", sagte er und nahm mein Gesicht in beide Hände. „Wenn mir dieser isländische Vulkan keinen Strich durch die Rechnung macht, werde ich gegen halb sieben in Pisa sein."

„Im Moment sind nur Ziele im Norden gestrichen." Mit äußerster Anstrengung schaffte ich es, ihm in die Augen zu sehen.

Giuseppe interpretierte meine Stimmung falsch, denn er zog mich noch einmal an sich. „Jetzt sei nicht traurig. Am Dienstag bin ich doch wieder da." Dann gab er mir einen Kuss auf den Mund und war auch schon verschwunden.

★★★

„Warum hast du ihn nicht auf die SMS angesprochen?", zischte Fee mir zu, kaum dass ich den Balkon wieder betreten hatte. „Dann hättest du gewusst, was es mit dieser Angela auf sich hat."

Ich lachte freudlos auf. „Wie naiv bist du? Glaubst du etwa, er sagt mir die Wahrheit, wenn er tatsächlich eine Affäre hat?"

„Keine Ahnung. Aber wenn er gewusst hätte, dass du davon weißt, hätte es ihm zumindest das Wochenende verdorben." Sie sah mich ungeduldig an. „Und was willst du jetzt machen? Abwarten bis Dienstag und ihn dann auf die SMS ansprechen, ihn in Italien anrufen und eine Riesenszene machen oder die ganze Sache auf sich beruhen lassen?"

Ich zuckte die Achseln. Traurigerweise wahrscheinlich letzteres. Eine Riesenszene kam auf jeden Fall nicht in Frage. Im Gegensatz zu meiner Mutter und meinen Schwestern Fee und Mia war ich einfach nicht der Typ fürs Dramatische. Ich würde Giuseppe nie vor Wut, wie Fee es bei einem ihrer Freunde getan hatte, Kaffee ins Gesicht kippen. Schließlich könnte mir das Zeug das Parkett ruinieren. Und ich würde nie wie meine Schwester Mia Porzellan durch die Gegend schmeißen. Schließlich müsste ich dann nachher die Scherben wieder aufkehren und wenn ich nicht alle erwischte, könnte es passieren, dass ich mir an einem Splitter den Fuß aufritzte. Es war ein Jammer mit mir! Allzu oft war ich so mit den Folgen meiner Handlungen beschäftigt, dass es zu der eigentlichen Tat überhaupt nicht kam. Wie sollte ich nur das Wochenende überstehen?

Ein tiefes, schwarzes Loch tat sich vor mir auf und ich sah, wie das Bild von mir, wie ich mit vier dunkelgelockten, kulleräugigen Kindern im Englischen Garten herumtollte, darin verschwand. Stattdessen stieg eine Luftblase auf, in der ich gestochen scharf Giuseppe erkennen konnte, wic er mit einem dunkelhaarigen Penelope-Cruz-Verschnitt auf dem Bett lag und sie leidenschaftlich küsste.

Wann hatte er mit mir in den letzten Wochen überhaupt geschlafen? Einmal hatten wir in den fünf Minuten zwischen Aufwachen und Aufstehen Sex gehabt. Aber das musste kurz vor Weihnachten gewesen sein, denn danach waren wir zur Münchner Freiheit gefahren und hatten einen Christbaum gekauft. Und nun war es Anfang April! Himmel! Das würde ja bedeuten, dass wir seit drei Monaten keinen Sex mehr hatten. Nein! Das konnte nicht sein. Dazwischen musste es noch mindestens vier bis fünf weitere Male gegeben haben. Oder vielleicht doch nicht?

Und auf einmal war ich überhaupt nicht mehr verzweifelt, sondern nur noch wütend. So wütend wie schon seit langem nicht mehr. Dieser miese Sack! Ich griff nach meiner Kaffeetasse. Ja! Ich würde sie nehmen und auf den Boden werfen und es wäre mir vollkommen egal, dass der Kaffee die Wand bespritzte und ich hinterher die Scherben aufkehren müsste. Nein, halt! Noch besser! Ich würde die Kaffeetasse wieder hinstellen, ein Taxi rufen, zum Flughafen fahren und Angela und Giuseppe tüchtig die Meinung sagen. Schluss, Aus, Vorbei würde ich sagen und danach ... Ja, was würde ich danach sagen? Ach was! Soweit im Voraus wollte ich nicht denken.

Ich stand auf. „Ich fahre zum Flughafen."

„Warum das denn?" Fee sah mich erstaunt an.

„Ich muss mir Gewissheit verschaffen. Wenn Giuseppe mich betrügt, will ich es wissen."

„Aber wenn Angela Italienerin ist und er ein Flugticket nach Pisa gebucht hat, wäre es da doch logischer, wenn er sie erst in Italien treffen würde, oder? Und du kannst dich ja schlecht als blinder Passagier in den Flieger einschmuggeln." Sie zupfte nervös an ihrem Armband.

„Ich werde ihm auf jeden Fall nachfahren", wiederholte ich stur.

„Aber du hast kein Auto!"

„Aber die Nummer vom Taxidienst." Entschlossen ging ich zur Tür.

„Warte!" Fee lief mir hektisch hinterher. „Ich fahre dich. Aber nur, wenn du Giuseppe deine Handtasche überziehst, falls er wirklich dabei ist, sich mit einer Geliebten nach Italien abzusetzen."

Zwei

Als Fee und ich am Münchner Franz-Josef-Strauß-Flughafen ankamen, fing es an, zu regnen. Normalerweise liebte ich die wimmelnde Atmosphäre dort, doch heute wirkte alles ausgesprochen trostlos. Statt der üblichen hektischen Betriebsamkeit ging es vor den beiden Terminals seltsam ruhig zu. Nur wenige Reisende trotteten, ihre Köpfte tief in den Jackenkragen versteckt, mit ihren Koffern über den Zebrastreifen zur Abflughalle und am Bürgersteig vor dem Eingangsbereich, wo sich sonst Taxi an Taxi reihte und die Fahrer in regem Gespräch miteinander vertieft waren, konnte ich lediglich einige Ölflecke sehen. Selbst die bunten Fahnen, die mir normalerweise unternehmungslustig zuwinkten, hingen müde von ihren Stangen herunter. Aber am beunruhigendsten fand ich, dass Fee und ich sofort einen Parkplatz in der Kurzzeitparkzone direkt vor dem Terminals bekamen, was unter normalen Umständen ungefähr so wahrscheinlich war, wie von einem Skateboard überfahren zu werden.

„Worauf wartest du noch, Helga!" Fee war bereits ausgestiegen und tippte mit dem Fuß auf den Boden. Eine, wie ich fand, ungeheuer nervige Angewohnheit. „Von Giuseppe ist weit und breit nichts zu sehen."

„Was mache ich hier bloß?", jammerte ich aus den Tiefen des Autos heraus.

„Das frage ich mich auch. Aber du bist doch diejenige, die denkt, dass ihr Freund eine Affäre hat, ich nicht. Jetzt komm schon raus!"

Die gespenstig ruhige Atmosphäre auf dem Vorplatz schien sich auch auf den Terminal I ausgeweitet zu haben. Denn auch dort bot sich dem Betrachter ein höchst befremdliches Bild: Wo sonst ein Gewimmel und Gewusel wie in einem Ameisenhaufen herrschte, schienen heute alle Reisenden irgendwo anzustehen und die einzelnen Schlangen waren dabei so lang, dass sie sich ineinander verkreuzten und ich zum Teil nur durch die Blickrichtung der Reisenden sehen konnte, wo eine Schlange aufhörte und die andere begann.

„Was ist denn hier los?", fragte Fee ungläubig, angesichts der Szenerie, die sich vor uns auftat.

„Das alles hat bestimmt mit dem Vulkan zu tun."

„Mit welchem Vulkan?"

Genervt verzog ich das Gesicht. „Mit dem isländischen Vulkan, dessen Aschewolke gerade dabei ist, den gesamten Flugverkehr lahm zu legen. Hörst du wirklich niemals Nachrichten?"

Reumütig schaute Fee zu Boden. „Nein. Ich habe selbst ein schlechtes Gewissen, aber das Weltgeschehen interessiert mich einfach nicht. Aber jetzt, wo du es sagst, erinnere ich mich daran, dass Kollegen von mir gestern über das Thema *Vulkan* berichtet haben."

„Als mündige, wahlberechtigte Bürgerin einer Demokratie müsstest du aber ..." Ich brach ab. „Ach, diese Diskussion bringt sowieso nichts. Lass uns lieber schauen, ob wir Giuseppe finden!"

„Gehen wir zu den Abflugtafeln! Wenn ich Giuseppe wäre, würde ich angesichts dieses Chaos' erst mal schauen, ob mein Flieger überhaupt geht." Fee konnte manchmal bei aller Oberflächlichkeit und Zerstreutheit überraschend scharfsinnig sein. Ohne sie hätte ich mich wahrscheinlich weiter ziellos durch die einzelnen Schlangen gequetscht.

★ ★ ★

Während trotz der ganzen Verwobenheit vor den Bahnschaltern und Autovermietungen noch eine gewisse chaotische Ordnung zu erkennen war, bot sich uns vor den beiden Abflugtafeln und dem Infopoint ein ganz anderes Bild: Dort hatte sich ein gigantischer unorganisierter Pulk gebildet und von resignativer Ruhe war nichts zu bemerken. Alle Reisenden schienen aufgeregt durcheinander zu reden und gestikulierten wild mit ihren Händen in der Luft herum.

Fee versuchte neben mir erfolglos, über den bestimmt fünf Meter langen Menschenteppich hinweg einen Blick auf eine Anzeigentafel zu werfen. Ich hatte weniger Probleme. Manchmal war es doch von Vorteil, ein knapp 1,80 m großer, ungelenker Lulatsch zu sein. Der Grund für die ganze Aufregung blinkte mir, ohne dass ich mich auf die Zehenspitzen stellen musste, sofort entgegen: *cancelled* stand hinter allen Flügen auf der Anzeigentafel. Die Aschewolke hatte uns schneller erreicht als zunächst angenommen.

Ich taumelte zur Seite. Ein junger Mann mit kurzem Bürstenschnitt und roten abstehenden Ohren hatte mich umgestoßen. Er entschuldigte sich kurz und flitzte dann weiter, mit der rechten Hand hielt er ein zerknittertes Blatt nach oben. „Wer möchte sich mit mir ein Taxi nach Stockholm teilen?“, stand darauf.

„Was ist los?“, fragte Fee.

Ich drehte mich zu ihr um. „Alle Flüge heute sind auf unbestimmte Zeit gestrichen.“

„Nein!“ Sie starrte mich an. „Das hat mir gerade noch gefehlt! Was mache ich denn, wenn morgen immer noch nichts fliegt? Ich muss mit drei Teenies nach New York. Wir drehen *A star for two days*. Seit Monaten plane ich dieses Projekt und habe schon tausend Termine mit Designern, Make up-Artists und Stars gemacht. So ein Mist!“ Fee ließ den Kopf hängen.

„Jetzt warte doch erst einmal ab. Und wenn alle Stricke reißen und der Luftraum morgen immer noch gesperrt ist, kannst du den Dreh bestimmt verschieben.“

„Den Dreh schon, aber die Treffen mit den Stars nicht. Den Termin mit Patricia Fields habe ich schon vor einem halben Jahr ausgemacht. So schnell bekomme ich keinen neuen. Aber ...“, sie schüttelte sich kurz, „jetzt kümmern wir uns erst einmal um dich. Wenn heute kein Flieger mehr geht, dann kommt Giuseppe auch nicht nach Italien. Er ist bestimmt schon wieder auf dem Weg nach Hause. Soll ich dich dorthin fahren?“

Daran hatte ich noch gar nicht gedacht: Die Aschewolke hatte wahrscheinlich nicht nur Fees Projekt scheitern lassen, sondern auch Giuseppes Geschäftsreise vereitelt. Das ganze Drama nahm also höchstwahrscheinlich ein ganz unspektakuläres Ende.

Wir verließen das Flughafengebäude und passierten die automatischen Schwingtüren. Ich wollte so schnell wie möglich wieder zurück in meine Wohnung.

Auf einmal blieb Fee so abrupt stehen, dass ich mit ihr zusammenprallte. „Da!“ Sie zeigte nach rechts, wo etwa fünf Meter weiter Giuseppe zusammen mit einem ausgesprochen hübschen dunkelhaarigen Mädchen in einem beigefarbenen Mantel aus dem Terminal herauskam. Ich sprang hinter das einzige Taxi, das auf dem Seitenstreifen parkte, und zog Fee hinter her.

Gerade als die beiden an uns vorbeigingen, sagte die junge Frau etwas zu Giuseppe, was ich nicht verstand und schwenkte dabei fröhlich ihre riesige Handtasche. Giuseppe lächelte sie glücklich an.

Oh Gott, sie war noch so jung! Höchstens fünfundzwanzig! Mein Magen verkrampfte sich.

„Ich glaube es nicht. Sie hat die Kelly Bag von Hermès“, murmelte Fee neben mir. „Für die gibt es eine Warteliste.“

„Ach, halt’ den Mund!“

Fee sah mich angesichts meiner ungewohnt heftigen Reaktion überrascht an.

Ich schäumte vor Wut. „Der spinnt wohl. Mir erzählt er, dass er auf Geschäftsreise geht und in Wahrheit macht er sich mit diesem Kind davon. Aber mit mir nicht!“

Die Augen fest auf das vorbeischlendernde Paar gerichtet, meine Handtasche drohend erhoben, schob ich mich an Fee vorbei. Doch sie hielt mich zurück.

„Helga! Warte! Du willst ihm doch nicht wirklich deine Tasche überziehen?"

„Warum nicht? Das hast du doch von mir verlangt." Ich schob mein Kinn angriffslustig nach vorne und schüttelte ihre Hand ab.

„Aber das habe ich doch nicht ernst gemeint! Das war mehr symbolisch zu verstehen. Ist doch irgendwie peinlich. Vor allen Leuten." Sie sah mir fest in die Augen.

Ich hielt inne und schaute unsicher zu Giuseppe und dem Mädchen hinüber. Fee hatte Recht. Es war eine Sache, meinem Freund in meiner Vorstellung eine laute und leidenschaftliche Szene zu machen. In der Realität kam mir dieses Phantasiegespinst auf einmal ziemlich albern vor. Meine Wut verrauchte so schnell wie sie gekommen war und machte einer bohrenden Traurigkeit Platz.

Kleinlaut fragte ich Fee: „Und was soll ich deiner Meinung nach tun? Ihn einfach wegfahren lassen?"

„Nein. Auf keinen Fall. Du musst dich zu erkennen geben. Aber bleib ruhig! Und werde bitte nicht handgreiflich! Das ist unter deinem Niveau."

„Du gehst also mittlerweile auch nicht mehr davon aus, dass die SMS von einer Geschäftspartnerin ist?"

Fee gab keine Antwort.

Giuseppe und seine Begleitung waren mittlerweile an einem silberfarbenen Mercedes-Cabrio angekommen. Eine zierliche Frau mit einem weißgrauen Dutt stand davor.

Ich zögerte.

„Helga, wenn du noch einmal mit ihm reden willst, dann solltest du das jetzt machen, denn gleich ist Giuseppe weg." Fee stieß mich vorwärts.

Gut, ich würde es tun, – zumindest das mit dem Reden – und wenn er mir besonders dumm kam, konnte ich Fees Warnung ja immer noch in den Wind schlagen und ihm meine Handtasche oder etwas Ähnliches überziehen. Um mir Mut zu machen, wiederholte ich noch einmal kurz, was ich ihm sagen wollte: „Giuseppe, absolut enttäuscht, das Allerletzte, nie wieder sehen, hast mein Leben zerstört." Nein, den letzten Teil musste ich streichen, zu melodramatisch. „Ich hasse dich." Auch nicht besser.

„Helga, jetzt geh!" Fee versetzte mir einen erneuten Schubs, denn Giuseppe fing an, Angelas Gepäck in den Kofferraum des Cabrios zu zwängen.

Aber ich war noch zu keinem Ergebnis gekommen. Vielleicht sollte ich Stärke demonstrieren und sagen: „Dass ich dich los bin, ist das Beste, was mir passieren konnte." Nein. Zu klischeehaft.

Die ältere Frau öffnete die Fahrertür und Angela kletterte auf die Rückbank. Giuseppe nahm auf dem Beifahrersitz Platz.

Mein Gott, mir musste doch etwas einfallen. Schnell! Vielleicht „Ich wünsche dir viel Spaß." Zu ironisch. Oder „Gut, dass ich jetzt kein schlechtes Gewissen mehr haben muss, dass ich dich schon seit Monaten mit einem meiner Kollegen betrüge!" Würde mir an sich recht gut gefallen, klang aber ziemlich unglaubwürdig. Ach, ich würde den letzten Satz einfach weglassen und mit „nie wiedersehen" aufhören!

Ich schob mich nach vorne, doch es war zu spät. Die ältere Frau zog die Fahrertür zu, der Motor heulte auf und schon war der Mercedes verschwunden. Schweigend sahen Fee und ich ihm nach.

„Warum bist du nicht zu ihm gegangen?", fragte meine Schwester ungehalten. „Ich habe dich extra zum Flughafen gefahren und jetzt bist du genauso schlau wie vorher. Zu deiner Wohnung wird er die Kleine wohl kaum bringen."

Ich ließ mich auf den Bürgersteig sinken. „Ich weiß nicht. Vielleicht weil ich nicht der Typ bin für laute Szenen in der Öffentlichkeit bin. Oder weil ich mir nicht ganz sicher war, was ich ihm genau sagen sollte. Vielleicht aber auch, weil ich auf diese Weise immer noch glauben kann, dass es für alles eine ganz harmlose Erklärung gibt."

„Und die gibt es bestimmt. Das Mädchen war doch noch so jung. Um die zwanzig. Was sollte die denn mit so einem alten Knacker wie Giuseppe?"

„Giuseppe ist erst vierzig."

„Hättest du dich mit zwanzig mit einem doppelt so alten Mann eingelassen?"

„Mit Sting schon." Ich lächelte schwach.

„Giuseppe ist aber nicht Sting. Und wer war die alte Frau? Doch bestimmt die Oma des Mädchens."

„Oder ihr Chauffeur."

„Der Chauffeur. Das glaubst du doch wohl selbst nicht, du Dummchen."

„Angela hat bestimmt einen Chauffeur. Sie hat eine Wartelisten-Handtasche und ein teures Cabrio. Warum also nicht auch einen Chauffeur?"

Mir war zum Weinen zumute. Ich würde jetzt nach Hause fahren und googlen, ob Jungfräulichkeit eine zwingende Voraussetzung für das Leben als Nonne war oder ob es reichte, wenn man ab dem Klostereintritt schwor, enthaltsam zu bleiben.

In diesem Moment vibrierte es in meiner Jeans. Ich hatte eine Kurzmitteilung bekommen. Bestimmt von meiner Mutter. Seitdem Fee ihr vor zwei Wochen einen ganzen Abend lang die Funktionen ihres neuen Handys erklärt hatte und sie nun wusste, wie man SMS schreibt, bombardierte sie mich ständig mit diversen Details aus ihrem Alltagsleben. Tatsächlich!

„Bin beim Einkaufen und stehe nun vor der Schlange an der Kasse. Hast du am Wochenende Zeit?"

Na klasse! Als ich gerade dabei war, das Handy wieder einzustecken, piepste es erneut.

Wenn sie mir jetzt eine Auflistung ihrer Wochenendeinkäufe schickte, würde ich dieses verfluchte Gerät in den nächsten Mülleimer werfen.

Doch die Nachricht kam von Giuseppe.

„Gesamter Luftraum ist gesperrt. Habe Mietwagen genommen. Ruf dich an, wenn ich da bin! Ti amo"

„Was ist?" Fee stellte sich auf die Zehenspitzen und versuchte, einen Blick auf das Display zu werfen.

„Giuseppe hat mir geschrieben", antwortete ich nachdenklich. Ich hielt meiner Schwester die Textnachricht unter die Nase.

„Aber das ist doch toll!" Fee nahm mich in den Arm. „Siehst du! Es gibt für alles eine ganz harmlose Erklärung. Er teilt sich mit dem Mädchen und seiner Oma nur einen Mietwagen."

War es wirklich toll? Ich schüttelte Fee ab. Ihre Euphorie erschien mir übertrieben. Klar, die junge Frau konnte eine Zufallsbekanntschaft und die alte Dame ihre Oma sein, aber es konnte sich auch um Angela handeln und bei der anderen Frau eben doch um einen weiblichen, zugegebenermaßen schon recht alten Chauffeur. An der Theorie mit dem geteilten Mietwagen war etwas dran, aber erklärte sie die SMS? Nein!

Vor mir tauchte erneut die Luftblase mit der Schlafzimmer-Szenerie auf. Nur, dass dieses Mal nicht Penelope Cruz neben Giuseppe die weibliche Hauptrolle spielte, sondern Angela mit der Wartelisten-Handtasche. Doch als wäre diese Sexszene nicht genug, fiel mir noch etwas anderes auf: Ich blickte auf Angelas gerundete Körpermitte. Ja! Sie war eindeutig schwanger.

Jetzt reichte es! Ich würde nicht tatenlos zusehen, wie dieses Kind genau das bekam, was ich schon seit Jahren wollte. Und auf einmal wusste ich genau, was ich zu tun hatte.

„Ich werde ihm nachfahren."

„Was?" Fee blieb abrupt stehen und starrte mich an.

„Ich muss wissen, was es mit dieser SMS auf sich hat. Kann ich dein Auto haben?"

„Nein. Das brauche ich selbst."

„Du willst morgen nach New York fliegen."

Fee tippte mit ihrem Fuß auf den Boden. „Helga, du hast selbst gesehen, dass alle Flüge auf unbestimmte Zeit gestrichen sind. Wenn der Dreh morgen platzt, muss ich mir eine Alternative in Deutschland überlegen und dazu muss ich mobil sein. Außerdem kann ich diese vollkommen überstürzte Aktion nicht unterstützen."

„Das sagt die Richtige. Weißt du noch, wie du mit Nina kurz nach eurem Abitur nach Köln gefahren bist, weil Tante Jutta behauptet hat, dass Robbie Williams im gleichen Hotel wie sie abgestiegen sei?"

„Natürlich erinnere ich mich. Auf dem Weg dorthin ist uns ein Reifen geplatzt, wir mussten zwei Stunden im strömenden Regen auf der Autobahn warten, bis der ADAC kam und dann stellte sich heraus, dass der Mann im Zimmer neben ihr Florian Silbereisen war. Sie hatte die Namen verwechselt." Fee schauderte es. „Siehst du! Ich weiß, wovon ich rede. Seit diesem Erlebnis denke ich lieber zweimal nach, bevor ich mich zu unüberlegten Handlungen hinreißen lasse."

Ich sah sie belustigt an. „Und warum hast du auf dem Three Doors Down-Konzert deinen BH ausgezogen und auf die Bühne geworfen, obwohl du darüber nur eine transparente Bluse trugst? Streite es nicht ab! Nina hat mir davon erzählt."

Fee sah mich herablassend an. „Ich war Anfang zwanzig und hatte zu viel getrunken. Du bist Ende dreißig und völlig nüchtern. Diese beiden Sachen kann man überhaupt nicht vergleichen."

„Aber erst vor zwei Jahren ..."

„Helga, ich bin kein gutes Vorbild. Also hör auf in meiner Vergangenheit herumzukramen, um deine hirnlose Idee zu rechtfertigen. Du bekommst mein Auto nicht. Punkt!"

„Dann hilfst du mir eben nicht", entgegnete ich beleidigt. „Wofür gibt es schließlich Mietwagen?"

„Helga, du bist doch sonst niemand, der sich zu spontanen Handlungen hinreißen lässt. Du kannst unmöglich ernsthaft vorhaben, Giuseppe in die Toskana hinterherzufahren? Wie oft bist du durch die praktische Führerscheinprüfung gefallen? Drei- oder viermal?"

„So oft nun auch wieder nicht", antwortete ich so würdevoll wie möglich. Die verpatzten Fahrprüfungen waren ein Thema, an das ich nicht gern erinnert wurde.

Mit achtzehn hatte ich nämlich tatsächlich das Unmögliche geschafft, gleich zweimal hintereinander durch die praktische Führerscheinprüfung zu fallen. Auch wenn es nie meine Schuld gewesen war. Ein Fußgänger tauchte aus dem Nichts auf und überlebte nur aufgrund des beherzten Eingreifens meines Fahrlehrers, das Fahrzeug vor mir bremste plötzlich, in einer Ortschaft hatten sie über Nacht das Tempo-fünfzig- gegen ein Tempo-dreißig-Schild ausgetauscht. Aber all das ändert nichts am Ergebnis: Der Führerschein blieb mir verwehrt. Nach dem dritten Durchfallen, so kursierte zumindest das Gerücht, musste man zu einem Idiotentest gehen. Ich hatte solche Angst davor, als zukünftige Akademikerin einen solchen Test zu absolvieren, dass ich nächtelang nicht schlafen konnte. Während der gesamten Prüfung zitterten meine Füße so stark, dass ich es kaum schaffte, das Gas- und das Bremspedal durchzutreten und das Auto bewegte sich nur stoßweise vor- und rückwärts. Ich sah mich im Geiste schon geometrische Figuren in die dazu passenden Löcher stecken, aber überraschenderweise drückte der Prüfer dieses Mal beide Augen zu und ich bekam meinen Führerschein trotzdem. Wahrscheinlich hatte mein Fahrlehrer ihn bestochen. Da er sich anscheinend sicher war, dass ich nicht versuchen würde, eine Kugel durch ein quadratisches Loch zu quetschen, hatte er wohl zu viel Angst davor, dass ich wiederkam.

Fee hielt mich am Ärmel fest. „Bitte überleg es dir noch einmal!"

„Ich kann es mir nicht noch einmal überlegen. Ich muss jetzt wissen, ob er ein Verhältnis mit dieser Angela hat oder nicht."

„Dann warte doch, bis er aus Italien zurück ist. Er will schließlich nur für ein verlängertes Wochenende bleiben. Oder ruf ihn an und fordere eine Erklärung für alles!"

„Wie stellst du dir das vor? Soll ich das ganze Wochenende in meiner Wohnung bleiben und Däumchen drehen, während er sich mit seiner Geliebten vergnügt? Und glaubst du wirklich, dass er mir am Telefon die Wahrheit sagen wird? Bestimmt nicht. Ich muss mich vor Ort davon überzeugen, ob er mir untreu ist oder nicht."

„Aber du kannst jetzt nicht einfach wegfahren. Was ist mit deinem Seminar?"

„Ich ruf im Büro an und sage, ich bin krank geworden. So etwas kommt vor."

„Und wie willst du Giuseppe in Italien überhaupt finden? Wenn er überhaupt in Italien ist. Er könnte auf dem Weg nach Paris sein."

„Er hat mir die Telefonnummer eines Hotels in Lucca gegeben."

„Aber Lucca ist groß und du hast überhaupt nichts zum Anziehen dabei und ... noch nicht einmal eine Zahnbürste."

„Ich habe meine Kreditkarte dabei. Und Zahnbürsten gibt es in Italien auch. Und so groß kann die Stadt gar nicht sein. Ich werde mir einen Stadtplan kaufen."

„Helga, glaub' mir", Fees Stimme bekam einen leicht hysterischen Klang, „du bist dabei, eine riesengroße Dummheit zu begehen. Du bist die schlechteste Autofahrerin aller Zeiten. Ich flehe dich an, warte erst einmal ab!"

„Ich habe keine Zeit mehr zu warten."

„Das ist Unsinn, Giuseppe ist in fünf Tagen wieder da. In fünf Tagen! Du wirst sehen, die Zeit vergeht wie im Flug. Ich lenke dich ab. Wir könnten ins Kino gehen. Oder in die Pinakothek der Moderne. Und morgen stehe ich auf der Gästeliste einer Shop-Eröffnung, zu der auch Florian David Fitz kommen soll. Ich könnte dich mitnehmen. Das New-York-Projekt ist sowieso geplatzt."

„Fee, das Angebot mit Florian David Fitz ist wirklich sehr verlockend, aber ich bin sechsunddreißig Jahre alt, ledig und wünsche mir mindestens vier Kinder. Selbst wenn ich zweimal Zwillinge bekomme, ist es sehr unwahrscheinlich, dass ich dieses Ziel noch, bis ich vierzig bin, erreiche. Glaub mir, ich habe keine Zeit mehr abzuwarten."

„Du redest Unsinn. Die Mutter von Sarah Connor hat mit fünfzig noch Zwillinge bekommen."

Ich sah meine Schwester nachsichtig an. „Ja, die Mutter von Sarah Connor. Aber ich ... Weißt du eigentlich, dass eine Akademikerin um die vierzig eine größere Chance hat, einem terroristischen Anschlag zum Opfer zu fallen als den Mann fürs Leben noch zu finden?"

Fees Mundwinkel verzogen sich nach oben. „Von wem hast du das denn?"

„Von unserer Mutter."

„Und woher hat die es? Aus der Bunten? Uuuuh!" Sie wedelte mit der Hand vor ihrem Gesicht herum. „Eine höchst sichere Quelle."

Ich zuckte mit den Schultern. „Woher sie es hat, ist doch egal. Aber du verstehst nicht, was ich sagen will: Wenn ich Kinder haben möchte, dann muss es bald sein. Wenn Giuseppe mich also betrügt, muss ich es jetzt wissen und nicht erst in ein paar Monaten."

„Selbst wenn er dich wirklich betrügt, was ich mir immer noch nicht vorstellen kann, würdest du einen anderen finden, egal, was irgendwelche Statistiken sagen. Du bist groß, schlank ..."

„Aber nicht mehr so schlank wie noch vor ein paar Jahren."

„Das mag sein, aber für sechsunddreißig bist du immer noch schlank genug. Du hast einen gut bezahlten Job, eine schöne Wohnung in der Münchner Innenstadt", fuhr sie fort.

„Ich habe einen C-Cup", warf ich ein.

„Genau, du hast einen C-Cup. Was will ein Mann mehr? Gut, du hast keinen Fernseher und ziehst dich nicht immer vorteilhaft an. Dein Haar könnte ein paar Strähnchen und einen neuen

Schnitt brauchen. Die paar Falten, die du schon hast, wären mit Hyaloronsäure oder Botox leicht zu beseitigen."

Ich unterbrach sie. „Den größten Nachteil von allem hast du aber vergessen: Ich habe dich als jüngere Schwester und du bist, was kaum zu glauben ist, noch nicht einmal das allernervigste Exemplar in meiner Familie." Meine Stimme nahm einen festeren Klang an. „Und da ich nicht mit dir, Mia, Lilly oder unseren Eltern, sondern mit einem gutaussehenden Mann und vier süßen Kindern alt werden will, werde ich Giuseppe jetzt nachfahren und mich vor Ort davon überzeugen, woran ich bei ihm bin. Wenn er ein Verhältnis mit dieser Angela hat, werde ich mich von ihm trennen und mir einen anderen suchen. Wenn nicht, werde ich mich dieses Wochenende mit ihm durch die italienischen Betten wälzen, ganz egal, wie viel er zu tun hat, und ihn nicht eher in Ruhe lassen, bis das erste dieser vier Kinder in meinem Bauch ist."

„Wenn du wirklich fest davon überzeugt bist, dass ..."

„Bin ich."

„Dann fahr ihm nach. Auch wenn ich nicht glaube, dass du noch einen Mietwagen bekommst und ich dir definitiv nicht mein Auto zur Verfügung stellen werde, damit du in dein Unglück rennst."

„Ich habe also deinen Segen?"

„Brauchst du ihn denn?" Sie verdrehte genervt die Augen. „Hau schon ab und versuche dein Glück! Ich hole mir jetzt einen Kaffee und überlege, was ich an meinem geplatzten Dreh noch retten kann."

★★★

Ich rannte zurück in den Terminal. Dort reihte ich mich vor der Autovermietung mit der kürzesten Schlange ein. Doch ich hatte kein Glück. Bei *Europcar* gab es keine Autos mehr, man bot mir aber an, mich auf eine Warteliste zu setzen. Das gleiche Angebot bekam ich von *Hertz* und *Alamo*. Bei der letzten Adresse hatte ich jedoch Glück. Der nette, junge Mann hinter dem Schreibtisch konnte mir zwar auch keinen Wagen anbieten, aber er meinte gehört zu haben, dass *Mietwagen München* noch mehrere Autos hätte. Die Agentur befände sich nämlich nicht im Terminal, sondern ein paar Straßen weiter. Da er diese Information aber auch garantiert allen fünfzig Reisenden vor mir gegeben hatte, war Eile angesagt.

Ich ließ mir auf einem Plan des Flughafens den Standort von *Mietwagen München* zeigen und sprintete los.

„Ich brauche ein Auto, schnell. Können Sie mir helfen?" Atemlos stürzte ich zu einem Mann mit weißem Hemd und Krawatte, der gerade aus der kleinen Autovermietung herauskam und aussah wie ein Immobilienmakler oder Bankkaufmann, also so, als ob er sich auskannte.

Doch der zuckte nur mit den Schultern. „ Nein, tut mir Leid. Wie es aussieht, gibt es am ganzen Flughafen keine Mietwagen mehr. Ich werde versuchen, mir ein Taxi zu organisieren." Mürrisch verzog er das Gesicht und ging weiter.

„Oh Gott, sind Sie sicher?", rief ich ihm hinterher. „Aber am Terminal hat man mir erzählt, dass *Mietwagen München* noch welche hat. Gibt es wirklich gar kein Auto mehr? Kein einziges?"

Er blieb kurz stehen und drehte sich um. „Kein richtiges auf jeden Fall. Einen Smart Forfour wollten sie mir andrehen, mit der allerkleinsten Ausstattung. Aber damit werde ich ja wohl kaum von hier bis nach Budapest fahren." Er lachte humorlos.

Ich atmete auf. Es gab doch einen Gott! Die Autovermietung hatte einen Smart. Wunderbar! Mehr brauchte ich nicht. Ich setzte mich in Bewegung. Im Laufen kramte ich aus meiner Handtasche mein Portemonnaie hervor und holte meine Visa-Karte heraus.

„Ich nehme den Smart. Der Smart genügt mir!", schrie ich, kaum dass ich die Tür geöffnet hatte. Meine Kreditkarte hielt ich wie einen Pokal in die Höhe, um meine finanzielle Liquidität zu beweisen. Ich schob mich vor einen Mann in einer braunen Lederjacke und blieb schwer atmend vor einem Schreibtisch stehen, hinter dem eine sauertöpfisch aussehende Frau um die Vierzig saß.

„He." Der Mann drängte mich zur Seite. „Ich war zuerst da."

Ich ignorierte ihn.

„Ich brauche ein Auto, dringend", wandte ich mich an die Frau.

Der Mann mischte sich erneut ein. „Ja, aber erst nachdem ich ein Auto bekommen habe. Sie haben sich vorgedrängelt."

„Nein. Ich habe Sie bloß überholt. Oder?" Hilfesuchend blickte ich die Frau an.

Doch deren Miene blieb unbewegt. „Ich kann nicht sagen, wer von Ihnen zuerst da war. Machen Sie das unter sich aus! Ich habe auf jeden Fall nur noch einen Mietwagen."

Ich schenkte dem Mann einen flehenden Augenaufschlag. Doch er erwiderte meinen Blick ungerührt und kramte in seiner Lederjacke eine Schachtel Zigaretten hervor.

„Entschuldigen Sie. Aber hier drinnen ist das Rauchen verboten. Bitte gehen Sie!", warf die Frau von der Autovermietung ein, nun ziemlich genervt.

„Es zählt nicht, wer zuerst das Geschäft betreten hat, sondern wer zuerst am Schreibtisch gestanden hat. Und das war ich", unterbrach ich sie.

Auch mein Gegenüber beachtete sie nicht, sondern steckte sich ungeachtet ihres Verbots eine Zigarette in den Mund. „Das sehe ich ein wenig anders." Er zückte ein Feuerzeug.

„Ich habe Ihnen gerade gesagt, dass Sie hier drinnen nicht rauchen dürfen." Die sauertöpfische Dame stand auf und geleitete uns unsanft vor die Tür. „Kommen Sie wieder herein, wenn Sie sich entschieden haben, wer zuerst da war."

Mein Gott, wie kindisch! Ich stritt mich mit dem Fremden herum, als wären wir Kleinkinder. Ich war erster! Nein, ich war erster! Das ist mein Auto! Nein, meins! Aber es half nichts. In dieser Autovermietung schien es den letzten Mietwagen von München zu geben und ich musste ihn bekommen. Kostete es, was es wolle.

Ich wedelte mit meiner Visakarte vor der Nase meines Kontrahenten herum. „Wenn Sie mir das Auto überlassen, bezahle ich Ihnen, soviel Sie wollen. Das hier ist ein Notfall!"

„Wer stirbt?"

„Niemand. Was soll das?"

„Sie sprachen von einem Notfall. Brauchen Sie eine neue Niere?"

„Nein."

„Na dann." Er verzog seine Lippen zu einem herablassenden Lächeln und musterte mich betont langsam von Kopf bis zu den Füßen.

„Es ist trotzdem ein Notfall", beharrte ich ungeduldig.

„Dann ist Ihr Notfall aber kaum größer als meiner. Ich habe einen wichtigen Termin in Italien. Und Sie?"

„Sie müssen nach Italien!", rief ich aufgeregt. „Genau wie ich. Wohin wollen Sie?"

Er zündete sich die Zigarette an und atmete den Rauch tief ein, bevor er antwortete. „Nach Vinci."

„Nach Vinci? Das ist ganz in der Nähe von Lucca. Dorthin muss ich nämlich. Lassen Sie uns den Wagen gemeinsam mieten." Ich versuchte, ein begeistertes Gesicht zu machen, auch wenn sich mein Innerstes zusammenkrampfte. Siebenhundert Kilometer, zusammen mit diesem Ekel in einem Auto. Und dann auch noch in einem Smart! Aber wenn es die einzige Möglichkeit war, endlich Gewissheit zu bekommen, so würde ich das Opfer auf mich nehmen. Der Zweck heiligt ja bekanntlich fast alle Mittel.

Anscheinend hegte er ähnlich unerfreuliche Gedanken mir gegenüber wie ich ihm, denn er verzog das Gesicht beinah schmerzhaft, als würde er innerlich mit sich kämpfen. Erst nach zwei weiteren Zügen an der Zigarette schien er sich zu einer Entscheidung durchgerungen zu haben.

„Gut, teilen wir uns das Auto!" Seine Stimme ließ jegliche Begeisterung vermissen.

„Super! Vielen Dank!" Ich überlegte, ob ich ihm um den Hals fallen sollte, unterließ es aber und tätschelte nur kurz seinen Arm. „Aber ich möchte als zweiter Fahrer eingetragen werden."

Er seufzte. „Meinetwegen. Bevor wir losfahren, muss ich allerdings noch etwas essen."

„Das geht nicht." Ich zog ihn in Richtung Autovermietung. „Ich muss sofort los."

„Und ich muss etwas essen. Wenn Sie wollen, dass ich Sie mitnehme, werden Sie noch einen kleinen Moment warten müssen." Er warf die Zigarette auf den Boden und trat heftig auf ihr herum. Bestimmt stellte er sich gerade mein Gesicht auf dem weißen Papier vor!

„Wir könnten später an einer Autobahnraststätte anhalten. Ich spendiere Ihnen ein Sandwich."

„Ich habe aber jetzt Hunger. Und wenn Ihnen das nicht passt, dann müssen Sie sich eine andere Mitfahrgelegenheit suchen." Seine Augenbrauen wanderten unheilvoll zusammen.

Ich überlegte kurz, ob ich ihm zu verstehen geben sollte, dass ich das Geschäft als erstes betreten hätte und der Mietwagen somit vorrangig mir zustand, entschied mich aber dann dazu, mich zumindest in dieser Angelegenheit geschlagen zu geben. „Na gut, aber beeilen Sie sich!"

Als wir die Autovermietung erneut betraten, fiel mir ein, dass ich mich noch gar nicht vorgestellt hatte.

„Ich heiße übrigens Helga. Helga Baum."

„Ernsthaft!" Er sah mich irritiert an.

Ich zog eine Grimasse. „Leider ja."

„Sie Ärmste."

„Sagen Sie das meinen Eltern. Und wie heißen Sie?"

„Nils Schönebeck."

„Schönebeck? Wie die beiden Schauspieler?"

Er nickte. „Wie die beiden Schauspieler."

★★★★

„Weißt du eigentlich, mit wem du zusammen nach Italien fahren willst?", flüsterte Fee mir zu, als wir zusammen im Terminal zwei standen und darauf warteten, dass Nils seinen Döner endlich aufgegessen hatte.

„Nein. Wieso? Müsste ich ihn kennen?"

Meine Schwester schüttelte verständnislos den Kopf. „ Das ist Nils Schönebeck."

„Das hat er erwähnt."

„Er ist der Sohn von Katharina und Bernd Schönebeck."

„Von den beiden Schauspielern?" Ich sah sie überrascht an. „Und ich habe ..."

„Ja, genau. Und Nils ist ebenfalls Schauspieler. Ich kann es nicht glauben, dass er dir überhaupt kein Begriff ist.

Ich zuckte gelangweilt mit den Schultern, denn ich wusste genau, was jetzt kommen würde. Und tatsächlich!

„Warum kaufst du dir nicht endlich wieder einen Fernseher? Du weißt überhaupt nicht, was in der Welt vor sich geht."

„Ha ha." Ich verzog höhnisch mein Gesicht. „Wer wusste nicht, dass ein Vulkan den kompletten europäischen Luftverkehr lahmgelegt hat?"

Fee verdrehte genervt die Augen und auch ich schwieg beleidigt.

Warum hatte jeder aus meiner Familie nur ein solch großes Problem damit, dass ich keinen Fernseher besaß? Ich boykottierte ihn schließlich nicht aus Überzeugung. Meiner war nur vor zwei Jahren zusammen mit Olli aus meinem Leben verschwunden. Am Ende unserer katastrophalen Beziehung hatte ich dem nämlich bedauerlicherweise so ziemlich alles überlassen, was ich besaß, nur um ihn so schnell wie möglich loszuwerden. Wahrscheinlich hätte ich ihm sogar meine Mutter gegeben, wenn er sie unbedingt gewollt hätte. Da ich mir neben einer neuen Wohnung auch eine Unmenge an neuen Möbeln besorgen musste, stand ein Fernseher auf meiner Prioritätenliste nicht an oberster Stelle. Und nach einigen Monaten Fernsehabstinenz stellte ich überrascht fest, dass ich ihn auch nicht vermisste. Ich hatte Bücher, das Internet, ein Radio und wenn ich unbedingt einmal einen Film sehen wollte, ging ich ins Kino oder schob eine DVD in den Laptop. Und im Ernst. Nils Schönebeck. Musste man den wirklich kennen?

Seine Eltern waren selbst mir ein Begriff. Katharina Schönebeck reihte sich nämlich nahtlos neben berühmten Schauspielerinnen wie Iris Berben und Veronica Ferres ein und hatte in mehreren erfolgreichen Fernsehmehrteilern sowie Literaturverfilmungen mitgespielt. Ihren Mann hatte ich vor einigen Jahren häufiger im *Tatort* gesehen.

Ich schaute Nils interessiert an. Vorhin hatte ich ihn wegen der ganzen Aufregung überhaupt nicht richtig zur Kenntnis genommen. Leider konnte ich momentan auch nicht viel erkennen, denn sein Gesicht steckte zur Hälfte in einer Teigtasche zwischen Salat und Dönerfleisch fest.

Was ich sah, war dunkles, ein wenig zerzaustes Haar, eine gerade, nicht übermäßig große Nase und dunkle Bartschatten auf den Wangen. Alles in allem recht hübsch! Seine Kleidung hatte jedoch bestimmt schon bessere Tage gesehen. Zu einer speckigen Lederjacke trug er nämlich eine abgewetzte Jeans und nicht besonders saubere Turnschuhe. Vielleicht war sein Aufzug aber auch nur eine Art Tarnung, um nicht direkt als Prominenter erkannt zu werden.

Irgendwie war ich enttäuscht. Ich hatte mir einen echten Promi spektakulärer vorgestellt. Nils Schönebeck sah so schmuddelig aus und besonders groß war er auch nicht.

„Ist er nicht heiß?“, flüsterte Fee neben mir, die meine Einschätzung des Schauspielersprosses anscheinend nicht teilte und aus ihrer Motz-Ecke wieder herausgekommen war.

Ich schwieg.

„Er ist heiß, oder?“

„Ja. Wie ein Kühlschrank.“

„Was für ein lahmer Vergleich!“, entgegnete Fee mitleidig, ohne ihren Blick von dem Schauspielersöhnchen abzuwenden.

Dieser hatte nun sein Döner endlich verspeist und warf die Alufolie achtlos in Richtung Mülltonne, wo sie am Rand abprallte und auf den Boden fiel. Ich unterdrückte den Impuls, sie aufzuheben und in den Papierkorb zu werden.

★★★★

„Wo ist ihr Gepäck?" Nils war gerade dabei, seinen Treckingrucksack in den Kofferraum unseres knallroten Smarts zu quetschen. Betreten schaute ich auf meine Turnschuhe.

Fee antwortete für mich: „Helga hat ihre Koffer mit der Post vorausgeschickt."

Er sah mich skeptisch an: „Warum?" Als meine Erklärung jedoch nicht sofort erfolgte, zuckte er mit den Achseln. „Es wäre sowieso sehr fraglich gewesen, ob wir sie in dieser Streichholzschachtel noch untergebracht hätten. Steigen Sie ein! Ich rauche schnell noch eine Zigarette."

Ungeachtet der Rauchen-Verboten-Zeichen überall zündete er sie sich an.

Ich zog Fee zur Seite. „Dieser Mensch ist ein wandelnder Aschenbecher", flüsterte ich. „Wie viele Zigaretten hat er in den letzten zwanzig Minuten geraucht? Es müssen mindestens fünf gewesen sein." Ungeduldig schaute ich auf die Uhr.

Aber Fee schien nicht an Nils Schönebecks Zigarettenkonsum interessiert zu sein. Sie sah mich ernst an: „Helga, bist du dir wirklich sicher, dass du das Richtige machst?"

„Nein, ich war mir noch nie unsicherer. Aber du sagst doch immer, ich solle ein bisschen spontaner sein."

„Mit spontaner werden meinte ich, ohne Einkaufszettel zum Einkaufen gehen, ein Kleidungsstück sofort kaufen und nicht erst, wenn du eine Woche darüber nachgedacht hast, in der Eisdiele nicht immer nur Spaghettieis bestellen. Das alles sind Dinge, in denen du etwas spontaner sein könntest. Mit spontaner werden meinte ich nicht, dass du deinem Freund ohne Gepäck nach Italien hinterherfährst, nur weil du denkst, er könnte eine Affäre haben. Das passt einfach nicht zu dir! Was soll ich Milla sagen?"

Milla ist unsere Mutter. Sie bestand aber darauf, dass meine Schwestern und ich sie bei ihrem Vornamen nannten. Schließlich wollte sie nicht doppelt so alt wirken, wie sie aussah.

„Sag ihr, dass ich Giuseppe verlassen habe und dabei bin, mit dem Sohn von Katharina und Bernd Schönebeck nach Italien durchzubrennen. Das wird ihr gefallen."

Meine Mutter hatte die Bunte und die Gala abonniert und war somit bestens informiert, was sich in den europäischen Adelshäusern und in den Betten der nationalen und internationalen Prominenz alles abspielte. Nils Schönebeck war ihr bestimmt ein Begriff.

Fee runzelte die Stirn. Das heißt, sie versuchte, sie zu runzeln, aber es gelang ihr nicht. Denn regelmäßige Botox-Behandlungen hatten große Teile ihrer Mimik lahm gelegt. „Das würde sie mir sowieso nicht glauben. Du bist viel zu brav dafür. Außerdem weiß sie garantiert, dass Nils eine Freundin hat. Anja! Vor zwei Jahren habe ich sie als Model für einen Bikini-Beitrag gebucht."

„Er ist also vergeben?" Normalerweise interessierte ich mich nicht für das Leben von Prominenten, aber da ich mit einem echten Promi, so nervig er sein mochte, für die nächsten Stunden das Auto teilen musste, war ich doch ein wenig neugierig geworden. Und liiert, auch wenn es mit einem Model war, schien mir Nils Schönebeck schon viel seriöser als vorher.

„Ich glaube schon. Jedenfalls habe ich ihn vor ein paar Wochen mit ihr zusammen im *P1* gesehen." Sie lachte. „Wenn ich mir nicht ernsthafte Sorgen um dich und deine mentale Verfassung machen würde, könnte die ganze Sache fast komisch sein. Meine brave, biedere Schwester fährt zusammen mit Frauenheld Nils Schönebeck in die Toskana. Was für eine Mischung!"

Misstrauisch blickte ich sie an. „Wieso denn Frauenheld? Ich denke, er hat schon seit längerem eine feste Freundin."

Doch in diesem Moment hatte Nils seine Zigarette fertig geraucht und kam auf uns zu. Dieser Mensch machte mich noch wahnsinnig! Warum musste er die Zigarette auf den Boden werfen, wenn nur fünf Zentimeter von ihm entfernt ein Mülleimer stand?

Drei

Nachdem ich mich von Fee verabschiedet hatte, merkte ich, dass es neben der ständigen Raucherei noch eine andere Sache gab, die mich an meinem Wegbegleiter-wider-Willen wahnsinnig machte. Nachdem er sich bestimmt fünf Minuten über den Smart und dessen Automatik-Schaltung beschwert hatte, begann er nämlich permanent mit den Fingerkuppen auf dem Lenkrad herumzutrommeln. Bestimmt weil er zufällig einmal keine Zigarette zwischen den Fingern hatte! Zunächst gelang es mir noch recht gut, das Geräusch zu ignorieren, aber spätestens nach zehn Minuten hätte ich ihm deswegen den Hals umdrehen können. Da ich mich für mein kindisches Getue vor der Autovermietung aber immer noch schämte und ich es ihm honorierte, dass er bei seinem Döner auf Knoblauchsoße verzichtet hatte, saß ich nur da, meine Hände fest vor mir auf dem Schoß verschränkt und schaute aus dem Fenster.

Kurz hinter München war die vorbeiziehende Landschaft hügeliger geworden. Bauernhäuser mit Holzfassaden und Balkonen säumten vereinzelt oder in kleinen Gruppen die Autobahn. Kirchen mit roten Zwiebeltürmen vervollständigten die idyllische Szenerie. Auch das Wetter schien sich zu bessern und die schwarzgraue Wolkendecke über uns wurde zunehmend von weißen Wattebergen durchbrochen.

Das Schweigen in dem Smart war unbehaglich. Nils hatte anfangs versucht, es zu überbrücken, indem er nach einem störungsfreien Sender im Radio gesucht hatte, aber die Antenne des Wagens war wohl kaputt oder zu schwach, um in nicht unmittelbarer Stadtnähe ein Signal zu empfangen.

Keiner von uns schien so richtig zu wissen, was er mit dem anderen reden sollte und der einzige Anknüpfungspunkt für ein Gespräch, der mir spontan einfiel, waren seine Eltern.

Ich könnte zum Beispiel sagen: „Hey, ich habe früher, als mein Ex-Freund Olli noch nicht mit meinem Fernseher auf und davon war, Ihren Vater im Tatort gesehen. Ist er so nett, wie er aussieht?" oder „Ihre Mutter hat mir als Antoinette in den Buddenbrooks sehr gut gefallen. Läuft sie zu Hause auch immer wie aus dem Ei gepellt herum?"

Aber dann hätte ich zugeben müssen, dass ich mittlerweile sehr wohl wusste, wer er war und diese Genugtuung wollte ich ihm nicht verschaffen. Als Sohn zweier bekannter Schauspieler musste er sich ja für wer weiß etwas Besseres halten. Auf der anderen Seite hatte er eben bei unserer Vorstellung seine Eltern nicht erwähnt. Vielleicht war es ihm auch unangenehm, ständig auf sie angesprochen zu werden. Ich könnte ihn in dieser Hinsicht sogar verstehen.

Was meine eigene Familie betraf, so hatte ich schon immer das Gefühl gehabt, nicht richtig dazuzugehören. In der Pubertät ging dieses Entfremdungsgefühl sogar so weit, dass ich Nachforschungen anstellte, um herauszufinden, ob ich nicht vielleicht adoptiert worden war. Doch ich wurde enttäuscht. In der Dokumentenmappe meiner Eltern fand ich meine Geburtsurkunde, die eindeutig belegte, dass ich die leibliche Tochter von Ludmilla („Milla") und Karl-Heinz Baum war.

Schaut man sich Familienalben aus früheren Jahren an, so sieht man stets ein großes, hoch aufgeschossenes Ding mit praktischem Topfschnitt leicht abseits am Bildrand stehen, das auf seine drei kleineren Geschwister, die alle in mehr oder weniger geblümten Kleidchen stecken, etwas verwirrt herunterschaut.

Meine Eltern hatten sich als erstes einen Jungen gewünscht. Doch anstatt darüber enttäuscht zu sein, dass ich „nur" ein Mädchen war, ignorierten sie die Tatsache, dass mir zu ihrem perfekten Kind ein winziges Detail fehlte. Und so wurde ich ausschließlich in praktische Hosen gesteckt und ging zu Fasching als Cowboy oder Indianer verkleidet. Und als hätte ich es bereits als Baby geahnt, dass ich sie schon bei meiner Geburt aufgrund meines fehlenden Penis enttäuscht hatte, bemühte ich mich, so unauffällig und angenehm wie möglich zu sein, und meine Eltern waren drei Jahre lang fest davon überzeugt, dass mein ruhiges und pflegeleichtes Wesen allein ihrer fabelhaften Erziehung zu verdanken war.

Diese Illusion wurde ihnen jedoch mit der Geburt meiner Schwester Felicitas geraubt. Fee war laut, fordernd, schlief nie und hatte auch keinen Penis. Aber bei ihr schienen meine Eltern diese Tatsache nicht allzu schlimm zu finden. Im Gegenteil! Sie lachten nur über die Laune der Natur und nahmen sich vor, es noch einmal zu versuchen und beim dritten Mal alles richtig zu machen.

Doch obwohl die beiden nur an ausgewählten Tagen miteinander in bestimmten Stellungen schliefen und mein Vater sich monatelang nur von Tofu ernähren durfte (Ich weiß es, denn meine Mutter gehört leider zu den Menschen, die über ihr Sexualleben offen reden!), kamen bereits sechzehn Monate nach Fee zwei winzig kleine Mädchen auf die Welt. Angesichts des Schocks, dass statt eines Babys gleich zwei aus ihrem Bauch herauspurzelten, war die Enttäuschung darüber, mal wieder keinen Stammhalter gezeugt zu haben, verschwindend gering. Milla weinte nach der Geburt zwei Wochen ohne Unterbrechung. Doch danach fing sie sich wieder, wie sie es immer tat, und gab ihren beiden Töchtern die mädchenhaftesten und lieblichsten Namen, die man sich denken kann: Mia und Lilly.

Seit Jahren schon versuchte ich, mir erfolglos einzureden, dass ich mein fehlendes Selbstwertgefühl auf meine Familie projizierte, aber man muss sich doch nur die Vornamen von mir und meinen Geschwistern anschauen, um zu sehen, dass ich mir meine Außenseiterrolle nicht nur einbildete. Während meine Eltern mir den herben Namen Helga („die Gesunde“) gegeben hatten, nannten sie meine Geschwister Felicitas („die Glückliche“), Mia („die Unbezähmbare“) und Lilly („Vollkommenheit“). Das war doch unfair, oder?

* * *

„Wissen Sie was?“ Nils’ Stimme unterbrach meine Gedanken.

„Was?“

„Ihr Name ist gar nicht so übel?“

„Wie kommen Sie darauf?“ Konnte dieser Mensch Gedanken lesen?

„Kennen Sie Hägar, den Schrecklichen?“

„Nein. Sollte ich?“

Er sah mich ungläubig an. „Sie kennen keine Hägar-Comics?“

„Jetzt wo sie es sagen. Ich habe zumindest schon davon gehört. Was ist mit diesem Hägar?“

„Er ist ein Wikingerkönig.“

Ja und? Musste man diesem Menschen denn jedes Wort einzeln entlocken? Doch ich verbiss mir eine Bemerkung. Man musste seine Bemühungen, leichte Konversation zu machen, schließlich honorieren und so fragte ich geduldig nach: „Und was hat dieser Wikingerkönig mit meinem Namen zu tun?“

„Seine Frau heißt Helga.“

„Aha.“

„Ja. Alle Wikinger haben Angst vor Hägar, aber zu Hause hat Helga die Hosen an. Ich fand sie schon immer ziemlich cool. Sie ist so zynisch.“

„Danke, diese kleine Anekdote baut mich enorm auf. Wenn ich mal wieder wegen meines unmodernen Namens geärgert werde, denke ich einfach daran, dass ich in den Fußstapfen einer emanzipierten Wikingerkönigin mit zynischem Humor wandele.“

Wo wir schon einmal beim Thema Namen waren. Ich beschloss, ihn nun doch auf seine Eltern anzusprechen.

„Warum haben Sie mir nicht gesagt, dass Sie der Sohn von Bernd und Katharina Schönebeck sind?"

„Ihre Schwester hat es Ihnen erzählt?"

„Woher wissen Sie das?"

„Sie hat mich letztes Jahr auf dem Oktoberfest im Hippodrom interviewt. Unter anderem wollte sie wissen, was ich unter meiner Lederhose trage."

„Manche Fragen werden ihr vorgegeben", versuchte ich Fee zu entschuldigen. „Können Sie sich an alle Reporterinnen erinnern, die sie interviewen?"

„Nicht an alle. Nur an die hübschen. Sie sehen Ihrer Schwester gar nicht ähnlich."

„Danke. Sehr freundlich." Ich schaute aus dem Fenster.

„Das sollte keine Beleidigung sein. Sie sehen anders aus als Ihre Schwester, nicht schlechter."

Ich beschloss, ihm zu glauben. „Haben Sie Geschwister?"

„Nein. Meine Eltern haben gleich beim ersten Versuch ihren Stammhalter gezeugt."

Lag etwa eine Spur Bitterkeit in seiner Stimme? Wenn ja, ignorierte ich sie. Dieser Mann war mit einem goldenen Löffel im Mund geboren worden. Auf Beschwerden würde ich nicht eingehen.

Also entgegnete ich nur: „Meine Eltern wären ganz neidisch, wenn sie das hören würden. Sie haben es drei Mal versucht und immer nur Mädchen bekommen."

„Sie haben zwei Schwestern?"

„Drei. Beim letzten Mal waren es Zwillinge."

Normalerweise war das die Stelle in der Geschichte, an der mein Gesprächspartner mitfühlend aufstöhnte. Doch Nils' Miene blieb unbeweglich. „Sind Sie die Älteste?"

„Ja, und die Größte. Wenn meine Schwestern und ich nebeneinander stehen, sehen wir aus wie die Orgelpfeifen. Wir sind nach dem Alter gestaffelt. Erst komme ich mit 1,78 m, dann Fee, dann Mia und Lilly, die zehn Minuten nach Mia auf die Welt kam, ist nur 1,65 m."

Er verzog immer noch keine Miene. Dabei war die Orgelpfeifen-Metapher doch eigentlich ganz witzig gewesen. Wie konnte ich die Atmosphäre in diesem Auto nur auflockern? Irgendwie musste es mir gelingen. Schließlich würden Nils und ich noch mindestens sieben Stunden zusammen in dieser Sardinenbüchse verbringen.

★★★

Nur fünf Kilometer weiter löste Nils unser Gesprächsproblem auf seine ganz eigene Weise.

„Da vorne ist ein Parkplatz."

„Aber wir sind erst eine Stunde unterwegs." Auch wenn ich versuchte, es mir nicht anmerken zu lassen, so war ich genervt. Erst hatte ich im Flughafen warten müssen, bis Nils sein Döner fertig gegessen hatte, nun wollte er kurz hinter München bereits eine erste Pause einlegen. So würde ich Giuseppe, der bereits jetzt schon einen Vorsprung von einer Stunde hatte, niemals einholen.

Nils bemerkte meinen Unmut. „Tut mir leid, aber ich muss mal."

Strafend blickte ich ihn an.

Er erwiderte meinen Blick trotzig. „Dringend."

„Das glaube ich Ihnen nicht. Sie sind schließlich ein Mann. Sie wollen nur eine Zigarette rauchen."

Ich schien mit meiner Vermutung Recht zu haben, denn Nils fuhr mit finsterer Miene an dem Parkplatz vorbei.

Ich war überrascht. Anscheinend kam man bei diesem Promisöhnchen mit Strenge weiter als mit Bitten und Betteln. Wahrscheinlich, weil er sonst alles, was er wollte, direkt in den Hintern geschoben bekam. Hätte ich das vor einer Dreiviertelstunde gewusst, dann müsste ich mir jetzt nicht das Auto mit ihm teilen und wäre schon fast in Innsbruck.

Doch seine Sucht schien größer zu sein als meine Autorität, denn eine Viertelstunde später, an der übernächsten Parkplatzausfahrt, fuhr er, ohne mich darauf hinzuweisen, einfach heraus. Schwungvoll hielt er vor einem wenig einladenden grauen Backsteinhaus an.

„Jetzt muss ich aber wirklich."

Schade! Mein Sieg war nur kurzfristig gewesen.

Nils verschwand in dem Toilettenhäuschen. Und ich beschloss, die Pause zu nutzen, um mich genau der Aufgabe zu stellen, vor der ich mich unmöglich noch länger drücken konnte: Ich musste auf der Landesgeschäftsstelle der SPD München bei meinem Kollegen HDK anrufen, dem einzigen Festangestellten der Filiale, der für alle administrativen Belange zuständig war, um mein Wochenendseminar abzusagen. Er würde die Teilnehmerliste vorliegen haben und die Teilnehmer über den Ausfall informieren können.

Ich hasste es, ihn anzulügen, denn ich mochte ihn wirklich gern, aber ich wollte nicht zugeben, dass ich das Seminar nicht hielt, weil ich Hals über Kopf nach Italien aufgebrochen war, um meinen untreuen Freund zu verfolgen.

Schweren Herzens stieg ich aus und wanderte mit dem Handy am Ohr über den Parkplatz. HDK ging direkt beim zweiten Klingeln ans Telefon.

„Hans-Dieter Köppel." Seine Eltern waren ebenso wie meine nicht gnädig mit ihm umgegangen, was die Namenswahl betraf. Hans-Dieter Köppel war nämlich nicht, wie man annehmen sollte, ein stattlicher Mitfünfziger, sondern gerade einmal Mitte Dreißig. Und man bedenke: Auch er war mal ein Baby gewesen ...

„Hans-Dieter. Hier ist Helga." Ich versuchte meiner Stimme einen kratzigen, belegten Klang zu geben, was mir aber anscheinend nicht recht gelang, denn ein gutgelaunter HDK trompetete vergnügt in den Hörer: „Helga. Was gibt es?"

Ich verdrehte die Augen. Meine Schauspielkünste schienen wirklich höchst bescheiden zu sein. Ich beschloss also, noch eins drauf zu legen und putzte mir erst einmal ausgiebig die Nase, bevor ich weitersprach.

„Ich habe eine furchtbare Sommergrippe erwischt. Mein Hals tut höllisch weh und meine Stimme versagt ständig. Ich werde das Seminar am Wochenende nicht halten können." Am Ende des Satzes ließ ich noch ein trockenes Husten folgen.

Stille am anderen Ende der Leitung.

„Hans-Dieter ..."

„Helga, ich verstehe dich ganz schlecht. Bist du in einem Funkloch?"

„Nein, ich habe die Sommergrippe", krächzte ich, so laut ich konnte.

„Du hörst dich so komisch an." Seine Stimme klang besorgt.

„Ja, weil ich keine Stimme habe. Und ich fühle mich ganz matt. Ich habe Kopfschmerzen und alles tut mir weh." Die letzten Worte hauchte ich nur noch in den Hörer.

„Dann werden wir das Seminar verschieben müssen. So kurzfristig kann sich niemand mehr in das Thema einarbeiten."

Meine Worte! Erleichtert atmete ich auf.

Doch dann fügte HDK noch hinzu: „Überlege dir bitte einen Ersatztermin und gib den Teilnehmern Bescheid."

Ach nein! Ich sackte in mich zusammen. Die Liste mit den Namen und Telefonnummern lag nämlich auf meinem Schreibtisch.

Ich ließ ein markerschütterndes Husten hören und flüsterte ins Telefon: „Kannst du das bitte erledigen? Du hörst doch, meine Stimme ..."

„Was hast du gesagt?"

„Kannst du bitte den Teilnehmern absagen? ... keine Stimme ..."

„Tut mir leid. Ich komme vor Montag nicht mehr ins Büro und bin auf dem Weg zu meinen Eltern nach Nürnberg."

„Und wieso gehst du dann in der Geschäftsstelle ans Telefon?" Vor lauter Empörung vergaß ich, dass ich eigentlich heiser war.

„Ich habe eine Rufweiterleitung eingerichtet." HDK schien es zum Glück nicht aufgefallen zu sein, dass ich kurzzeitig wieder mit normaler Stimme reden konnte. Er überlegte kurz. „Na gut, schick mir die Nummern per E-Mail. Ich erledige das für dich."

Ich schloss für einen kurzen Moment die Augen. Aber das war ja gerade das Problem. Die Nummern waren nicht da, wo ich war, und Internetzugang hatte ich im Auto natürlich auch nicht. Mir wuchs die Situation über den Kopf und ich hustete erneut laut ins Telefon.

„Was hast du gesagt?"

„Ich schick' sie dir." Ich machte das Handy aus und ließ mich auf den Bordstein sinken. Meinen Kopf vergrub ich in den Handflächen. Ich konnte nur hoffen, dass Hans-Dieter sich selbst eine Lösung überlegte, wenn die verlangte Mail niemals bei ihm ankam.

Auf einmal hörte ich hinter mir lautes Klatschen. Ich drehte mich um und sah keine zwei Meter von mir entfernt Nils Schönebeck stehen. Er hatte eine Zigarette in der Hand, auf seinem Gesicht lag ein amüsierter Ausdruck.

„Das war eine ganz tolle schauspielerische Leistung. Sie haben sich angehört, als würden sie dahinscheiden. Hätten Sie die gleiche Nummer eben an der Autovermietung abgezogen, hätte ich Ihnen den Notfall sofort abgekauft."

Wütend schaute ich ihn an. „Und ich wusste doch, dass Sie Ihren Drang auf die Toilette zu gehen nur als Vorwand benutzen, um eine Zigarette zu rauchen."

„Sie lenken ab. Für wen war diese oscarreife Vorstellung denn gedacht? Ich habe leider nur noch das Ende mitbekommen."

„Das geht Sie gar nichts an. Lassen Sie uns weiterfahren! Bei den vielen Zigarettenpausen, die Sie bestimmt noch einlegen werden, sind wir morgen früh sonst immer noch auf deutschem Boden."

Nils ließ seine Zigarette demonstrativ auf den Boden fallen und trat sie aus.

„Schon fertig."

„Haben Ihnen Ihre Eltern nicht beigebracht, dass Abfall in den Mülleimer gehört?“ Ich stapfte zum Auto. „Ich fahre.“

Es tat gut, selbst am Steuer zu sitzen, denn es vermittelt mir das Gefühl, die ganze Angelegenheit in die Hand zu nehmen und nicht nur untätig herumzusitzen. Die Fahrt in dem Smart war allerdings, da musste ich Nils Recht geben, alles andere als komfortabel. Obwohl ich den Fahrersitz bis zum Anschlag nach hinten geschoben hatte, befanden sich meine Knie immer noch kurz unter Brusthöhe. Außerdem war die Federung des kleinen Autos recht bescheiden und es ruckelte kaum besser als auf einem Feldweg über die Autobahn. Aber das Schlimmste war, dass der Smart keine Klimaanlage hatte, denn seitdem sich der Regen kurz hinter München gelegt hatte, waren die Temperaturen merklich in die Höhe geschossen. Auch das geöffnete Fenster brachte kaum Abkühlung. Selbst Nils schien es warm geworden zu sein, denn nach unserem Toilettenstopp hatte er seine Lederjacke ausgezogen und gab nun den Blick auf die zahlreichen Tätowierungen auf seinen Oberarmen frei.

Er schlief, zumindest vermutete ich das, denn er hatte auch kein Lebenszeichen von sich gegeben, als ich kurz nach dem Irschenberg anhielt, um uns eine Vignette für Österreich zu kaufen. Aber ganz sicher konnte ich mir nicht sein, da sich seine Augen hinter einer verspiegelten Sonnenbrille verbargen und er Kopfhörer auf den Ohren hatte. Auf jeden Fall hatte er den Sitz nach hinten gedreht und seine schmutzigen Turnschuhe auf das Armaturenbrett gelegt, worüber ich mir jedoch jeglichen Kommentar verkniff.

Warum spielte mir das Schicksal nur so übel mit? Gestern noch hatte ich geglaubt, mein Leben im Griff zu haben. Ich hatte einen gut bezahlten Job, eine schöne Wohnung mitten in München und, nachdem ich jahrelang eine Niete nach der anderen gezogen hatte, war ich mittlerweile schon seit zwei Jahren mit Giuseppe zusammen, einem erfolgreichen Unternehmensberater, der zudem auch noch intelligent, einfühlsam, attraktiv und witzig war. Gut, über letzteres konnte man sich vielleicht streiten.

Bei meinen Schwestern Fee und Mia und auch bei meinem Vater hatte Giuseppe nämlich den Ruf, ein humorloser Langweiler zu sein, was aber überhaupt nicht stimmte. Er bemühte sich nur so sehr, sich in meine, ich versuche es positiv auszudrücken, unkonventionelle Familie einzugliedern, dass er die meiste Zeit tatsächlich etwas verkrampft wirkte. Er hatte es aber auch wirklich nicht leicht. Denn egal, was er machte, es schien nie richtig zu sein. Lediglich Lilly und meine Mutter mochten Giuseppe. Doch darauf konnte ich mir nicht allzu viel einbilden. Denn Lilly mochte jeden. Und bei meiner Mutter rührte ihre Sympathie vor allem daher, dass sie es kaum erwarten konnte, Enkelkinder zu bekommen, und ihr bisher noch keine ihrer Töchter diesen Wunsch erfüllt hatte, obwohl wir alle mittlerweile über dreißig waren.

„Bist du sicher, dass du Oma werden möchtest?", hatte ich sie gefragt. „Erst letzten Monat hast du gesagt, ich müsse mich jugendlicher anziehen. Mein Kleidungsstil würde ein schlechtes Licht auf dein eigenes Alter werfen."

„So ist es auch. So alt, wie du durch deine Kleidung wirkst, müssen die Leute ja denken, dass ich schon mindestens sechzig bin, sollte ich dich nicht mit vierzehn bekommen haben."

„Du bist achtundfünfzig."

„Das ist nicht sechzig. Und ich wäre garantiert die schickste Oma der Stadt", fügte sie noch hinzu. „Auf jeden Fall musst du ihn dir warm halten. Ihr werdet bestimmt schöne Kinder bekommen."

„Das hast du bei Olli auch gesagt."

„Paah, der!" Milla blies verächtlich Luft aus. „Wenn ich gewusst hätte, wie er dich behandelt hat, hätte ich ihm seinen kleinen Knackarsch versohlt. Du wirst doch deinen Giuseppe nicht mit diesem Versager vergleichen!?"

Nein, das tat ich tatsächlich nicht, denn abgesehen von ihrer Haarfarbe Schwarz hatten die beiden nichts gemein.

Olli hatte bereits, als ich ihn kennen lernte, ein abgebrochenes Jurastudium hinter sich. Kurz darauf begann er mit dem Studiengang Maschinenbau, der aber auch nicht die erhoffte Erfüllung zu bringen schien.

Zu Beginn unserer Beziehung hatte meine Mutter ihn immer verteidigt. Wenn ich auf sein Unvermögen zu sprechen kam, sich auf Prüfungen vorzubereiten und diese zu bestehen, verglich ihn Milla stets mit meinem Vater, der auch nur auf Umwegen zu seinem Traumberuf Steuerberater (!) gekommen war. Olli hingegen, da war ich mir sicher, würde auf ewig Student sein, sich mit Gelegenheitsjobs über Wasser halten und seine Freundinnen quälen.

Giuseppe war glücklicherweise ganz anders. Seit mehr als zehn Jahren arbeitete er als Unternehmensberater bei der Allianz AG in München. Er war freundlich und ausgeglichen und brachte mir häufig kleine Aufmerksamkeiten wie Pralinen oder Blumen mit. Gut, er verbrachte neuerdings ziemlich viel Zeit im Fitnessstudio, aber sein Rücken machte ihm zu schaffen und sein Physiotherapeut hatte ihm dringend zu körperlichem Ausgleich geraten.

Vier

„Jetzt fahren Sie endlich langsamer. Da vorne ist ein Stau." Unsanft riss mich Nils' Stimme aus meinen Träumereien und ich bremse so abrupt ab, dass der Smart leicht ins Schlingern kam. Autofahren war tatsächlich keine große Stärke von mir.

„Wollen Sie uns umbringen?" Hektisch griff Nils mir ins Lenkrad. „Frauen am Steuer."

„Nehmen Sie Ihre Finger weg!" Unsanft schob ich seine Hand zur Seite. „Ich bin nur so heftig auf die Bremse getreten, weil Sie wie ein Irrer herumgeschrien haben."

„Nein. Sie haben vor sich hingeträumt."

„Habe ich nicht. Haben Sie mich etwa beobachtet?"

„Irgendwohin muss ich schließlich schauen und die Auswahl hier auf der Autobahn ist nicht besonders groß. Über was haben Sie denn so angestrengt nachgedacht?"

„Das geht Sie gar nichts an!"

„Sind Sie immer so kratzbürstig?"

Ich bekam augenblicklich ein schlechtes Gewissen.

„Nein, bin ich nicht. Aber zurzeit läuft es bei mir nicht so gut."

„Wollen Sie mir erzählen, was Sie bedrückt? Wir werden schließlich noch mehrere Stunden zusammen im Auto sitzen und auf Dauer ist es doch etwas langweilig, sich immer nur gegenseitig anzuschweigen."

„Das Anschweigen ging aber nicht alleine von mir aus."

„Ich weiß." Er grinste und um seine Augen bildeten sich kleine Fältchen. „Es tut mir leid. Ich war vorhin nicht besonders nett zu

Ihnen. Zu meiner Entschuldigung muss ich sagen, dass ich gestern Nacht nicht besonders viel geschlafen habe."

„Zuviel gefeiert?", fragte ich provozierend.

„Ich merke schon. Ihre Schwester hat Sie über meinen Ruf aufgeklärt. Aber ich muss Sie enttäuschen: Keine Disko. Ich habe gearbeitet." Nils machte ein bedauerndes Gesicht.

„Nachts?"

„Ich habe meinen Text auswendig gelernt. Am Montag beginnen die Dreharbeiten zu einer Serie. Es ist eine Neuverfilmung von *Ein Haus in der Toskana*."

„Oh, das war früher meine Lieblingsserie!", rief ich begeistert. „Mit sechzehn war ich nämlich fest entschlossen, sobald wie möglich in die Toskana auszuwandern. Bisher war ich allerdings noch nicht einmal im Urlaub dort."

„Jetzt kommen Sie hin."

„Stimmt. Und die Dreharbeiten finden in Vinci statt?"

„Nein. In der Maremma. Aber am Samstag trifft sich das ganze Team zusammen mit den Produzenten und dem Regisseur in Vinci zu einem Kennenlern-Wochenende."

„Und welche Rolle spielen Sie? Nein, sagen Sie nichts! Die des arroganten Immobilienmaklers."

„Stimmt. Ich bin beeindruckt. Wie haben Sie das erraten?" Nils lächelte.

„Es ist die einzige Rolle, bei der Sie nicht schauspielern müssen."

„Wollten Sie witzig sein oder einfach nur gemein?"

„Ich wollte witzig sein. Ist es mir nicht gelungen?" Ich verzog meine Mundwinkel ebenfalls nach oben.

„Ich muss mich wahrscheinlich noch an ihren Humor gewöhnen. Und wenn dieser Stau noch länger dauert, habe ich dazu wohl noch eine ganze Weile Zeit."

Während der Verkehr auf den letzten Metern zumindest noch stockend voran ging, war er nun endgültig zum Stillstand gekommen.

„Oh nein“, stöhnte ich. „Ich habe es doch eilig.“ Ich ließ meinen Kopf kurz auf das Lenkrad fallen.

Nils kramte währenddessen seine Zigaretten aus seiner Jeans heraus.

„Unterstehen Sie sich zu rauchen!“

„Ich mache das Fenster auf.“

„Nein.“ Streng wies ich mit dem Zeigefinger auf den Rauchen-Verboten-Aufkleber, der sich in der rechten unteren Ecke der Windschutzscheibe befand.

„Dieses Zeichen sagt, dass man im Auto nicht rauchen darf.“

„Ich rauche auch nicht im Auto. Ich rauche aus dem Auto heraus.“ Seine Hand legte sich an den Fensteröffner.

„Das ist das gleiche. Sie sitzen schließlich mit der Zigarette im Auto.“

„Halten Sie sich immer an die Vorschriften?“

„Immer.“

Nils’ Gesicht verzog sich geringschätzig.

„Das macht das Leben unglaublich viel einfacher“, fügte ich hinzu.

„Aber auch unglaublich viel langweiliger.“

„Das sehe ich ein wenig anders. Ach, das gibt es doch nicht.“ Wütend schlug ich mit beiden Händen auf das Lenkrad. „Warum geht es nicht weiter? Und warum hat dieses blöde Radio keinen Empfang?“ Ich drückte wie wild auf ein paar Knöpfen herum, erntete aber nur ein paar armselige Störgeräusche.

„Wollen Sie die Verkehrsnachrichten hören?“

„Ja, will ich.“ Ich hämmerte weiter verbissen auf das Radio ein.

„Beruhigen Sie sich! Ich schaue nach, wie lang der Stau ist.“

„Wo denn?“

„Auf meinem iPhone.“ Er zerrte ein schwarzes Handy aus seiner Lederjacke heraus. „Und wenn Sie mit der Zeit gehen und sich ein neueres Gerät anschaffen würden, könnten Sie es selbst herausfinden.“ Mitleidig zeigte er auf mein altes Nokia, das in der Mittelkonsole vor uns lag.

Dann begann er auf seinem Handys herumzudrücken. Fasziniert beobachtete ich ihn, denn das ominöse iPhone hatte keine Tasten, sondern nur ein gläsernes Display. Besaß Fee nicht auch so ein Ding?

Bereits nach kurzer Zeit hatte Nils herausgefunden, was er wissen wollte: Wegen eines Murenabgangs war die A 22 auf unbestimmte Zeit gesperrt.

„Oh Gott!“ Ich ließ meinen Kopf erneut auf das Lenkrad sinken.

„Versuchen Sie das Ganze doch ein wenig lockerer zu sehen! Auf der Autobahn geht in nächster Zeit wahrscheinlich sowieso nichts vorwärts. Ich lade Sie auf eine Tasse Kaffee ein.

„Haben Sie eine Thermoskanne dabei?“

„Nein. Aber das hier.“ Er hielt sein Handy in die Höhe. „Und dieses Wundergerät sagt mir, dass in einem Kilometer eine Autobahnraststätte kommt. Los! Fahren Sie raus auf den Standstreifen.“

Ich sah ihn zweifelnd an. „Das ist verboten. Der Streifen muss für Rettungsfahrzeuge frei bleiben.“

„Dann müssen Sie eben schnell sein. Jetzt machen Sie schon!“

Zögernd ließ ich das Auto an und fuhr langsam aus der Schlange heraus auf den Standstreifen. Ich schämte mich furchtbar, als ich in die entrüsteten Gesichter links von mir sah. Also drückte ich das Gaspedal durch und hielt den Kopf stur geradeaus gerichtet. Tatsächlich! Schon nach wenigen Minuten parkte ich den Wagen vor einer Autobahnraststätte, auf deren Dach ein großes gelbes M zu sehen war und die einen beeindruckenden Blick auf die vor uns liegende schneebedeckte Gebirgskette bot.

Nils drückte mir einen Fünfzig-Euro-Schein in die Hand.

„Bringen Sie mir eine Tasse Kaffee und ein Big Mac Menü mit Pommes frites und einer Cola mit. Ich warte dort drüben.“ Er zeigte auf einen Spielplatz.

Irritiert schaute ich auf den Geldschein.

„Kommen Sie nicht mit?“

„Nein. Ich möchte in Ruhe essen.“

„Aber in der Raststätte scheint überhaupt nichts los zu sein.“

Herablassend schaute er mich an. Und plötzlich verstand ich. „Sie haben Angst, von Ihren Fans belästigt zu werden."

„Genau."

„Das ist albern. Sie sind weder Angela Merkel noch der Papst. Mir waren sie vor unserer gemeinsamen Fahrt schließlich auch kein Begriff."

„Sie besitzen auch ein Nokia-Handy von 1990."

„Es ist von 2006", antwortete ich hoheitsvoll, fügte aber nach einer kleinen Pause hinzu: „Gut, ich werde Ihnen Ihr Essen rausbringen. Aber glauben Sie ja nicht, dass ich Ihre Starallüren die ganze Fahrt über unterstützen werde."

Als ich nach fünf Minuten voll beladen auf dem Spielplatz ankam, saß Nils mit Baseballkappe und Sonnenbrille auf einer abgelegenen Bank und ließ sich die Sonne aufs Gesicht scheinen.

„Oh, keine Fantraube um Sie herum! Ihre Verkleidung scheint zu funktionieren", stichelte ich.

Nils machte sich wortlos über sein Essen her. Schnell öffnete auch ich meine Tüten und nahm ein Smarties-Eis, Pommes frites, einen Gartensalat und zwei Veggie-Burger heraus.

„Warum wundert es mich nicht, dass Sie Vegetarierin sind?"

„Warum wundert es mich nicht, dass Sie mich zu Mc Donald gelotst haben? Wissen Sie überhaupt, dass die Rinderhaltung maßgeblich an der Verringerung der Ozonschicht Schuld ist?"

Er warf auf einen Blick auf mein volles Tablett. „Und deswegen boykottieren Sie diese Kette?"

Ich ignorierte seine Ironie. „Normalerweise schon. Ich habe nur Ihnen zuliebe etwas bestellt. Denn wie Sie bestimmt bemerkt haben, bin ich mit leerem Magen ziemlich unausstehlich."

Herzhaft biss ich in einen Burger und verspeiste ihn mit wenigen Bissen. Dann machte ich mich über seinen Partner, die Pommes frites und den Salat her, zuletzt über das Smarties-Eis.

„Sie essen ein Dessert?"

„Wenn Sie ein Mc Donald – Eis als Dessert bezeichnen. Isst Ihre Freundin Anja kein *Dessert*?" Das letzte Wort betonte ich ironisch.

„Woher wissen Sie ...?"

„Meine Schwester hat es mir erzählt."

„Dann ist sie nicht richtig informiert. Wir sind schon seit einem Monat nicht mehr zusammen."

„Warum nicht?"

„Ihr Inneres hat nicht das gehalten, was ihr Äußeres versprochen hat."

Ich verzog das Gesicht. „Was ist denn das für ein Satz? Wollten Sie mit ihr über Nietzsche diskutieren?"

Doch Nils zuckte bloß mit den Schultern und zündete sich eine Zigarette an. Nachdem er einen tiefen Zug inhaliert hatte, lehnte er sich zurück und musterte mich.

„Sie haben vorhin auf dem Parkplatz etwas über ein Seminar erzählt, das Sie halten müssen. Sind Sie Lehrerin oder Dozentin an der Uni?"

„Fast. Ich bin ehrenamtliches Mitglied in der SPD und halte Vorträge und Seminare über Immigration und Rechtsextremismus."

„Davon kann man leben?"

„Ja. Kann man. Ich muss aber am Handy sparen." Nils lachte und ich fuhr fort: „Nein. Hauptberuflich arbeite ich beim Deutschen Gewerkschaftsbund mit dem Schwerpunkt Bildungspolitik. Die Seminare halte ich ehrenamtlich. Ich bekomme lediglich eine kleine Aufwandentschädigung dafür."

„Und was reizt Sie dann an dieser Aufgabe?"

„Ich finde es interessant, mit Menschen zusammenzuarbeiten, die sich über Kinderarbeit in Indien mehr Gedanken machen als über Ihre Kleidung." Und dann konnte ich es schon wieder nicht lassen: „Für Sie wäre das bestimmt eine komplett neue Erfahrung."

Doch Ironie oder Sarkasmus schienen an diesem Menschen abzuprallen wie Pistolenkugeln an einer Bleiweste, denn Nils antwortete nur gleichmütig: „Womöglich. Vielleicht sollte ich ein Seminar bei Ihnen besuchen. Das würde mir bestimmt völlig neue Welten eröffnen."

„Bitte nicht. Sie würden mir ja den ganzen Kurs durcheinanderbringen." Verschwörerisch sah ich ihn an. „Sie wissen schon, Ihre Fans. Außerdem müssten Sie SPD-Mitglied sein. Aber lassen Sie mich raten! Sie sind überzeugter CSU-Wähler."

„Natürlich. Bin ich wirklich so leicht zu durchschauen?"

„Ja. Ihre schwarze Gesinnung steht Ihnen ins Gesicht geschrieben."

„Und welcher Tätigkeit gehen Sie in Ihrem Hauptberuf nach?" Anscheinend wollte Nils das Gespräch so schnell wie möglich von unseren grundverschiedenen politischen Orientierungen wegbringen.

„Ich informiere Schüler an Berufsschulen über den DGB, vertrete ihn bei Pressekonferenzen in bildungspolitischen Fragen und ich bereite Demos vor. Momentan führt meine Abteilung eine Umfrage durch, welche Möglichkeiten es gibt, die beruflichen Chancen von Menschen mit Migrationshintergrund zu verbessern."

Nils' Mundwinkel verzogen sich geringschätzig nach unten. „Diese Frage kann ich auch ohne Umfrage beantworten."

„Blenden Sie mich mit Ihrem Wissen!"

„Die beruflichen Chancen dieser bedauernswerten Menschen würden sich von alleine bessern, wenn sie dazu bereit wären, sich in unsere Gesellschaft zu integrieren."

„Die meisten Migranten sind es."

„Nicht alle."

„Es sind auch nicht alle Deutschen integrationswillig", sagte ich ungeduldig.

„Nein. Aber sie haben zumindest keine Verständigungsschwierigkeiten."

„Die meisten arabischen und türkischen Einwanderer, und auf die sprechen Sie hier doch an, sprechen auch Deutsch, zumindest bemühen Sie sich meiner Erfahrung nach."

„Dann sind Sie noch nie auf dem Hasenbergl gewesen. Wenn Sie dorthin kommen, fühlen Sie sich wie in Istanbul.“

„Und was hat Sie in dieses Problemviertel verschlagen?“

Nils ignorierte meine Frage. „Glauben Sie mir, die meisten Türken dort sind alles andere als integrationswillig. Die ziehen ihr eigenes Ding ab und schotten sich komplett von den Deutschen ab.“

„Aber Sie können doch nicht alle Türken über einen Kamm scheren.“

„Nein, das will ich auch gar nicht. Deswegen sagte ich ja auch die meisten und nicht alle.“ Nils richtete sich kerzengerade auf seinem Sitz auf. „Fakt ist, dass viele der Türken, die ich dort kennen gelernt habe, und ich betone viele und nicht alle, sich einen Dreck um die deutsche Kultur scheren. Und ihre Kinder sind die Leidtragenden, denn sie haben überhaupt keine Chance, aus diesem Teufelskreis herauszukommen, weil ihre Eltern nicht vernünftig für ihre Ausbildung sorgen. Und das einzige, was Sie von ihnen lernen, ist, das Land, in dem sie leben, zu verachten. Ihre beruflichen Chancen würde sich also mit Eltern, die bereit sind, sich zu integrieren, von alleine besser werden. Ganz ohne jede Umfrage!“

Ich lachte höhnisch. „Thilo Sarrazin hätte seine helle Freude an ihren Ausführungen.“

„Wenn Sie meinen“, entgegnete Nils. „Übrigens auch SPD-Mitglied. Wie Sie.“

„Ein schwarzes Schaf.“

Unbehagliches Schweigen legte sich wie eine kratzige Decke über uns.

Ich musste es irgendwie schaffen, das Gespräch weg von meinem Beruf auf unverfänglichere Bahnen zu lenken, sonst würden wir uns zerfleischt haben, bis wir in Lucca ankamen.

„Und wovon leben Sie, wenn Sie nicht für eine anspruchsvolle Serie wie Ein Haus in der Toskana vor der Kamera stehen?“ Ich bemühte mich um einen versöhnlichen Tonfall.

Nils schien auf mein Friedensangebot einzugehen, denn seine Körperhaltung entspannte sich sichtlich.

„Bis vor kurzem hatte ich eine Hauptrolle in einer Vorabendserie. Ansonsten Öffentlichkeitsarbeit: Filmpremieren, Partys, Geschäftseröffnungen, Charityveranstaltungen ..."

„Wie kann man denn von Charityveranstaltungen leben?" Neugierig beugte ich mich vor. „Das Geld, das dort eingenommen wird, geht doch an Bedürftige."

„Natürlich. Aber ich bekomme Geld dafür, dass ich mit meinem Namen für diese Veranstaltungen werbe. Letzte Woche musste ich zum Beispiel eine Champagnerflasche signieren, die anschließend zu Gunsten eines Kinderheims versteigert wurde?"

„Sie haben Geld dafür bekommen, dass Sie ihre Unterschrift auf eine Flasche gesetzt haben?"

„Was dachten Sie denn?", antwortete Nils.

„Das ist unmoralisch."

„Was? Dass ich auf einer Flasche Champagner unterschrieben habe?"

War dieser Mensch so begriffsstutzig oder wollte er mich nur provozieren? „Nein. Dass Sie Geld dafür genommen haben, sie zu signieren. Warum haben Sie es nicht umsonst gemacht? Sie hätten ihr Honorar den Kindern überlassen können."

„Die Flasche ist für fünftausend Euro weggegangen. Für die Kinder blieb also immer noch genug übrig."

„Und von irgendetwas muss der Porsche schließlich finanziert werden, oder?"

„Genau. Auch ich muss von irgendetwas leben."

„Aber doch nicht von dem Geld, das Sie armen Waisenkindern wegnehmen."

„Ich habe Ihnen nichts weggenommen. Nur weil ich mit meinem Namen geworben habe, ist überhaupt so viel auf der Veranstaltung eingenommen worden."

Ungläubig schüttelte ich den Kopf. Was für ein eingebildeter Kerl? Mir wurde schlecht.

„Dann sehen Sie Ihr Gekritzel auf der Champagnerfalsche wohl als gute Tat an?"

Statt einer Antwort lächelte Nils nur gönnerhaft, zuckte mit den Schultern und lehnte sich zurück.

Das brachte mich noch mehr in Rage. Ich wollte Nils' arrogante Hülle zerstoßen und bis in sein schwarzes Inneres vordringen, egal wie. Und so holte ich tief Luft, um zu einem letzten, alles vernichtenden Schlag auszuholen „Wissen Sie was? Leute wie Sie sind der Grund, warum ich meinen Fernseher abgeschafft habe: arrogante Säcke, die sich für den Nabel der Welt halten, nur weil sie die breite Masse mit ihren primitiven Rollenspielchen unterhalten. Was habe ich nur verbrochen, mir ausgerechnet mit Ihnen ein Auto teilen zu müssen?"

Nils sah mich ein wenig verblüfft an, zumindest schien ich den Überraschungseffekt auf meiner Seite zu haben, doch dann entgegnete er boshaft: „Dann scheinen wir bei all unseren Gegensätzen auch eine Gemeinsamkeit zu haben: Denn hätte ich gleich erkannt, was für eine besserwisserische Zicke Sie sind, wäre ich Ihnen als Mitfahrer garantiert erspart geblieben."

Herausfordernd schauten wir uns beide an und keiner war bereit, als erster den Blick zu senken. Nils hatte es wegen seiner verspiegelten Sonnenbrille allerdings etwas einfacher als ich und so musste ich bereits nach einigen Sekunden klein beigeben. Verbissen stopfte ich die Reste meines mittlerweile komplett geschmolzenen *Desserts* in mich hinein und vermied jeden Blickkontakt.

Nachdem wir wieder ins Auto gestiegen waren und den Rasthof verlassen hatten, zeigte sich, dass es auf der Autobahn immer noch genauso wenig vorwärts ging wie vorher. Kaum hatten wir uns in die lange Schlange eingereiht, standen wir auch schon wieder. Das konnte ja heiter werden!

Nils fragte erneut sein Handy um Rat. „Kein Ende der Vollsperrung in Sicht. Wir fahren besser von der Autobahn auf die alte Brenner-Passstraße. In fünf Kilometern kommt eine Abfahrt."

„Aber wenn es in diesem Tempo weitergeht, kann es noch Stunden dauern, bis wir dort sind."

„Oder Sie benutzen den Standstreifen!"

„Oder ich benutze den Standstreifen", wiederholte ich gottergeben.

Es half nichts. Je schneller diese Fahrt vorüber war, umso besser. Ich setzte den Blinker und fuhr rechts heraus. Dieses Mal machte ich allerdings erst gar nicht den Fehler, nach links in die empörten Gesichter der anderen Autofahrer zu blicken, sondern drückte gleich das Gaspedal durch.

In der letzten Nacht hatte ich einen Alptraum gehabt. Ich hätte ihn als ein schlechtes Omen ansehen können, würde ich nicht ständig von schlechten Träumen verfolgt werden.

Einer meiner Alpträume war der Hasenranch-Traum. Kleine Nagetiere, meistens waren es Hasen, lebten im Garten meiner Eltern in viel zu kleinen Kästen und vermehrten sich darüber hinaus ständig. Irgendwann waren es so viele, dass sie damit begannen, sich gegenseitig aufzufressen. Von diesem Traum gab es mehrere Varianten: Manchmal spielten keine Hasen, sondern Ratten, Mäuse oder Meerschweinchen die Hauptrolle und in einer besonders schrecklichen Version brach bei uns zu Hause ein Feuer aus und ich versuchte die Hasen zu retten, was mir aber nicht gelang. Was aber all diese Träume gemeinsam hatten, war, dass ich stets schweißgebadet und mit dem Gefühl, versagt zu haben, aufwachte.

Ich konnte mir keinen rechten Reim auf diesen Traum machen. Als Kind hatte ich zwar einen Hasen besessen, er hieß Moritz, aber sein Käfig war ausreichend groß gewesen, außerdem durfte er jeden Tag mehrere Stunden im Garten herumhoppeln. Mit jemandem über diesen Traum sprechen wollte ich nicht und durch meine Recherchen im Internet auf den einschlägigen Traumdeutungsseiten erfuhr ich lediglich, dass der Hase ein Symbol für Fruchtbarkeit ist. Vielleicht lag die Ursache des Traumes in meiner Angst vor Kontrollverlust begründet, vielleicht aber auch schlicht und ergreifend darin, dass ich, bis ich mit neunzehn von zu Hause auszog, mein Zimmer mit Fee teilen musste.

Der zweite Alptraum, der mich durch eine Vielzahl meiner Nächte begleitete, musste für Außenstehende ziemlich unspektakulär wirken, denn ich tat für gewöhnlich gar nichts, sondern saß einfach nur da und dachte nach. Und zwar darüber, mit wem ich gerade zusammen war. Ich wusste genau, dass es in meinem Leben jemand ganz besonderen gab, jemanden, der groß und stark war und bei dem ich mich anlehnen konnte, jemand, der nach zu Hause roch. Und verzweifelt ging ich alle Männer durch, die in meinem Leben eine Rolle spielten oder gespielt hatten, und überlegte, wer von ihnen es sein könnte, doch niemand von ihnen kam an mein Idealbild heran.

Seit zwei Jahren gabelte sich an dieser Stelle der Traum:

In einer Variante wurde mir bewusst, dass ich Single war. Ich stand mutterseelenallein auf dieser Welt und würde es für immer bleiben. Die zweite Abart des Traums toppte die erste noch, denn ich kam zu dem Ergebnis, dass ich wieder mit Olli zusammen war. Verzweifelt wehrte ich mich gegen diese Erkenntnis, sagte mir, dass Olli niemals nach zu Hause gerochen hatte, dass eher ich ihm als umgekehrt eine Schulter zum Anlehnen bieten musste und dass wir uns schon längst getrennt hatten, aber es half nichts. Olli blieb der Mann an meiner Seite, bis ich schließlich gnädiger Weise aufwachen durfte. Und auch wenn ich mir stets versuchte einzureden, es sei alles nur Fiktion gewesen, so blieben die Nachwirkungen des Traumes doch stets den ganzen Tag über an mir haften wie ein besonders hartnäckiges doppelseitiges Klebeband.

In dieser Nacht waren diese beiden Alpträume eine höchst unglückliche Symbiose eingegangen: Olli hatte eine Hasenranch und ich versuchte erfolglos, das unartgerechte Treiben auf seinem Balkon zu stoppen.

Ihre Verbindung war wahrscheinlich ein deutliches Zeichen dafür gewesen, an diesem Tag unter allen Umständen im Bett zu bleiben. Ich hatte diese heute Morgen allerdings leider nur dahin gehend gedeutet, über eine Therapie nachdenken zu müssen.

★★

„Passen Sie auf, Sie hätten fast das Eichhörnchen überfahren."

Erschrocken fuhr ich hoch und sah, wie ein rotbrauner buschiger Schwanz rechts im Gebüsch verschwand.

„Sind Sie immer eine so unaufmerksame Autofahrerin? Eben hätten Sie uns fast umgebracht mit Ihrem seltsamen Bremsmanöver und jetzt dieses arme Eichhörnchen. Halten Sie an! Ich fahre weiter!"

„Ich bin überhaupt nicht unaufmerksam. Ein Blinder hätte doch gesehen, dass es das Eichhörnchen ganz locker schafft, vor uns über die Straßen zu kommen, und nicht ich hätte uns fast umgebracht, sondern Sie. Sie haben mir nämlich schon wieder ins Lenkrad gegriffen. Lassen Sie das!" Ich warf ihm einen finsteren Blick zu.

„Ich habe Ihnen ins Lenkrad gegriffen, weil Sie so plötzlich auf die Bremse getreten sind, dass das Auto angefangen hat zu schlingen."

„Aber nur, weil Sie mich mit Ihrem Geschrei erschreckt haben."

„Ich habe nur geschrien, weil ..." Nils überlegte kurz, dann seufzte er und ließ sich in den Sitz zurücksinken. „Könnten Sie trotzdem anhalten? Ich möchte mir kurz die Füße vertreten."

„Das ist nur wieder eine Ausrede, um eine Zigarette zu rauchen."

„Und selbst wenn. Haben Sie ein Problem damit?"

„Ja, ehrlich gesagt schon. Denn ich möchte so schnell wie möglich nach Italien und das kann ich nicht, wenn wir wegen Ihrer Sucht ständig anhalten müssen."

„Stimmt, ich vergaß. Sie sind totsterbenskrank und ... Was haben Sie am Telefon noch gesagt?"

„Das geht Sie gar nichts an!" Stur hielt ich meinen Blick nach vorne auf die Straße gerichtet und drückte das Gaspedal durch, um Nils zu signalisieren, dass ich auf gar keinen Fall anhalten würde.

Doch der ließ nicht locker. „Jetzt erzählen Sie mir endlich, was Sie Dringendes in Italien erledigen müssen? Vielleicht hätte ich dann ein mehr Verständnis für Ihr hektisches und gestresstes Verhalten."

„Nein, möchte ich nicht. Und außerdem bin ich nicht gestresst. Mich nervt nur dieser Bus vor uns."

Kurz nachdem ich bei Nößlach von der A22 abgefahren war, hatte sich ein roter Postbus vor den Smart gesetzt. Und nicht nur, dass dieses Fahrzeug schon fast aufreizend langsam vor uns her tuckerte und die Straße so eng war, dass nicht einmal ein Fußgänger ihn hätte überholen können, nein, er hielt auch noch alle zehn Meter an, um irgendein Balg mit Rucksack vor einem der vereinzelt stehenden Häuser herauszulassen. Die Gehöfte trugen solch klangvolle Namen wie *Zum Erbhof Marder* und ihre Fassaden zierten kitschige Bilder mit landwirtschaftlichen oder religiösen Motiven.

Ungeduldig hämmerte ich mit meiner Handfläche auf dem Schalthebel herum.

„Geben Sie es zu: Sie sind gestresst."

„Nein, bin ich nicht."

Da! Der Bus hielt schon wieder an. Doch dieses Mal fuhr er dabei in eine Einbuchtung. Die Gelegenheit war also günstig. Ich drückte das Gaspedal durch und schoss an ihm vorbei. Dabei hielt ich den Blick starr auf die Straße gerichtet, um nicht in den Abgrund links von mir schauen zu müssen. Nils zog scharf die Luft ein.

„Sind Sie wahnsinnig geworden, an einer solch engen und uneinsichtigen Stelle zu überholen!"

„Die Stelle war weder eng noch uneinsichtig. Ich habe alles im Griff."

Um meinen Worten Nachdruck zu verleihen, beschleunigte ich noch ein wenig und fuhr schwungvoll um eine Kurve, um plötzlich entsetzt aufzuschreien. Zwei Kühe standen in der Mitte des Weges und glotzten uns dümmlich an. Ich stieg sofort auf die Bremse, kam aber erst zwei Meter vor ihnen schlingernd und mit quietschenden Reifen am Rand der Straße zum Stehen. Mein Herz raste. Der Puls der Kühe schien allerdings nicht nennenswert nach oben geschnellt zu sein, denn sie setzten sich in einem nur sehr gemächlichen Tempo in Bewegung, um einen kleinen Abhang hinaufzusteigen und auf einer Weide zu verschwinden.

Ich lehnte mich zurück und schloss kurz die Augen.

„Sehen Sie, das habe ich gemeint. Sie sind gestresst und hektisch. Lassen Sie uns eine kleine Pause machen. In dem Zustand können Sie sowieso nicht weiterfahren. Möchten Sie eine Zigarette?“ Er hielt mir eine rotweiße Packung unter die Nase.

Mit zittrigen Händen stieß ich sie weg und fuhr ein Stück vor in eine Hofeinfahrt. Dann kletterte ich mit wackeligen Beinen aus dem Auto und lehnte mich gegen die Wand eines kleinen Schuppens. Der Postbus fuhr hupend an uns vorbei. Na toll!

Nils stand einige Meter von mir entfernt und hatte seine obligatorische Zigarette in der Hand. Ich wartete auf einen doofen Spruch von ihm, doch er rauchte nur schweigend vor sich hin.

So konnte es nicht weitergehen! Wenn Nils auch in den nächsten Stunden darauf bestand, alle fünfzig Kilometer anzuhalten, würden wir frühestens morgen Lucca erreichen und solange konnte ich diese Ungewissheit nicht mehr ertragen.

„Passen Sie auf! Ich mache Ihnen ein Angebot: Sie dürfen, bis Sie mich in Lucca rausschmeißen, am Steuer sitzen, wenn Sie sich im Gegenzug dazu bereit erklären, bei der nächsten Apotheke anzuhalten und sich für die restliche Fahrt ein Nikotinpflaster auf den Arm kleben.“

„Ein Nikotinpflaster?“ Nils sah mich entgeistert an.

„Es wäre der perfekte Kompromiss. Ich käme so schnell wie möglich in die Toskana und Sie müssten auf Ihr kleines Laster nicht vollkommen verzichten.“

„Kein guter Plan."

„Warum nicht?" Ich sah ihn wütend an. „Es ist ein Kompromiss, von dem jeder profitieren würde."

„Nein. Ein Nikotinpflaster hat nämlich nicht den gleichen Effekt wie eine Zigarette."

„Haben Sie es denn schon einmal mit einem Nikotinpflaster probiert?"

„Nein, aber ..."

„Sehen Sie. Sie haben es noch nie probiert. Lassen Sie uns zu einer Apotheke fahren. Bestimmt kann Ihnen Ihr Wunderhandy sagen, wo die nächste ist. Und ..." Ich griff in meine Handtasche. „Hier ist ein Kugelschreiber. Dann sind Sie nicht nur mit Nikotin versorgt, sondern haben auch noch etwas in der Hand, das Sie ablenkt, wenn Sie Gelüste nach einer Zigarette verspüren."

★★

„Ich fühle mich von Ihnen überrannt", meinte Nils, als wir beide wieder im Auto saßen, er auf der Fahrer-, ich auf der Beifahrerseite. „ Sie können doch nicht darauf bestehen, dass ich mir ein Nikotinpflaster auf den Arm klebe."

„Ich bestehe nicht darauf. Ich bitte Sie darum und biete Ihnen gleichzeitig etwas dafür an. Es ist also viel mehr ein Geben und Nehmen als eine Forderung."

Nils schaute auf seine Zigarettenschachtel herunter und wiegte sie prüfend von rechts von links. Anscheinend überlegte er gerade, ob ihm eine sichere Weiterfahrt ein solches Opfer wert wäre. Dann schien er zu einem Entschluss gekommen zu sein.

„Gut, ich probiere es mit diesem Nikotinpflaster. Ich habe in letzter Zeit wirklich ein wenig zu viel geraucht ..."

„Sehen Sie", fiel ich ihm ins Wort. „Ich tue also auch noch ein gutes Werk mit meiner Forder ..., äh, Bitte."

„So würde ich es nicht sagen. Es wäre wirklich ein großes Opfer für mich, fast schon eine Beschneidung meiner Persönlichkeitsrechte. Aber ich tue es. Allerdings hätte ich auch eine kleine Bitte an Sie."

„Ich bin Ihnen schon entgegengekommen, indem ich Sie fahren lasse."

„Ja, aber ich glaube, nach Ihrem kleinen Fast-Zusammenprall mit den Kühen sind Sie sowieso nicht mehr so scharf darauf, zu fahren. So billig kommen Sie mir also nicht davon."

„Sie haben mich durchschaut", gab ich widerstrebend zu. „Was kann ich also für Sie tun?"

„Ich möchte noch einmal eine etwas längere Pause einlegen."

„Warum das denn? Haben Sie schon wieder Hunger? In dem Fall fragen wir in der Apotheke gleich mal nach, ob es dagegen auch ein Pflaster gibt."

„Nein. Hunger habe ich keinen. Ich hätte Lust auf eine kleine Wanderung."

„Eine Wanderung?"

„Ja, eine Wanderung. Es gibt ganz in der Nähe von hier einen kleinen Gebirgssee, den Obernberger See. Er liegt ein wenig abseits auf einem Berg. Ich war vor ein paar Jahren schon einmal dort." Nils drehte gedankenverloren den Stift zwischen seinen Fingern.

„Aber dann wissen Sie doch, wie es dort aussieht. Warum wollen Sie noch einmal zu diesem See?"

„Aus nostalgischen Gründen."

„Sie waren mit einer Frau da."

„Nein." Nils verdrehte die Augen. „Mit meinen Eltern."

„Herzallerliebst! Das Nikotinpflaster hat aber nur den Zweck, dass ich schneller und ohne Pause nach Italien komme. Warum also sollte ich eine Stunde oder länger damit vertrödele, mit Ihnen eine Wanderung zu unternehmen?"

„Der Weg dauert hin und zurück etwa eine Stunde. Dafür würde ich anschließend bis Lucca nonstop durchfahren. Und wenn die Natur wirklich einmal ihr Recht fordern sollte, kurbele ich das Fenster herunter oder pinkele in eine Flasche." Er grinste.

Ich war noch nicht überzeugt. „Kann ich im Wagen sitzen bleiben, während Sie Ihren Nostalgietrip unternehmen?"

„Nein. Es ist wirklich ein ziemlich großes Opfer, mir ein Nikotinpflaster auf den Arm zu kleben. Und ich möchte unbedingt Gesellschaft haben. Auch wenn es Ihre ist."

Dieser Mensch war ja solch ein witziger Charmebolzen! *Auch wenn es Ihre ist!* Doch angesichts seines bisherigen Zigarettenkonsums lohnte es sich, zumindest über sein Angebot nachzudenken! Allerdings hatte ich vorher noch etwas zu klären.

„Ich überlege es mir. Suchen Sie in der Zwischenzeit eine Apotheke! Ich sage Ihnen dann Bescheid, wie ich mich entschieden habe."

„Ich kann keine Apotheke suchen, denn ich sitze am Steuer." Er reichte mir sein Handy. „Hier! Gehen Sie ins Internet und schauen Sie selbst nach. Wir sind gleich in der Nähe von Obernberg."

Ich griff nach dem seltsamen Ding und tatschte etwas unbeholfen auf dem Display herum. Doch es blieb schwarz. Dieses iPhone war eindeutig eine Nummer zu kompliziert für mich.

„Ich habe keine Ahnung, was ich machen soll."

„Dann werde ich mir das Pflaster leider erst nach unserer Wanderung auf den Arm kleben können."

Fünf

Ich brauchte keine zwei Minuten, um zu erfahren, dass Giuseppe nicht wie wir auf die alte Brennerpassstraße ausgewichen war, sondern auf noch unbestimmte Zeit auf der A 22 feststeckte. Denn er antwortete mir auf meine SMS sofort:

„Ich weiß nicht, wie lange der Stau noch dauert. Werde in Verona Zwischenstopp einlegen und erst morgen weiterfahren. Die Stadt von Romeo und Julia wird ohne dich kalt und einsam sein. Rufe an, wenn ich angekommen bin."

Was für eine romantische SMS! Ich wäre glatt gerührt gewesen, wenn ich nicht genau wüsste, dass er momentan zusammen mit der hübschen Brünetten in einem Mercedes saß, inklusive Wartelisten-Handtasche und Fahrerin. Auf der anderen Seite konnte ich mir jetzt sicher sein, dass meine Fahrt mit Nils schon viel früher ein Ende finden würde, als ich zunächst angenommen hatte. Jetzt könnte ich die ganze Angelegenheit schon einige hundert Kilometer vorher in Verona klären und müsste nicht mit ihm bis nach Lucca fahren.

Ich beschloss, sein Angebot anzunehmen. Und da Nils sich das Ende unserer gemeinsamen Fahrt anscheinend genauso herbeisehnte wie ich, sagte er freudig zu, den kleinen Umweg über Verona in Kauf zu nehmen.

Schon bald hielten wir vor einem Gasthaus mit dem klangvollen Namen *Waldesruh* an.

„Können wir nicht mit dem Auto zum See fahren?", fragte ich, als ich sah, dass ein steiniger Fahrweg in dessen Richtung führte.

„Nein. Durchfahrt nur für Berechtigte.“ Nils zeigte auf ein rundes Schild.

„Vorhin auf der Autobahn haben Sie solche Verkehrsregeln auch nicht interessiert.“ Murrend stieg ich aus dem Auto und trottete hinter Nils her, der forschen Schrittes eine Brücke überquerte und in einen Waldweg einbog, an dessen Anfang ein Kreuz stand. Sein Sockel war liebevoll mit Erika und Schleifenband umsäumt. Es sollte an einen Mann namens Rudolf Geir erinnern, der am 9. Juni 2005 verstorben war und der mich von einem Foto herunter mit einem Akkordeon in der Hand fröhlich anlächelte.

Solche Wegkreuze machten mich immer traurig. Wie lange nach dieser Aufnahme hatte er wohl noch gelebt? Sofort nahm ich mir vor, meiner Fahrt nach Italien und insbesondere dieser Wanderung etwas Positives abzugewinnen. Doch das war gar nicht so einfach. Denn hatte der Weg zunächst noch recht sanft ansteigend begonnen, so zweigte er bald auf eine Weide ab und führte steil den Berg hinauf. Stöhnend und ächzend kraxelte ich den immer steiniger werdenden Pfad hoch, der hin und wieder von hölzernen Treppenstufen durchbrochen wurde. Vorbei an kleinen braunen Schuppen und begleitet vom Rauschen eines unsichtbaren Flusses merkte ich schon bald, dass ich mit Nils' Tempo auf Dauer nicht würde mithalten können und fiel immer weiter ab.

Schwer atmend ließ ich mich nach etwa der Hälfte des Anstiegs vor einem zerfallenen Gehöft auf einer der Treppenstufen nieder und warf einen Blick ins Tal hinunter. Noch wirkte das Gras auf den Weiden mehr strohig als grün und an mehreren Stellen schien die Erde durch, doch weiße und lilafarbene Krokusse und gelbe Schlüsselblumen ließen bereits jetzt vermuten, welche Farbenpracht den Wanderer im Sommer auf diesem Weg erwarten würde. Neben mir zog ein Bauer unermüdlich eine Art Pflug an einer Eisenkette eine Weide hoch und wieder herunter. Dieses Bild musste ich mir vor Augen halten, wenn ich bei fünfunddreißig Grad stöhnend hinter dem Schreibtisch saß und meinen Bürojob verfluchte!

Nur widerwillig löste ich meinen Blick von der Szenerie und setzte meinen Aufstieg fort. Von Nils war weit und breit nichts mehr zusehen. Unglaublich! Was für eine Kondition diese Raucherlunge hatte!

Kurz hinter dem Gehöft wurde der Weg noch steiler. Mir erschien er schon fast senkrecht. Erschwerend kam hinzu, dass er alle paar Meter von sprudelnden Bächlein durchkreuzt wurde, die nur durch einen Sprung trockenen Fußes überquert werden konnten.

Erst als es ein wenig flacher wurde, traf ich auch Nils wieder. Er saß auf einem großen Felsbrocken am Rande einer Wiese und wartete auf mich.

„Haben Sie mir nicht erzählt, dass Sie den Weg kennen?“, keuchte ich und wischte mir einige Schweißtropfen von der Stirn. „Sie sagten etwas von einer halbstündigen Wanderung. Die Zeit ist um, aber von einem See ist weit und breit nichts zu sehen. Wir haben uns bestimmt verlaufen.“

„Nein, haben wir nicht. Wir müssen nur hinter der nächsten Kurve ein Stück den Berg hinunter und schon sind wir da.“

„Das ist ja toll!“, bemerkte ich zynisch und ließ mich neben ihn auf den Felsbrocken sinken. Ich brauchte eine Pause. Dringend! Und Wasser! Aber da Nils diese handfeste Bergtour eher als einen Sonntagsspaziergang im Englischen Garten dargestellt hatte, hatte ich nicht daran gedacht, etwas zu trinken mitzunehmen.

Ganz im Gegensatz zu Nils, der mir nun eine Flasche Cola vor die Nase hielt.

„Hier, trinken Sie einen Schluck! Dann geht es Ihnen bestimmt besser.“

Ich rümpfte die Nase. „Das ist Cola! Ich trinke niemals Cola. Wissen Sie eigentlich, dass in einer Flasche vierzig Zuckerwürfel drin sind?“

Nils zog die Flasche wieder zurück. „Ich zwinge Sie zu nichts.“

Genussvoll trank er einen großen Schluck. Ich merkte, dass in meiner Kehle mittlerweile saharaähnliche Zustände herrschten, und beschloss, meinen Stolz mit der Zuckerbrühe herunterzuspülen.

„Geben Sie her!" Ich riss ihm die Flasche aus der Hand. „Bevor ich verdurste, wird es schon gehen."

Die erhoffte Erfrischung blieb natürlich aus und auch mein Durst war nur minimal gestillt. Aber wenigstens konnte ich wieder einigermaßen normal sprechen.

„Es wundert mich, ehrlich gesagt, dass Sie trotz Ihrer ungesunden Lebensweise noch einigermaßen fit sind."

„Ich glaube nicht, dass Sie ein Urteil über meine Lebensweise fällen können." Nils nahm mir die Flasche aus der Hand.

„Ich habe auf dieser Fahrt aber bereits ausgiebig Kontakt mit Ihrer Lebensweise machen können. Sie rauchen wie ein Schlot, Sie essen Fast-Food und anstatt wie jeder normale Mensch Wasser auf eine Wanderung mitzunehmen, haben Sie Cola dabei."

„Sie haben überhaupt nicht daran gedacht, etwas zu trinken mitzunehmen. Und Sie sind es auch, die trotz Ihres Wasserkonsums und Ihres trostlosen Vegetarier-Daseins hier stehen und aus dem letzten Loch pfeifen. So ungesund kann mein Lebenswandel also im Vergleich zu Ihrem überhaupt nicht sein. Außerdem treibe ich regelmäßig Sport."

„Ach! Was denn? Lassen Sie mich raten: Sie spielen Fußball."

„Unter anderem. Lassen Sie mich raten: Sie mögen Fußball nicht."

„Nein. Überhaupt nicht", sagte ich herablassend. „zweiundzwanzig Männer rennen bei jedem Wetter über eine Wiese und versuchen einen kleinen Ball in einen Kasten zu schießen. Während des Spiels lassen sie sich ständig mit schmerzverzerrtem Gesicht fallen, beschimpfen sich gegenseitig und am Ende tauschen sie ihre eklig nassen Trikots aus. Muss ich noch mehr dazu sagen?"

Nils seufzte. „Nein. Ihrer tiefgründigen Analyse hätte ich sowieso nichts entgegenzusetzen. Und Sie haben mich überzeugt. Welchen Sport sollte ich Ihrer Meinung nach ausüben?"

„Gehen Sie joggen."

„Langweilig."

„Volleyball?"

„Dafür bin ich zu klein."

„Golf."

„Ich habe noch Sex."

„Wie bitte?"

„Vergessen Sie es. Weitere Vorschläge?" Nils sah mich auffordernd an.

„Reiten."

„Schwul."

Ich dachte an Giuseppe und dass er kürzlich darüber gesprochen hatte, wegen seiner Rückenprobleme Reitstunden zu nehmen. „Ist das nicht ein Vorurteil?"

„Dass nur schwule Männer reiten? Bestimmt nicht." Nils schüttelte den Kopf. „Mein bester Freund ist schwul. Er hat vor einem Jahr im Reitstall am Englischen Garten einen schwulen Reiterstammtisch ins Leben gerufen. Mittlerweile umfasst er zwanzig Mitglieder."

Ich war überrascht. Nicht wegen Nils' stereotyper Meinung über männliche Reiter, sondern wegen etwas anderem. „Sie haben einen schwulen Freund?"

„Ja. Joschua Zimmermann. Vielleicht haben Sie ihn schon einmal im Fernsehen gesehen. Er ..."

„Sparen Sie sich Ihre Erklärungen. Ich besitze seit zwei Jahren keinen Fernseher mehr. Und irgendwelche seichten deutschen Komödien habe ich mir seit meiner Pubertät nicht mehr angeschaut."

„Er ist Nachrichtensprecher."

Oh! Ich schwieg betreten.

„Wissen Sie, Sie halten mir die ganze Zeit meine Intoleranz vor, dabei sind Sie kein bisschen besser als ich. Außerdem sind Sie die größte Spaßbremse, die mir je unter gekommen ist. Sie trinken keine Cola und essen kein Fleisch. Sie hassen Fußball und schauen kein Fernsehen. Abgesehen davon, dass Sie am Telefon lügen, scheinen Sie sich immer an die Regeln zu halten. Das hört sich, meiner Meinung nach, nach einem ziemlich langweiligen und trostlosen Leben an."

„Ich habe Sie aber nicht nach Ihrer Meinung gefragt und ich denke, ich kann jetzt weitergehen. Je schneller diese Wanderung vorbei ist, desto besser."

Ich drehte mich um und ging los. Nils sollte nicht merken, wie sehr mich seine Worte verletzt hatten.

Tatsächlich lag der See gleich hinter der nächsten Kurve und er entschädigte mich für fast alles, was sich heute Schreckliches zugetragen hatte. Selbst für die Blase, die sich an meiner rechten Ferse allmählich bildete und die bei jedem Schritt unangenehm ziepte.

Malerisch schmiegte er sich um ein Wäldchen, aus dessen Mitte sich eine kleine weiße Kapelle mit runden Zwiebeltürmchen erhob. Nils steuerte sofort die hölzerne Brücke an, die zu dem Wäldchen herüberführte, und lehnte sich in deren Mitte gegen die Brüstung. Ich folgte ihm, achtete aber demonstrativ darauf, einige Meter Abstand zwischen uns zu lassen. Ich würde ihn einfach ausblenden!

Verträumt schaute ich auf die sanft gewellte blau-grüne Wasseroberfläche, aus der die Sonne einen Teppich aus Tausenden von winzigen Diamanten gewebt hatte und an deren Ufern noch vereinzelte Schneefelder funkelten. Ich schloss einen Moment die Augen, lauschte dem sanften Rauschen des Windes in den Baumwipfeln und genoss die warmen Sonnenstrahlen auf meiner Haut. Tief zog ich die frische Bergluft ein. Sie war so klar, so würzig, so – ein Rauchschwaden zog an meiner Nase vorbei und genervt schaute ich zur Seite – teerig.

Nils blickte ebenso wie ich auf den See hinaus. Dabei zog er ab und zu genussvoll an einer Zigarette und blies den Rauch in mehreren großen und kleinen Kringeln vor sich hin.

Erst mich als besserwisserische Ziege und mein Leben als trostlos bezeichnen und nun auch noch die reine Bergluft verpesten. Dieser Mensch war das Letzte!

Ich ging zu ihm hinüber und stupste ihn unsanft mit dem Zeigefinger in die Seite.

„Wenn wir wieder im Tal sind, müssen wir so schnell wie möglich an einer Apotheke anhalten. Ich kann Ihre blöde Raucherei nicht mehr länger ertragen."

Doch Nils blieb ungerührt. „Gut, und Ihnen bringe ich ein Päckchen Heftpflaster mit. Ich kann nämlich Ihr ständiges Gemecker nicht mehr ertragen."

So ein Mistkerl!

Ich holte tief Luft: „Wir hatten ein Abkommen. Ich gehe mit Ihnen wandern, Sie verzichten darauf zu rauchen. Sie halten sich nicht daran."

„Unser Abkommen ist aber bisher noch nicht in Kraft getreten, da ich bisher noch keine Gelegenheit hatte, mir Nikotinpflaster zu kaufen." Nils äffte meinen Tonfall nach.

„Es wäre aber ein gutes Training für Ihre Willensstärke, sich jetzt schon in Enthaltsamkeit zu üben."

„Enthaltsamkeit üben ..." Nils lachte spöttisch und blies provozierend einen besonders großen Kringel in die Luft. „Damit kennen Sie sich bestimmt gut aus."

In diesem Moment machte etwas Ping in mir und danach herrschte in meinem Gehirn für dreißig Sekunden nur noch Schwärze. Aber ich musste mir in dieser Zeit wohl Nils' Zigaretten geschnappt und sie in hohem Bogen ins Wasser geschmissen haben. Auf jeden Fall war sie, als ich wieder zu mir kam, gerade dabei, den silbrig-glänzenden Teppich mit einem kaum hörbaren Geräusch zu durchbrechen und wippte nun vor meinen Augen gemütlich auf und ab.

„Sind Sie total übergeschnappt!", fuhr Nils mich wütend an. „Sie können doch nicht einfach meine Zigaretten ins Wasser werfen."

„Doch, kann ich. Und in ein paar Jahren wird Ihnen Ihre Lunge dafür dankbar sein."

Nils sah mich an, als wolle er noch etwas sagen, doch dann ging er wortlos davon.

Sollte er doch! Ich würde noch ein wenig hier sitzen bleiben, die wunderschöne Aussicht genießen und mich in meinem Triumph sonnen. Dieser Idiot! Dem hatte ich es gezeigt!

Doch meine Genugtuung währte nur kurz. Denn nachdem ich mir bestimmt fünf Minuten lang immer wieder Nils' dummes Gesicht ins Gedächtnis gerufen hatte, kam mir auf einmal ein schrecklicher Gedanke in den Sinn: Nils hatte unsere Autoschlüssel! Was, wenn er mich einfach hier stehen lassen und allein weiterfahren würde?

Schnell sprang ich auf und lief hüpfend, so schnell ich mit meinem schmerzenden rechten Fuß konnte, den Berg hinunter. Ich verfluchte mich innerlich. Warum musste ich mich von Nils provozieren lassen? Normalerweise war ich ausgeglichen und bestrebt, nirgendwo anzuecken. Wieso schaffte es dieses Schauspielersöhnchen ständig, die finstersten, sonst absolut verschütteten Ecken meines Charakters ans Tageslicht zu bringen? Es musste der Stress sein! Welche Frau wäre schließlich nicht gestresst, wenn sie sehen würde, wie ihr Liebster mit einer fremden Frau zusammen nach Italien fährt, obwohl er ihr erzählt hat, er müsse auf Geschäftsreise? Jede, oder etwa nicht?

Ich musste vergessen haben, irgendwo abzubiegen. Denn auf einmal kam ich an einem Alpengasthof vorbei, den ich auf dem Hinweg garantiert nicht passiert hatte. Ein Schild in der Tür wies darauf hin, dass er wegen Betriebsauflösung geschlossen sei. Mit seinen grünen Fensterläden und der Fassade aus groben Holzstämmen hätte das Haus idyllisch wirken können, wäre es nicht so vernachlässigt gewesen. Vor dem Haus lagen einige umgedrehte Ruderboote, die mit ihrer abgeplatzten braunen Lackschicht wie traurige Käfer aussahen, die Blumentöpfe auf dem Hof waren vertrocknet, einige Fensterscheiben zerbrochen. Den einzigen Farbklecks in dieser tristen Szenerie bildete eine knallgelbe Plastikrutsche auf einem ansonsten verfallenen Kinderspielplatz.

Auf einmal jaulte ich auf. Ich hatte beim Hinunterlaufen nicht auf den Weg geachtet und war auf einer Eisscholle ausgerutscht. Unsanft plumpste ich auf den Po und knickte dabei auch noch mit dem linken Fuß um. Mit schmerzverzerrtem Gesicht hielt ich an und massierte einige Augenblicke mein malträtiertes Hinterteil und den Knöchel. Vorsichtig versuchte ich aufzutreten und stellte zu meiner Erleichterung fest, dass ich mir wohl nur das Außenband ein klein wenig gezerrt hatte. Im Gegensatz dazu fühlte sich meine rechte Ferse aber mittlerweile an, als hätte ich ein eng bestecktes Nadelkissen im Schuh. Vielleicht wäre es das Beste, ihn auszuziehen und barfuß weiterzugehen. Doch bereits nach den ersten Schritten wusste ich, dass dies keine gute Idee war. Denn mein Strumpf war sofort durchnässt und die vielen kleinen Kiesel unter mir waren fast noch schlimmer als das Nadelkissen. Mein Fuß tat jetzt nicht mehr nur an der Ferse, sondern überall weh.

Das war alles zu viel!

Ohne auf den feuchten Boden zu achten, ließ ich mich am Wegrand nieder und merkte, dass sich meine Augen mit Wasser zu füllen begannen. Energisch wischte ich die Tränen weg. Nein! Ich würde nicht weinen. Ich weinte niemals. Jedenfalls nicht wegen einer Blase am Fuß oder wegen eines geprellten Pos. Das war doch Unsinn! Einen Moment lang schloss ich die Augen und drückte meine Hände fest dagegen. Was für ein mieser Tag! Was hatte ich nur verbrochen, um dies alles erleben zu müssen? Warum war ich nicht einfach in München geblieben, hatte Giuseppe angerufen und um eine Erklärung gebeten oder gewartet, bis er am Dienstag wieder zu Hause war? Aber zu spät! Ich saß hier auf halbem Weg zwischen einem miesen kleinen See und einem Parkplatz fest, auf dem bestimmt kein Smart und kein kettenrauchender Machoschauspieler auf mich warten würden. Alles meine Schuld! Zumindest fast.

Als ich gerade dabei war, mich so richtig schön im Selbstmitleid zu suhlen und zu überlegen, ob Tränen den Kloß in meinem Innern nicht vielleicht doch ein wenig erweichen konnten, klingelte mein Handy. HDK! Er wartete bestimmt immer noch auf die E-Mail, die er niemals erhalten sollte. Prima! Jetzt war ich also nicht nur meinen Mitfahrer nebst Leihwagen los, sondern auch noch meinen kleinen Zusatzverdienst. Resigniert zog ich das Handy aus meiner Hosentasche. Das Display zeigte Fees Nummer an. Ich wartete einen Moment, um mich wieder zu sammeln und holte dann tief Luft.

„Ja?"

„Helga? Es ist etwas Schreckliches passiert. Kann ich kurz mit dir reden."

„Nein", dachte ich, denn ich hatte momentan keine Lust darauf, mit dem Hintern im Matsch zu sitzen und mir das bestimmt höchst banale Problem meiner vom Glück verwöhnten Schwester anzuhören.

„Klar. Erzähl!"

„Sam möchte Lehrer werden."

Ich ließ diese Neuigkeit kurz auf mich wirken. „Aber er ist bereits Apotheker."

Fee schluchzte. „Aber er kann sich nicht vorstellen, sein ganzes Leben lang Klosterfrau Melissengeist und Potenzmittel zu verkaufen und achtzehn Stunden am Tag zu arbeiten wie sein Vater. Er möchte mehr Zeit für mich haben."

„Das ist doch eigentlich sehr nett", sagte ich vorsichtig.

„Nein, ist es nicht", heulte Fee. „Was will ich mit einem Mann, der immer zu Hause ist? Ich bin selbst nie da."

„Und nun will er wieder studieren?"

„Nein. Mathematiklehrer werden händeringend gesucht. Er muss nur das Referat machen."

„Referendariat", verbesserte ich sie mechanisch. „Hat Sam es schon seinem Vater erzählt?" Sams Vater gehörten gleich zwei gutgehende Apotheken in der Münchner Innenstadt.

„Nein. Aber er will es nächstes Wochenende tun. Und dann wird ihn sein Vater rausschmeißen und seine Kreditkarten sperren lassen. Da bin ich mir sicher. Ich kenne Peter. Der zieht das durch."

Hm, das war natürlich wirklich ein Problem. Zumindest ein größeres als bei Best Secret die letzten mauvefarbenen Ugg-Boots direkt vor der Nase weggeschnappt zu bekommen – der Grund ihres letzten verzweifelten Anrufs.

„Aber ihr seid noch zusammen?", fragte ich.

„Noch. Aber wenn er sein Vorhaben wirklich durchsetzt, kann ich für nichts mehr garantieren. Lehrer!" Fee schnaubte.

„Jetzt warte erst einmal ab", versuchte ich sie mit den gleichen Worten zu beruhigen, wie sie mich heute Morgen. „Bestimmt ist Sam im Moment nur ausgebrannt. Du wirst sehen, wenn er ein paar Nächte darüber geschlafen hat, wird er selbst einsehen, dass es eine Schnapsidee ist, noch einmal mit einer neuen Ausbildung anzufangen, wenn er schon bald Besitzer von zwei Apotheken sein kann."

„Meinst du wirklich?"

„Natürlich." Ich gab meiner Stimme einen entschlossenen Klang. „Und hat Sam nicht letztens erst gesagt, dass er Kinder nicht ausstehen kann?"

„Stimmt. Na ja, vielleicht ist es wirklich nur eine Kurzschlussreaktion, weil er in letzter Zeit so viel gearbeitet hat, und ich sollte erst einmal das Wochenende abwarten ..." Fee klang schon wieder etwas fröhlicher. Es war bewundernswert, wie schnell sie es immer wieder schaffte, alles Negative weit von sich zu weisen. „Und, was gibt es bei dir Neues? Ist das Auto noch ganz?"

„Ja, so bescheiden, wie du immer tust, sind meine Fahrkünste nun wirklich nicht."

„Und sonst ...? Du hörst dich nicht gut an."

„Nein, alles in Ordnung." Möglichst geräuscharm versuchte ich, meine Nase hochzuziehen.

„Wo bist du denn?"

„Ach, in der Nähe eines Sees. Nils wollte unbedingt eine Wanderung dorthin unternehmen."

„Wie romantisch!" Fee seufzte.

„Ja, es ist toll mit diesem arroganten, verzogenen Promi irgendwo im Nirgendwo herumzulaufen."

„So schlimm kann dieser Schönebeck gar nicht sein. Meine Kollegin Karen hat letztens einen Beitrag über ihn gedreht und sie meinte, es sei wirklich sehr chillig gewesen, mit ihm zusammenzuarbeiten. Absolut unkompliziert."

„Schön für deine Kollegin. Das mag für eine berufliche Zusammenarbeit auch gelten. Es ist aber überhaupt nicht chillig, sich mit ihm ein Auto zu teilen", sagte ich höhnisch.

„Hast du etwas von Giuseppe gehört?"

„Ja, er steckt in einem Stau fest und wird heute Abend nicht mehr bis nach Lucca fahren, sondern eine Nacht in Verona bleiben."

„Ist das gut oder schlecht?"

„Gut natürlich. Jetzt erfahre ich früher, ob Giuseppe mich betrügt oder nicht."

„Und wie willst du ihn in Verona finden?"

„Er ruft mich später an, wenn er weiß, in welchem Hotel er absteigt."

„Halt mich auf dem Laufenden!"

„Mach ich."

Ich drückte auf die Aus-Taste. Das Gespräch hatte meine Verzweiflung ein wenig eingedämmt, zumindest so weit, dass ich nun nicht mehr vorhatte, mich den nächsten Hang hinunterzustürzen. Doch eine Lösung für mein Problem hatte ich dadurch nicht gefunden. Vielleicht würde es klappen, wenn ich nur den vorderen Teil meines Fußes in den Schuh steckte. Ich versuchte es. Doch wirklich schnell kam ich auf diese Weise nicht voran, da ich ihn ständig verlor.

Als ich gerade dabei war, zum gefühlten hundertsten Mal danach zu angeln, hörte ich auf einmal Nils' Stimme. „Hier sind Sie also! Ich habe Sie gesucht." Auf einmal wurde er stutzig und schaute an mir herunter. „Was ist mit Ihrem Fuß?"

Ich verdrehte die Augen. „Ich habe eine Blase. Sieht man das nicht? Oder warum sollte mein Fuß wohl sonst nur halb im Schuh stecken?“

„Zeigen Sie her!“ Er kniete vor mir nieder. „Wir müssen Heilsalbe und Verband besorgen. Ich kann Ihre Ferse damit so polstern, dass Sie Ihren Schuh wieder anziehen können.“

„Woher kennen Sie sich so gut mit Blasen aus? Durften Sie schon einmal den Oberarzt in irgendeiner Krankenhausserie spielen?“, fragte ich zynisch.

„Erraten! Aber jetzt kommen Sie! Ich werde Sie das letzte Stück tragen. Wenn Sie in diesem Tempo weiterhumpeln, sind wir heute Abend noch hier.“

„Nein!“ Ich verschränkte die Arme vor meiner Brust. „Auf keinen Fall. Ich bin viel zu schwer für Sie.“

„Ich bitte Sie.“ Nils musterte mich von oben bis unten. „Sie sind spindeldürr und wiegen bestimmt kaum sechzig Kilo.“

„Ich wiege fünfundsechzig Kilo.“

Er lächelte belustigt. „Auch kein Problem. Und jetzt stellen Sie sich nicht so an! Ich tu Ihnen nichts.“ Er ging einen Schritt auf mich zu und streckte die Arme aus.

Ich gab mich geschlagen. „Soll ich auf Ihren Rücken steigen?“

„Wäre wohl am besten.“ Nils stellte sich vor mich und ich hüpfte unelegant auf ihn drauf.

Ich kam mir unglaublich albern vor und hoffte inständig, dass Nils nicht so bekannt war, dass er ständig von Paparazzi verfolgt wurde. Wir beide in dieser Situation auf dem Titelblatt einer Illustrierten? Das hätte mir gerade noch gefehlt! Nur mit Mühe konnte ich ein hysterisches Kichern unterdrücken.

Ich machte mich so steif ich konnte und hielt meinen Oberkörper soweit es die Gesetze der Schwerkraft zuließen von Nils weg. Wenn wir schon zusammen fotografiert werden sollten, so sollte es auf keinen Fall so aussehen, als würde mir das Ganze Spaß machen. Doch trotz dieser Distanz kam ich nicht umhin zu bemerken, dass Nils überraschend gut roch. Gar nicht nach abgestandenem Rauch. Eher nach Leder und einem herben After-Shave. Aber auch noch nach etwas anderem, was ich nicht recht identifizieren konnte.

Nach etwa fünf Minuten bemerkte ich, dass Nils heftiger zu atmen begann und dass sich auf seinem Nacken ein paar kleine Schweißtropfen gebildet hatten.

„Ist es noch weit?“

„Nein. Vielleicht noch zwei Kurven!“ Nils konnte nur mühsam seinen schweren Atem unterdrücken.

„Wenn Sie wollen, können Sie mich herunterlassen. Ich werde Ihnen bestimmt langsam zu schwer.“

„Es sind wirklich nur noch ein paar Meter. Außerdem haben Sie es doch eilig, nach Verona zu kommen. Wollen Sie mir nicht langsam sagen, warum Sie nach Italien müssen?“

„Nein.“

„Sie sind unglaublich stur.“

„Sie auch.“

„Nein, denn sonst wäre ich nicht zurückgekommen, um Sie zu suchen. Schließlich haben Sie meine Zigaretten ins Wasser geworfen haben. Aber ich bin nicht nachtragend.“

„Das ist nett von Ihnen“, antwortete ich ironisch.

„Ich habe eingesehen, dass meine Reaktion vorhin ein wenig überzogen war. Wir hatten tatsächlich ein Abkommen.“

„Schön, dass Sie es so sehen.“

Nils schüttelte den Kopf. „Mein Gott! Sie sind so eine Nervensäge. Ich hätte Sie weiter im Wald herumhumpeln lassen sollen.“

Mittlerweile waren wir am Auto angekommen. Er setzte mich ab und drehte sich zu mir um.

Verlegen blickte ich ihn an. „Vielen Dank, dass Sie es nicht getan haben. Meine Reaktion war ebenfalls ein wenig überzogen. Sie haben sich schließlich nur eine Zigarette angezündet ...“

Ich bemerkte auf einmal, wie dicht wir voreinander standen. Seine Augen waren grün und nicht braun, wie ich zuerst gedacht hatte, und um die Iris herum von kleinen goldenen Punkten durchbrochen. Es waren schöne Augen ... Sternchenaugen! Meine Knie wurden weich und mein Magen begann zu flattern.

Mein Gott, was hatte ich nur für dämliche Gedanken! Sternchenaugen! Der Stress der letzten Stunden musste mir das Gehirn vernebelt haben. Unwillkürlich trat ich einen Schritt zurück und ließ meine Hand teleskopartig nach vorne schießen.

„Frieden?", fragte ich.

Nils zögerte einen Moment, dann nickte er.

„Frieden!"

Er griff meine Hand und hielt sie kurz fest. Doch dann ließ er sie abrupt los, fast so, als hätte er auf eine heiße Herdplatte gegriffen.

„Fahren wir weiter!"

Sechs

Nachdem mein Fuß verarztet war und Nils' Oberarm ein hautfarbenes Nikotinpflaster von der Größe einer Mandarine zierte, setzten wir unseren Weg nach Italien fort. Außerdem hatte ich mir einen Stadtplan von Verona gekauft und ganz nebenbei auch mein kleines HDK-Problem gelöst. Als Nils nämlich sein Handy nach der Adresse der nächsten Apotheke befragte, war mir der unschlagbare Vorteil des iPhones aufgefallen: Man konnte mit ihm ins Internet gehen. Eventuell würde es sich doch lohnen, über den Kauf eines etwas neueren Geräts nachzudenken. Auf jeden Fall hatte ich mit Nils' Hilfe in weniger als fünf Minuten nicht nur meine Teilnehmer über den krankheitsbedingten Ausfall des Seminars informiert, sondern HDK auch stolz mitgeteilt, dass ich mein Problem selbst lösen konnte.

Danach merkte ich erst, wie erschöpft ich eigentlich war. Müde ließ ich mich auf den Beifahrersitz sinken und betrachtete die vorbeiziehende Landschaft, bis alles zu einem unscharfen Film verschwamm und ich einschlief.

Ich wurde von den Klängen von *Green Sleeves* geweckt. Schlaftrunken öffnete ich die Augen und fand mich inmitten eines verschneiten Alpenpanoramas wieder. Verstört kramte ich mein Handy aus der Hosentasche.

„Ja."

„Cara, wie schön deine Stimme zu hören."

Ich schoss auf dem Sitz hoch. „Giuseppe?"

„Hast du mit jemand anderem gerechnet?"

„Nein, ich bin nur kurz eingenickt und noch etwas schlaftrunken."

„Wo bist du denn?", frage Giuseppe verwundert. „Ich habe es eben zu Hause probiert, aber du bist nicht rangegangen."

„Äh", ich suchte krampfhaft nach einer glaubhaften Erklärung und blickte mich um,

„ich sitze gerade in der Tram-Bahn. Gut, dass du mich geweckt hast. Wer weiß, wo ich sonst aufgewacht wäre?"

Guiseppe lachte. „Ich wollte dir nur sagen, dass die Vollsperrung endlich aufgehoben worden ist und ich mich auf dem Weg nach Verona befinde."

„Rufst du an, wenn du da bist?"

„Mach ich. Ti amo." Er legte auf.

Gleich darauf wurde ich tiefrot. Ich hatte völlig vergessen, dass ich mich nicht allein im Auto befand. Was würde Nils jetzt von mir denken? Er hatte mich nun schon ein zweites Mal bei einer Lüge ertappt. Doch der schaute stoisch auf die Straße vor uns.

„Wo sind wir?", fragte ich.

„Wir fahren gerade über den Jaufenpass in Richtung Meran. Ich dachte, es wäre besser, die A22 weiträumig zu umfahren."

„Ist es ein großer Umweg?"

„Nein. Vielleicht dreißig Kilometer."

„Und wie weit ist es noch bis nach Verona?"

„Ich denke, noch etwa zweihundert Kilometer."

„So weit noch." Ich verzog das Gesicht und starrte aus dem Fenster. Schneefelder soweit das Auge reichte und darüber ein strahlend blauer Himmel. Wäre ich nur unter anderen Umständen hier gewesen!

Nachdem wir den Jaufenpass hinter uns gelassen hatten, wartete eine Überraschung auf mich! Hatte der Frühling auf der anderen Seite des Berges bisher nur recht verhalten den Winter abgelöst, so ergoss sich nun vor meinen Augen eine verschwenderische Farbenpracht. Sattgrüne Wiesen, rosa blühende Bäume und an einigen Stellen streckten sogar einige Palmen ihre stacheligen Arme in den Himmel.

Meran selbst erwies sich als gemütliches, etwas altmodisches kleines Kurstädtchen mit vielen pastellfarbenen Häusern, deren Fassaden durch weiße Stuckelemente und altmodisch verschnörkelte Messingbalkone verschönert wurden. Unzählige Straßencafés luden zum Verweilen ein. Fast enttäuscht schlug ich Nils' Angebot, mich auf einen Café einzuladen, aus. Auch Bozen und Trento ließen wir links liegen.

War der Verkehr die letzten hundertfünfzig Kilometer noch geflossen, kam er kurz hinter Rovereto erneut ins Stocken.

„Ganz ruhig", sagte Nils, der die Panik in meinen Augen bemerkte. „Wir gehen kein Risiko ein und fahren an der nächsten Abfahrt von der Autobahn herunter. Es sind höchstens noch fünfzig Kilometer. Die können wir auch auf der Bundesstraße fahren."

Schicksalsergeben nickte ich.

„Waren Sie schon einmal in Verona?", fragte Nils.

„Nein. Sie?"

„Auf meiner Abschlussfahrt."

„Sind Sie in München zur Schule gegangen?"

„Nein. Ich war auf einem Internat am Bodensee. Schloss Salem. Vielleicht sagt Ihnen das etwas?"

„Das ist ein privates Elite-Internat, oder?"

„Privat ja, Elite, ich weiß nicht."

„Sie müssen gut in der Schule gewesen sein", meinte ich.

Er lachte freudlos auf. „Nein. Aber meine Eltern waren bereit, unglaublich viel Geld für meinen Aufenthalt zu bezahlen und sie haben den damaligen Direktor gekannt."

„Hatten Sie dort keine schöne Zeit?", hakte ich nach.

Nils zuckte die Schultern. „Hin und wieder schon. Wenn eine Party stattfand oder jemand Gras organisieren konnte. Aber wer geht schon gern zur Schule!"

„Ich habe die Schule gemocht."

„Welche Überraschung!"

Ich ging auf seine Spitze nicht ein. „Und Sie haben wirklich Drogen genommen?"

„Ich habe Gras geraucht und keine Drogen genommen."

„Das ist das gleiche", sagte ich.

„Nein. Marihuana wird auch zu medizinischen Zwecken eingenommen. Haben Sie noch nie einen Joint geraucht?", fragte Nils.

„Nein. Obwohl, warten Sie ..." Ich musste kichern. „Ich habe einmal auf der Party einer Klassenkameradin aus Versehen einen Haschkeks gegessen. Ich habe ihn für einen ganz normalen Vollkornkeks gehalten. Aber die Wirkung war anders."

„Sie waren ja ganz wild in Ihrer Jugend." Nils' Tonfall klang höhnisch.

Ich presste die Lippen aufeinander. „Nur weil ich mich nicht ständig betrunken und Drogen genommen habe, heißt das nicht, dass ich früher nicht wusste, wie man Spaß hat."

„Ich wollte Sie nicht beleidigen." Er hob beschwichtigend die Hände. „Im Gegenteil. Es würde auch gar nicht zu Ihnen passen, wenn Sie betrunken auf allen Vieren durch einen Raum kriechen oder mit glasigen Augen und einem Joint in der Hand in einer Ecke liegen würden. Sie haben eine so reine Ausstrahlung."

Reine Ausstrahlung? Klar! Er machte sich lustig über mich.

„Ich weiß. Für Sie bin ich die langweiligste Person dieser Welt." Resigniert ließ ich mich in den Sitz zurücksinken.

„Anfangs vielleicht. Aber jetzt, wo ich Sie etwas näher kenne, habe ich auch die eine oder andere Seite an Ihnen entdeckt, die alles andere als langweilig ist", sagte Nils und lächelte anzüglich.

Verlegen blickte ich nach unten.

Doch bevor Nils mir seine Analyse meiner Persönlichkeit näher erklären konnte, trat er auf einmal so heftig auf die Bremse, dass ich ruckartig nach vorne geschleudert wurde und mit dem Kopf nur wenige Zentimeter vor der Windschutzscheibe stoppte.

„Sind Sie verrückt geworden? Warum haben Sie so plötzlich gebremst?", meckerte ich.

„Hinter uns steht eine Anhalterin."

Tatsächlich! Eine groß gewachsene, blonde Frau in kurzen Shorts, einem knappen Pullover und einem Rucksack auf dem Rücken marschierte in forschem Schritt auf den Smart zu.

„Ich möchte aber niemanden mitnehmen. Und woher wollen Sie wissen, dass sie nach Verona will."

„Auf dieser Straße geht es nur in diese Richtung. Und wir müssen Sie mitnehmen. Sie wird es nie vor Einbruch der Dunkelheit zum nächst größeren Ort schaffen. Wollen Sie dafür verantwortlich sein, wenn ihr etwas passiert?"

„Mir kommen gleich die Tränen." Ich sah ihn ungnädig an. „Wenn sie sicher ankommen wollte, würde sie nicht in einem solch knappen Aufzug mutterseelenallein die Straße entlangwandern. Hätten Sie eine solch ausgeprägte soziale Ader auch, wenn die Frau über siebzig wäre, Übergewicht und einen Damenbart hätte?" Ich hob provozierend eine Augenbraue.

„Natürlich. Ich bin nämlich ein netter Mensch."

Mittlerweile war die blonde Frau an unserem Smart angekommen. Genervt kurbelte ich die Scheibe herunter und ein schmales, braun gebranntes Gesicht erschien. Von nahem betrachtet war sie nicht mehr ganz so jung, wie sie von weitem gewirkt hatte, sondern bestimmt schon Mitte vierzig.

„Ciao!" Sie strahlte in das Auto hinein und um ihre blauen Augen bildeten sich viele winzige Fältchen. „You Verona?"

"Yes, we go to Verona. But, sorry, the car ist too ...", setzte ich an. Doch Nils unterbrach mich.

„Certo", rief er charmant. „Per favore, salga in macchina!"

Die Italienerin lächelte, wenn das überhaupt möglich war, noch breiter. „Mille Grazie!"

Sie streifte sich den Rucksack von den Schultern.

Genervt wandte ich mich an Nils, der Anstalten machte, seinen Sicherheitsgurt zu lösen, um ihr zu helfen.

„Die Italienerin passt vielleicht noch rein. Aber ihr Rucksack? Der Kofferraum ist allein durch Ihre Reisetasche mehr als gefüllt."

„Da Sie so freundlich waren, auf Gepäck zu verzichten, ist aber die komplette Rückbank noch frei. Wir beide werden einfach mit den Sitzen ein wenig nach vorne rutschen und schon haben wir genug Platz für uns alle und einen Rucksack“, entgegnete Nils geduldig.

Er stieg aus und ging um das Auto herum. Schwungvoll schob er den Fahrersitz nach vorne, damit unsere neue Mitfahrerin einsteigen konnte. Elegant schlängelte sie sich auf den Rücksitz und Nils hievte ihren Rucksack hinterher. Unfreundliche Bemerkungen vor mich hin grummelnd, schob ich meinen eigenen Sitz etwa zwei Zentimeter nach vorne.

Nils blickte mich streng an. Ich rang mich zu einem weiteren Zentimeter durch.

„Grazie, mille Grazie“, wiederholte die blonde Italienerin noch einmal. „Mi chiamo Valeria!“

Sie hielt erst Nils und dann mir eine schlanke Hand mit dunkelrot lackierten Nägeln hin. Nur widerwillig konnte ich mich zu einem kurzen Händedruck durchringen. Vielleicht hatte mich mein erster Eindruck getäuscht. Wenn ich wegen ihr nicht eingequetscht wie eine Presswurst sitzen müsste, hätte ich sie glatt sympathisch finden können.

„Mi chiamo Nils. E lei è Helga!“, stellte Nils uns beide vor, da ich keine Anstalten machte, Valeria meinen Namen zu verraten.

Wie so oft wünschte ich meine Eltern wegen ihres bodenlos schlechten Geschmacks auf den Mond. Hätten sie mir einen klangvolleren Namen als Helga gegeben, wären meine eigenen Nägel jetzt vielleicht auch farbig lackiert und nicht natur pur mit einer leicht ausgefransten Nagelhaut.

„Oh!“ Die Italienerin zeigte auf das Pflaster auf Nils’ Arm „Lei vuole smettere di fumare?“ Was für eine blöde Frage! Warum sollte er wohl sonst mit einem riesigen Nikotinpflaster herumrennen.

Doch Nils nickte freundlich.

Dann blickte die Italienerin zu mir. „Fidanzata?“

Wollte sie wissen, ob ich Nils' Freundin, Verlobte oder Ehefrau war? Anscheinend, denn Nils lachte laut auf, schüttelte den Kopf und sagte etwas, was ich nicht verstand. Wohl aber seine Geste! So ein Idiot! Er tat ja gerade so, als sei es das abwegigste Ding der Welt, mit mir zusammen zu sein.

Bis kurz nach unserer Vorstellungsrunde hatte ich der ganzen Konversation zumindest noch ansatzweise folgen können, doch da waren Nils und Valeria noch im Sparmodus gelaufen. Nachdem alle Anfangsfloskeln ausgetauscht waren, legten sie jedoch los, dass mir Hören und Sehen verging. Konnte ich zunächst noch einige Worte verstehen, ging das ganze Gespräch bald in einem rollenden Einheitsbrei unter, der durch allerlei Handbewegungen unterstrichen wurde. Und keiner der beiden machte Anstalten, mich in das Gespräch zu integrieren. Im Gegenteil! Valeria hatte so demonstrativ ihren linken Arm auf Nils' Sitz abgestützt, dass er schon fast als optische Barriere zwischen mir und Nils gesehen werden konnte. Doofe Nuss! Mein anfänglicher Eindruck hatte mich doch nicht getäuscht. Selbst mit genügend Beinfreiheit hätte ich sie unsympathisch gefunden.

Als ich gerade dabei war, mich gedanklich zu verabschieden, rief die Italienerin auf einmal entzückt auf. „Nils Schönebeck. Nils Schönebeck. L'attore?“

Nils lächelte geschmeichelt und nickte.

„La ho visto in TV“, gurrte sie und schenkte ihm einen verführerischen Augenaufschlag.

Natürlich! Sie hatte ihn im Fernsehen gesehen!

Valeria begann in ihrem Rucksack zu kramen und holte Block und Stift hervor.

„Per favore, posso avere un autografo?“

Sie reichte Nils Block und Stift nach vorne. Der nickte glückselig, legte den Block auf seine Knie und krickelte während des Fahrens seinen Namen darauf. Valeria strich begeistert mit dem rechten Daumen über die Schriftzüge. „Grazie …“ Den Rest konnte ich erneut nicht verstehen. Wahrscheinlich machte sie Nils gerade einen Heiratsantrag. Es war definitiv Zeit, mich zu verabschieden!

Ich sehnte mich danach, mit jemand über meine derzeitige Lage zu sprechen. Doch ich wusste beim besten Willen nicht, mit wem.

Die meisten Menschen wundern sich früher oder später darüber, dass ich niemals von irgendwelchen Freundinnen erzähle. Nun ja, das liegt wahrscheinlich daran, dass ich keine habe. Ich wüsste einfach nicht, in welcher Nische meines Lebens ich sie unterbringen sollte. Mir fehlt schlichtweg die Zeit dafür. Denn seitdem ich mit zwanzig von zu Hause ausgezogen war, hatte ich einen zeitraubenden Job, zeitraubende Beziehungen und drei Schwestern und eine Mutter, von denen im Gegensatz zu mir leider keine beruflich oder privat so stark eingespannt ist, dass sie mich nicht mindestens einmal am Tag anrufen oder schlimmer noch unangekündigt vor meiner Tür stehen konnte.

Fee hatte mich zum Flughafen gefahren und mir alles Gute gewünscht, mehr konnte ich von ihr nicht erwarten. Sie war viel zu sehr mit ihrem Jet-Set-Beruf, ihrem Freund Sam und der Instandhaltung ihrer Schönheit beschäftigt, um sich wirklich für die Belange ihrer Mitmenschen zu interessieren.

Mia konnte ich beruflich und privat im besten Falle als unstet bezeichnen. Derzeit wusste ich überhaupt nicht, wo und als was sie gerade arbeitete. Bei den meisten ihrer Partner hatte ich es nach der ersten Begegnung vermieden, sie mit den Worten „Auf Wiedersehen!“ zu verabschieden.

Und meine Mutter würde mir raten, Giuseppe zum Teufel zu jagen und mit dem Schauspieler durchzubrennen.

Blieb nur noch Lilly. Lilly hatte für alles Verständnis. Leider war sie gestern Abend mit ihrem Freund Torsten zu einem verlängerten Wochenende in den Bayerischen Wald aufgebrochen.

Als Nils, die blonde Valeria und ich gegen neunzehn Uhr am südlichen Rand von Verona angekommen waren, musste ich mir resigniert eingestehen, dass es niemand gab, dem ich meine derzeitige Situation anvertrauen konnte. Ich musste die ganze Angelegenheit selbst in die Hand nehmen.

„Wo möchten Sie aussteigen?“, fragte Nils.

„Könnten Sie noch einmal Ihr Handy für mich befragen? Ich brauche die Adresse eines Hotels. Wenn es weiter weg ist, nehme ich mir ein Taxi“, sagte ich. Mittlerweile hatte mir Giuseppe nämlich per SMS mitgeteilt, dass er in Verona angekommen und im Hotel Milano abgestiegen sei.

Nils hielt an und begann auf sein Handy einzutippen. Gleichzeitig ließ er einen italienischen Redestrom auf Valeria einprasseln, bei dem ich lediglich die Worte *Café* und *mangare*, essen, verstand. Aber egal, was er sagte, Valeria schien es zu mögen, denn das Lächeln auf ihrem Gesicht war, nachdem sie erfahren hatte, wer mit ihr zusammen im Auto saß, noch eine Spur breiter geworden und ihre Mundwinkel hatten sich seitdem selbst beim Reden keinen Millimeter von dieser Position wegbewegt.

Nils wandte sich an mich. „Das Hotel liegt im Innenstadtbereich, in der Nähe der Arena. Ich werde Sie hinbringen. Bevor ich weiterfahre, muss ich dringend noch etwas essen.“

„Ach!“, bemerkte ich zynisch.

„Ja, Valeria kennt ein nettes Café am Rand der Altstadt, das einer Freundin von ihr gehört.“

Er warf Valeria einen, wie ich fand, vielsagenden Blick zu.

„Tun Sie, was Sie nicht lassen können!“, murmelte ich und verdrehte die Augen. Dieser Weiberheld hatte anscheinend genug von seinen blutjungen Modelgespielinnen und wollte mir durch die Blume mitteilen, dass er sich heute Abend noch mit unserer reifen Mitfahrerin vergnügen würde. Sollte er doch!

Dieser Mensch war, auch rein objektiv betrachtet, ein wandelndes Promi-Klischee. In dieser Hinsicht konnte man mir wirklich keine besonders vorurteilsbelastete Haltung vorwerfen. Er war unerträglich selbstverliebt, egoistisch, oberflächlich und vergnügungssüchtig. Er war ignorant, rauchte wie ein Schlot, ließ sich für Wohltätigkeiten bezahlen, hielt sich für unwiderstehlich und ...

Mir wären bestimmt noch hundert weitere Dinge eingefallen, die mir an Nils Schönebeck unglaublich auf den Keks gingen, hätte ich nicht auf einmal erkannt, welchen Vorteil sein erotisches Vorhaben mir bot: Wenn Giuseppe mir eine nur einigermaßen einleuchtende Erklärung für die SMS und seine Mitfahrerinnen bot, würde ich die Nacht mit ihm und hoffentlich auch in seinem Bett verbringen. Sollten sich aber meine schlimmsten Befürchtungen bestätigen, dann wäre es nicht schlecht, Nils, sein Handy und den Smart in der Hinterhand zu haben, um mich wahlweise zu einem Bahnhof, zu einem Flughafen oder in die nächste Nervenklinik fahren zu lassen.

„Mir ist gerade ein Gedanke gekommen", sagte ich, nachdem Nils den Smart wieder gestartet hatte. „Hätten Sie etwas dagegen, mir das Auto während Ihres Abendessens zu überlassen?", fragte ich. Das Wort *Abendessen* betonte ich süffisant. „Ich muss noch einige Besorgungen machen."

Nils überlegte einen kurzen Moment. „Gut, aber ich fahre spätestens in zwei Stunden weiter."

So bald schon? Anscheinend sollte es mit Valeria nicht mehr als ein Quickie werden. Aber gut, zwei Stunden waren mehr als reichlich!

„In anderthalb Stunden haben Sie Ihr Auto wieder", sagte ich.

Das *Café Coloniale* lag, durch blühende Topfpflanzen von der Straße getrennt, etwas versteckt in einer Seitengasse nahe des Flusses Adige. Kaum hatte Nils hinter einem alten mintgrünen Fiat geparkt, der so winzig war, dass sich unser Smart ihm gegenüber wie ein Range Rover ausmachte, kam auch schon Claudia, die Besitzerin des *Cafés Coloniale*, nach draußen und umarmte ihre Freundin Valeria herzlich. Etwas neidisch betrachtete ich die einladenden Korbstühle, die unter großen cappuccinofarbenen Sonnenschirmen an kleinen viereckigen Tischchen standen.

„Hier!“ Nils reichte mir den Autoschlüssel. „Passen Sie auf, dass Sie ihn nicht verlieren.“

„Ich habe noch nie etwas verloren.“

Nils machte ein skeptisches Gesicht.

„Ich werde ihn an meinen Schlüsselbund hängen.“ Ich griff in meine Tasche.

„Haben Sie einen Nebenjob als Hausmeisterin? Dieser Schlüsselbund ist ja riesig. Was hängt denn da alles dran?“ Nils betrachtete fasziniert das metallische Gebilde in meiner Hand.

„Mein Haustürschlüssel, der Büroschlüssel, der Schlüssel zum Haus meiner Eltern, mein Fahrradschlüssel ... Soll ich weitermachen?“

„Und was ist in dem silbernen Kasten?“

„Das ist mein Schlüsselanhänger.“

„Ja, aber da ist doch etwas drin. Ist das Werkzeug? Darf ich mal sehen?“ Nils griff danach.

„Nein.“ Ich ließ den Anhänger peinlich berührt in meiner Hand verschwinden. „Das ist ein Maniküre-Set.“

Nils konnte sich das Lachen nicht verbeißen. „Sie tragen ein Maniküre-Set bei sich?“

„Ja. Wundert Sie das?“, fragte ich.

„Ein bisschen schon.“

„Selbst ich renne nicht gerne mit eingerissenen Nägeln herum“, sagte ich würdevoll.

„Seien Sie doch nicht eingeschnappt. Hier!“ Nils reichte mir einen Zettel. „Ich habe Ihnen meine Handynummer aufgeschrieben. Für Notfälle.“

„Danke. Auch wenn ich sie garantiert nicht brauchen werde.“

Mit einem mulmigen Gefühl im Bauch stieg ich in den Smart und lenkte ihn langsam durch die engen Gassen. Bald würde ich

Gewissheit haben, ob ich meinen Traum von der deutsch-italienischen Großfamilie weiterträumen durfte oder ob er wie eine Seifenblase zerplatzte, weil eine brünettgelockte Mittzwanzigerin darin eingedrungen war.

Sieben

Zu meiner Überraschung erreichte ich mein Ziel fast ohne Zwischenfälle. Nur einmal hätte ich fast eine Taube überfahren. Der übergewichtige Vogel hatte mich nur hochmütig angeblickt, als ich auf ihn zusteuerte und sich keinen Millimeter von der Mitte der Fahrbahn wegbewegt. Hätte ich nicht noch schnell einen Schlenker gemacht, wären wir kollidiert. Und der Fahrradfahrer, den ich beim Abbiegen fast gerammt hätte. Ebenfalls nicht meine Schuld. Er hatte eine graue Jacke getragen und war kaum zu erkennen gewesen. Aber was versuchte ich mich herauszureden ... Fee hatte Recht. Ich war die schlechteste Autofahrerin aller Zeiten! Und so stellte ich mit Erleichterung fest, dass der Innenstadtbereich von Verona für Autos gesperrt war und ich zu Fuß weitergehen musste.

Ich parkte den Smart am Rande der Piazza Brà im Halteverbot. Außer mir hatten auch noch andere Fahrzeughalter dieses Schild ignoriert. Und so hoffte ich, dass Parkverbotsschilder ebenso wie Ampeln und Geschwindigkeitsbegrenzungen in Italien lediglich eine Art Empfehlung darstellten und ihr Nichtbeachten keine weiteren Konsequenzen nach sich zog.

Als ich aus dem Wagen ausstieg, war es schon dämmerig. Dennoch, oder vielleicht gerade deshalb, ging es auf der Piazza Brà noch zu wie auf dem Münchner Oktoberfest und auf der zweispurigen Straße vor mir fuhren die Autos gleich in vier Reihen nebeneinander. Ungeduldig wartete ich an einem Zebrastreifen darauf, dass ein Auto anhalten und mich die Straße überqueren lassen würde. Doch auch dieses Verkehrszeichen schien von den Italienern keinster Weise ernst genommen zu werden. Zum Glück stürzte sich neben mir eine Braut dicht gefolgt von ihrem Bräutigam und dem Rest der Hochzeitsgesellschaft vor einen Sportwagen, der hupend zum Stehen kam. Die Braut trug ein schauderhaftes, an mehreren Stellen gerafftes Kleid mit einem goldglänzenden Bolero darüber und hatte eine Zigarette in der Hand. Mit ihrer freien Hand zeigte sie dem Fahrer des Wagens ihren Mittelfinger. Mein Aufenthalt in der Stadt der Liebe hätte nicht romantischer beginnen können!

Aber dank der resoluten Braut konnte ich zumindest unbeschadet die Straße passieren und wurde gleich darauf von zwei Teenagern versöhnt, die an einer Bushaltestelle standen und es trotz ihres wilden Geknutsches schafften, mit den Zahnspangen nicht aneinander hängenzubleiben.

Ich blickte mich um. Hier in der Nähe musste sich also das Hotel befinden, in dem Giuseppe abgestiegen war. Wenn er mir denn die Wahrheit gesagt hatte. Aber warum hätte er in diesem Punkt lügen sollen? Er konnte schließlich nicht wissen, dass ich mich an seine Fersen gehängt hatte und ihm nach Verona gefolgt war.

Langsam steuerte ich auf einen großen Brunnen zu, der in der Mitte des Platzes, eingesäumt von Holzbuden, fröhlich vor sich hin sprudelte, um meine Lage zu orten. Rechts von mir bildeten die aneinandergereihten Markisen der Restaurants ein breites grünes Band um den Platz, zu meiner Linken wurde er von einem langgestreckten gelben Gebäude mit Säulen begrenzt. Hotelschilder konnte ich auf den ersten Blick nicht ausmachen.

Was mir aber auffiel, war, dass die Louis-Vuitton-Tasche zu der modernen italienischen Frau zu gehören schien, wie Lederhose und Haferlschuhe zum traditionsbewussten Bayer. An fast jedem Arm baumelte das braune Modell mit dem selbst für mich als Mode-Muffel erkenntlichen Logo.

Langsam ging ich auf eine kleine Bank zu, die im Schatten eines ausladenden Nadelbaums stand. Die letzten Stunden hatte ich so unter Strom gestanden, dass ich mir noch gar keinen richtigen Plan zurechtlegen konnte und normalerweise hatte ich für alles einen Plan. Aber das würde ich jetzt nachholen! Ich holte einen zerknitterten Notizblock und einen Kugelschreiber aus meiner Tasche und begann zu schreiben:

1. im Hotel Milano anrufen und dort Erkundigungen über Giuseppe einholen
Dieser Punkt war einfach zu erledigen. Sobald ich das Hotel gefunden hatte, würde ich hineingehen und nachfragen, ob ein gewisser Giuseppe Ferro dort abgestiegen sei und wenn ja am besten gleich in Erfahrung bringen, ob er sich für die Nacht ein Einzel- oder ein Doppelzimmer genommen hatte.

2. nach einer Toilette fragen und versuchen, mich einigermaßen passabel herzurichten
Dieser Punkt war schon etwas schwerer zu realisieren, denn ein Blick in meine Handtasche zeigte mir, dass sich darin neben meinem Portemonnaie und dem Handy momentan lediglich eine Tüte Pfefferminzbonbons befand. Ich würde mich also mit einem Spritzer Wasser ins Gesicht und frischem Atem begnügen müssen.

3. an Giuseppes Zimmertür klopfen
Ab hier musste ich flexibel sein, da vieles davon abhing, ob sich Giuseppe in seinem Zimmer befand und, wenn ja, ob er sich allein oder in Begleitung darin aufhielt. Ich musste diesen Punkt also aufsplitten.

3.a Giuseppe ist da und allein
Ich werde Überraschung rufen, mich in seine Arme stürzen und seine Reaktion abwarten. Wenn er sehr begeistert über meinen Besuch wirkt, werde ich die ganze SMS-Angelegenheit als dummes Missverständnis abtun und auf sich beruhen lassen.

Dieser Punkt gefiel mir und ich umkreiste ihn zweimal mit meinem Kugelschreiber.

3.b Giuseppe ist da und nicht allein auf seinem Zimmer
Ich werde Giuseppe meine Handtasche über den Kopf ziehen, in Tränen ausbrechen, wegrennen, seine Gespielin erwürgen? Ich wusste es nicht. Diesen Punkt konnte ich nicht planen. Wenn er wirklich eintraf, musste ich intuitiv handeln.

3.c Giuseppe ist nicht da
Ich werde mich vor dem Hotel auf die Lauer legen und warten, bis er wiederkommt. Wenn er erscheint, tritt je nach Situation der Punkt 3 a oder der Punkt 3 b in Kraft.

Jetzt würde ich auf jeden Fall erst einmal den Punkt 1 erledigen und im Hotel Milano anrufen.

Ich merkte, wie mein Bauch sich zusammenkrampfte, ungefähr das gleiche Gefühl, das mich früher immer kurz vor der Verkündigung eines Prüfungsergebnisses beschlichen hatte. Bei den Prüfungen selbst war ich meist die Ruhe in Person gewesen, aber kurz bevor ich die Note erfuhr, begannen mich zwangsläufig die Nerven zu verlassen und ich mutierte zu einem physischen und psychischen Wrack.

Mit wackeligen Knien stand ich auf, durchkramte die Tiefen meiner Handtasche nach dem Handy, fand aber nur den Autoschlüssel und ... blickte direkt auf Giuseppe und seine brünette Begleitung, die von links mein Sichtfeld durchkreuzten und vor dem Springbrunnen stehen blieben.

Ich erkannte Giuseppe trotz der immer stärker einsetzenden Dämmerung sofort an dem für ihn charakteristischen Gang, der – so behauptete Mia boshaft – so aussah, als hätte er einen Stock im Hintern. Obwohl Giuseppe mich unmöglich sehen konnte, sprang ich unwillkürlich einen Schritt zurück. Ihm und Angela folgte die ältere Dame mit dem grauen Dutt, von der ich vermutet hatte, dass sie die Chauffeuse von Giuseppes Gespielin war.

Bei näherem Betrachten wurde mir jedoch klar, dass dies unmöglich der Fall sein konnte. Die Frau war mindestens achtzig und so klein und dünn, dass sie aussah, als ob schon eine zarte Luftbrise sie gnadenlos zu Fall bringen konnte. Giuseppes Angela dagegen, stellte ich voller Genugtuung fest, war von nahem betrachtet viel kräftiger als von weitem. Unter dem Licht der Straßenlaterne konnte ich einen Po erkennen, der so rund war, dass selbst Jennifer Lopez vor Neid erblassen würde. Außerdem sah ich, dass sich unter ihrem rosafarbenen T-Shirt mit Glitzerapplikation ein kleiner Bauchansatz hervorwölbte. Dennoch sah sie unbestreitbar gut aus. Und Giuseppe schien der gleichen Meinung wie ich zu sein, denn er hing fasziniert an ihren Lippen und – ich konnte nicht fassen, was ich sah –beugte sich mit seinem Gesicht zu ihr vor, als wolle er sie gleich küssen.

Nein! Neeiiin! Das durfte ich nicht zulassen! So ein Schuft! Er betrog mich tatsächlich. Ich hatte es doch gewusst. Aber nicht mit mir! Nein! Ich hatte ihn nicht daran gehindert, nach Italien zu fahren. Aber diesen Kuss, den würde ich ihm verderben!

Schnell sah ich mich nach einem Stein um, fand aber natürlich keinen. Da fiel mir der Autoschlüssel ein, den ich noch immer in meiner Hand hielt. Dort hingen eine ganze Menge Schlüssel dran und außerdem noch ein vollständiges Maniküre-Set. Ha! Er tat bestimmt noch viel mehr weh als ein Stein. Mit aller Kraft schleuderte ich ihn in Richtung des glücklichen Paares und warf mich dann hinter den Sockel einer vier Meter hohen Reiterstatue.

Mein Anschlag gelang.

Ich war schon in der Schule eine ausgezeichnete Werferin gewesen und voller Genugtuung musste ich feststellen, dass weder meine Wurfkraft noch meine Wurfgenauigkeit in den letzten zwanzig Jahren gelitten hatte, denn ich traf Giuseppe genau dort, wo ich ihn hatte treffen wollen: mitten auf der Stirn.

Entsetzt fuhr Giuseppe zurück und griff sich ins Gesicht. Angela schrie auf, denn Blut quoll zwischen seinen Fingern hervor. Was weiter geschah, konnte ich nicht erkennen, denn sofort scharten sich ein paar Passanten um die beiden und ich sah nur noch, wie die ältere Frau meinen Autoschlüssel aufhob und ihn nachdenklich betrachtete, bevor die Dreiergruppe von bestimmt einem halben Dutzend Rücken verdeckt wurde.

Die meisten vorher noch so ziellos herumschlendernden Passanten schienen wie von einer unsichtbaren Kraft angezogen zu werden. Ein aufgeregtes italienisches Stimmengewirr summte in der Luft. Aber auf einmal rief ein großer, hagerer Mann mit graumelierten Locken etwas und alle drehten sich um und blickten über den Platz. Der Menschenpulk lichtete sich und gab den Blick auf Angela frei, die hektisch in ihr Handy sprach. Guiseppe drückte einen blutdurchtränkten Papierklumpen auf seine Stirn und eine vielleicht fünfzigjährige Frau stützte ihn und strich ihm mütterlich über seinen Arm. Dann schien Angela den Arzt, den Krankenwagen oder was auch immer informiert zu haben, denn sie blickte auf und zeigte mit dem Finger auf die Statue.

In diesem Augenblick verstand ich zum ersten Mal, was die Redewendung *starr vor Schreck* bedeutet. Denn ich wusste, dass ich dringend verschwinden musste, aber ich konnte mich nicht bewegen. Ich war wie versteinert. Lediglich meine Hände und Beine zitterten so heftig, als würden sie sich gleich selbstständig machen. Und so blieb ich, eng an den Steinsockel gekauert und durch zwei Holzhäuschen vom restlichen Platz abgeschirmt, stehen und wartete ab, was geschehen würde, die Augen fest geschlossen. Doch keine Hand packte mich an der Schulter und zerrte mich hinter der Statue hervor, niemand schrie: „Kommt her, ich habe die Attentäterin gefunden!"

Das einzige, was ich hörte, war ein Auto, das mit quietschenden Reifen auf den Platz einbog und dort zum Stehen kam. Puh! Ich öffnete die Augen wieder und lugte vorsichtig hinter dem Sockel hervor.

Ein Krankenwagen war angekommen und hatte die Aufmerksamkeit der Menge von mir abgelenkt. Giuseppe und Angela stiegen ein und die Menschenansammlung löste sich in Sekundenschnelle auf. Nur die ältere Frau setzte sich auf eine Bank und sah dem davoneilenden Fahrzeug nach.

Ich merkte, wie sich mein Herzschlag verlangsamte und richtete mich schwerfällig auf. Ich hatte Glück gehabt! Wenn man in diesem Fall überhaupt von Glück sprechen konnte. Leider war mein Plan durch meine unüberlegte Aktion komplett durcheinander gekommen. Denn Giuseppe war weg, ich wusste nicht wohin, und somit würde ich so schnell nicht mehr erfahren, was es mit Angela auf sich hatte. Tja, das hatte ich wohl vermasselt!

Auch wenn ich als rationaler Mensch normalerweise nicht an Zeichen glaubte, so kam ich doch nach dieser Schlüssel-Attacke zu dem Entschluss, dass meine Reise nach Italien genau das war, was Fee mir schon von Anfang an gesagt hatte, nämlich eine riesengroße, völlig unüberlegte Dummheit, die ich bestenfalls mit irgendwelchen prämenstrualen Hormonstörungen erklären konnte. Gut, dass ich Nils darum gebeten hatte, mir das Auto zu leihen. Ich würde sofort zu ihm fahren und ihn bitten, mich an einem Flughafen oder Bahnhof abzusetzen, von wo aus ich so schnell wie möglich zurück nach Hause gelangen würde.

Das Auto! Mein Herzschlag, der sich gerade mühsam beruhigt hatte, setzte mit der Gewalt von Kriegstrommeln wieder ein. Denn bei meinem Plan hatte ich etwas Wesentliches übersehen: Mein Schlüssel war weg! Erneut erstarrte ich für einige Minuten zur Salzsäule. Doch dann stieg Ärger in mir auf. Ich trat wütend gegen den steinernen Sockel und rieb mir gleich darauf schmerzvoll meine rechten Zehen. Wie viel Pech konnte ein einziger Mensch an einem einzigen Tag überhaupt haben? Was sollte ich jetzt machen? Das Auto aufbrechen? Nein! Ich hatte keinsterlei Erfahrung darin und selbst wenn es mir gelungen wäre, es zu öffnen, so könnte ich es immer noch nicht starten.

Aber ich musste ruhig bleiben. Nachdenken. Bisher war mir noch für jedes Problem eine Lösung eingefallen. Vielleicht sollte ich zu Giuseppes Mitfahrerin gehen und sie nach meinem Autoschlüssel fragen. Das wäre die einfachste Lösung. Allerdings fiel mir keine Erklärung dafür ein, wie der Schlüssel aus meiner Hand an Giuseppes Stirn gekommen war, für die ich nicht mit einer Anzeige wegen Körperverletzung rechnen musste. Aber was war die Alternative? Nils anrufen und ihm sagen, dass ich den Autoschlüssel verloren hatte? Vielleicht konnte er Autos aufbrechen und kurzschließen. Zutrauen würde ich es ihm. Oder das Auto einfach stehen lassen und mir ein Taxi rufen! Im Grunde genommen konnte es mir schließlich egal sein, wie Nils nach Vinci kam. Für mich war die Italienfahrt an dieser Stelle beendet. Vielleicht wäre das wirklich das Beste! Mich ohne Rücksicht so schnell wie möglich auf den Weg zurück nach Hause machen!

Auf der anderen Seite war der Autoschlüssel als eine Art Tatwaffe zu bezeichnen. Und vielleicht brachte die ältere Frau ihn in ein Polizeirevier, um mit seiner Hilfe die Person zu fassen, die Giuseppe attackiert hatte. Vielleicht konnte anhand des Schlüssels auch das Fahrzeug, zu dem er gehörte, identifiziert werden und die Spur würde unweigerlich zu Nils und mir führen. Nein! Der Gedanke war unwahrscheinlich! Es gab allein in Verona Tausende von Smarts. Wie sollte die Polizei also herausfinden, dass der Schlüssel gerade zu unserem Leihwagen gehörte? Oder sahen deutsche Schlüssel etwa anders aus als italienische? Herrgottnocheinmal! Warum musste ich gerade den Autoschlüssel als Wurfgeschoss benutzen? Hätte ich nicht die Tüte Pfefferminzbonbons oder, besser noch, überhaupt nichts nach Giuseppe werfen können?

Dieser blöde Schlüssel! Meine und Nils Fingerabdrücke waren darauf! Die Spur würde also mit Sicherheit zu uns führen. Aber woher sollte die Polizei meine Fingerabdrücke haben? Sie hatten in ihrer Datei bestimmt nur Fingerabdrücke von Personen, die schon einmal polizeilich auffällig geworden waren. Und das war ich nicht! Aber vielleicht Nils! Und dann würde Nils ins Gefängnis kommen, weil ich aus Eifersucht meinen Freund attackiert hatte. Aber konnte man den Wurf eines Schlüssels überhaupt als Körperverletzung bezeichnen? Schließlich war Giuseppe kaum etwas passiert. Zumindest hatte es für mich aus der Entfernung so ausgesehen. Oh Gott!

In diesem Moment erhob sich die ältere Frau und ging davon. Meinen Autoschlüssel immer noch fest in der Hand. Schnell folgte ich ihr mit einigen Metern Abstand und schloss mich, damit meine Beschattung möglichst unauffällig war, einem italienischen Pärchen an. Er sah aus wie eine etwas faltigere Kopie von George Clooney, während der Stil der Frau, nun ja, sehr professionell wirkte. Unter einer krausen Dauerwelle blitzten dicke weiße Plastikcreolen hervor, der schwarze Rock war zu kurz, der rote Pulli zu eng, die Strumpfhose zu gemustert. Ich seufzte traurig! Warum konnte Angela nicht so aussehen? Dann hätte ich vielleicht über die ganze Angelegenheit lachen können.

Das ungleiche Pärchen tat mir den Gefallen, eine ganze Zeitlang hinter der alten Dame herzumarschieren, doch kurz nach der Arena hielten sie vor einem Louis Vuitton-Geschäft an und bewunderten dessen Auslagen. Die alte Dame dagegen bog in eine kleine, menschenleere Gasse ein, die durch an langen Kabeln befestigte Lampen in schummriges Licht getaucht wurde. Sie hätte den perfekten Hintergrund für eine Szene aus einem Jack-the-Ripper-Film bieten können, wäre die düster-romantische Atmosphäre nicht durch ein Baugerüst und die grellgelben Leuchtbuchstaben des Hotels Milano empfindlich beeinflusst worden.

Um keinen Verdacht auf mich zu lenken, blieb ich am Anfang der Gasse vor einem kleinen Restaurant stehen. Die Trattoria Tre Marchetti hatte neben einer eindrucksvoll teuren Speisekarte, die mit klangvollen Kreationen wie *Tagliatelle Al Limone con ragù di mare* lockte, auch eine eindrucksvolle Sammlung von Guide-de-Michelin-Aufklebern vorzuweisen. Über einer mit goldenen Blättern und Weinreben verzierten Tür waren zwei Äste mit Lichterketten angebracht, daneben baumelten getrocknete Trauben an einem Holzstock herunter. Im Inneren erwarteten den hungrigen

Gast kleine weiß gedeckte Tische und viel Kerzenlicht. Mir knurrte der Magen.

Mittlerweile hatte die ältere Frau das Hotel Milano betreten und ich folgte ihr bis zu dessen Eingangstür.

„Du hast dir dein kleines Liebesnest bestimmt einiges kosten lassen, mein lieber Giuseppe", dachte ich sarkastisch, denn obwohl sich das Hotel nur als Drei-Sterne-Unterkunft auswies, wirkte es ausgesprochen nobel. Vor dem Hotel lud eine Lounge-Möbel-Gruppe den Raucher zum Verweilen ein und durch die breite Glasfront konnte ich einen Blick auf Rezeption und Bar werfen. Direkt an der Fensterfront befand sich eine schmale Bank mit zwei großen Computerbildschirmen, vor denen Lederhocker standen. Das gesamte Hotelinnere war in Mahagonibraun und Creme gehalten. Zwei moderne Kristalllampen an der Wand vervollständigten das stilvolle Bild.

Von meinem Aussichtspunkt sah ich, wie die ältere Frau sich an der Rezeption von einem freundlich aussehenden, etwas dicklichen Inder ihre Zimmerkarte geben ließ und über eine mit einem gestreiften Teppich bezogene Treppe nach oben schritt. Schnell huschte ich ihr hinterher. Sie verschwand in Zimmer 101.

Unentschlossen stand ich vor der Tür. Wenn ich sie darum bitten wollte, mir meinen Autoschlüssel zurückzugeben, wäre jetzt die beste Gelegenheit! Doch als ich mich gerade dazu durchgerungen hatte, den Sprung ins kalte Wasser zu wagen, die Hand bereits zur Faust geballt und erhoben hatte, überkamen mich Zweifel. Denn wie sollte ich meine Schlüssel-Attacke erklären, ohne wie eine komplett durchgeknallte, hysterische Irre zu wirken und damit meine Zukunft mit Giuseppe für immer zu zerstören? Gar nicht, erkannte ich deprimiert und wandte mich wieder ab.

Mit gesenktem Kopf schlich ich mich nach unten.

Als ich gerade das Hotel verlassen wollte, vibrierte es in meiner Hosentasche. Mein Handy! Ein Blick auf das Display zeigte mir, dass Lilly mich erreichen wollte.

„Aaaaah, gut, dass du an dein Handy gehst", begrüßte sie mich, kaum dass ich auf das grüne Telefonsymbol gedrückt hatte. „Fee hat mir geschrieben, dass du in Italien bist. Zusammen mit Nils Schönebeck. Stimmt das?"

„Ja, stimmt." Erschöpft ließ ich mich auf einen der Lounge-Sessel im Raucherbereich sinken.

„Ich liebe Nils Schönebeck", quietschte Lilly.

„Du kennst ihn?", fragte ich matt.

„Natürlich. Bis vor einigen Jahren hat er eine eigene Show auf MTV moderiert. Ich hatte sogar ein Bravo-Poster von ihm in meinem Zimmer hängen."

„In Zukunft muss ich mir die Wände deiner Wohnung genauer anschauen."

Lilly lachte. „Erzähl! Wieso fährst du mit Nils Schönebeck zusammen nach Italien?"

„Ich mag jetzt nicht über Nils Schönebeck sprechen", sagte ich abweisend. „Es war ein blöder Zufall, dass ich ihn getroffen habe. Wir sind zeitgleich in einer Autovermietung aufgetaucht und wollten einen Mietwagen. Es gab aber nur noch einen. Also haben wir ihn uns geteilt. Mehr gibt es nicht zu sagen."

„Du bist wirklich zu beneiden." Sie seufzte. „Ich hätte mich nie getraut, ihn anzusprechen."

„Leider hatte ich in dieser Hinsicht weniger Berührungsängste. Ich wusste zu Beginn unserer unfreiwilligen Fahrgemeinschaft überhaupt nicht, dass er prominent ist."

„Echt nicht?" Lilly schien überrascht. „Aber du hast ja auch ..."

„... keinen Fernseher", beendete ich den Satz ungeduldig. „Ja. Ich bin der große Exot in unserer Familie."

„Das bist du. Aber wie du weißt, lieben wir dich trotzdem", sagte Lilly gutmütig. „Sieht Nils Schönebeck nicht toll aus?"

„Es geht. Er ist ziemlich klein."

„Wirklich! Im Fernsehen sieht er aber ziemlich groß aus, zumindest im Vergleich zu seinen weiblichen Kolleginnen. Super! Vielleicht sind die alle noch kleiner als ich." Lilly war nur 1,65 m groß und hatte die Hoffnung selbst mit dreißig nicht aufgegeben, noch weiter zu wachsen. „Ist Nils nett? Über was habt ihr geredet?"

„Lilly, ich habe jetzt nicht die Nerven, über ihn zu sprechen. Ich erzähle dir alles, was du wissen willst, wenn ich wieder zu Hause bin. In Ordnung? Bei einer Flasche Rotwein."

„In Ordnung." Aber Lilly hörte sich enttäuscht an. „Und warum bist du nach Italien gefahren? Magst du mir wenigstens das erzählen?"

„Ich bin Giuseppe nachgefahren, weil ich dachte, dass er eine Affäre hat."

„Giuseppe!", wiederholte sie überrascht. „Wie kommst du darauf?"

„Ich habe eine SMS in seinem Handy gefunden. Aber auch das würde ich dir lieber zu Hause bei einer Flasche Rotwein erzählen. Wo bist du eigentlich im Moment? Wolltest du nicht mit Torsten in den Bayerischen Wald fahren?"

„Ja, das sind wir auch. Und du glaubst nicht, was gerade passiert ist! Das ist nämlich der zweite Grund meines Anrufs." Lilly machte eine dramatische Pause. „Torsten hat mir einen Antrag gemacht."

„Nein!"

„Doch", quiekte sie. „Ist das nicht unglaublich? Ich warte schon so lange darauf, dass ich gar nicht mehr damit gerechnet habe. Aber er hat es getan. Vor fünf Minuten."

„Und wo ist Torsten jetzt?"

„Noch im Restaurant. Ich habe ihm gesagt, dass ich kurz aufs Klo muss, aber natürlich wollte ich die frohe Kunde nur so schnell wie möglich per SMS verbreiten. Ich bin verlo-obt! Nur dir erzähle ich es persönlich. Du hast den Nils Schönebeck-Bonus."

„Dann solltest du schnell wieder zurückgehen und den armen Kerl nicht so lange warten lassen. Übrigens: Gratuliere. Ich freue mich für euch. Ihr seid ein tolles Paar."

„Danke, du bist süß." Lilly klang gerührt. „Und, Helga ..."

„Ja?"

„Giuseppe und eine Affäre, das kann nicht sein. Das wäre ja so“, sie überlegte kurz, „als ob du Pink tragen würdest.“

„So unwahrscheinlich?“

„Ja. Völlig. Glaub mir. Giuseppe liebt dich, da bin ich mir sicher. Und warum sollte er sich eine Geliebte suchen, wenn er dich haben kann? Du bist die Beste.“

„Danke, das ist lieb von dir.“ Nun war ich an der Reihe gerührt zu sein, auch wenn Lillys Leben von einer Art Weichzeichner überzogen war und sie der Realität in den seltensten Fällen klar ins Auge sah. „Wir treffen uns, wenn ich wieder in München bin. Versprochen!“

„Super, und dann erzählst du mir alles. Ja?“

„Ja. Und grüß deinen Verlobten von mir. Nach mir hat er die Zweitbeste bekommen.“

Lilly lachte. „Mach ich.“ Sie legte auf.

Lilly! Meine runde, rothaarige, gutmütige Schwester, die mich stets an ein Erdbeertörtchen mit Sahne erinnerte, war also verlobt. Wie schön! Ich freute mich für sie. Wirklich! In dieser Hinsicht hatte ich sie nicht angelogen. Auch wenn ein böses kleines Männchen auf meiner Schulter saß und mir ins Ohr flüsterte: „Du bist die Älteste. Hättest du nicht als erste heiraten sollen?“

Langsam stand ich auf und wollte mich gerade auf den Rückweg begeben, als ich sah, wie über meinem Kopf ein Fenster geöffnet wurde. Das Gesicht der alten Frau erschien. Sie blickte einen kurzen Moment in die nächtliche Gasse hinein, dann zog sie den Vorhang zu und löschte das Licht im Zimmer.

Enttäuscht starrte ich einige Augenblicke nach oben. Da war er nun, mein Schlüssel. Nur wenige Meter von mir entfernt und doch unerreichbar. Manchmal konnte das Leben wirklich grausam sein!

Als ich mich gerade abwenden wollte, ging auf einmal die automatische Schiebetür des Hotels auf und die alte Frau schritt hinaus. Sie nickte mir freundlich zu und verschwand dann am Ende der Gasse in einer Seitenstraße.

Ich atmete auf. Sie hatte mich nicht erkannt. Natürlich nicht! Wieso sollte sie auch? Ich warf einen Blick auf ihr Fenster. Es stand immer noch offen. Wie leichtsinnig! Wo doch jeder wusste, dass in Italien an jeder Ecke Einbrecher lauerten! Und dieses geöffnete Fenster war quasi eine Einladung. Denn über das rostige Baugerüst daneben wäre es ein leichtes, in das Zimmer einzusteigen. Apropos Einladung! Hm! Hatte ich vorhin noch betont, dass ich nicht an Zeichen glaubte? Ja? Dann hatte ich Unsinn geredet! Denn das offene Fenster war ein Zeichen! Direkt vom Herrgott zu mir gesandt. Um mich aus einer ausweglos scheinenden Lage zu befreien. Meine Kirchgänge an Ostern und Weihnachten zahlten sich endlich aus! Denn vielleicht befand sich mein Schlüssel gerade auf dem Weg zur nächsten Polizeidienststelle. Aber vielleicht befand er sich auch hinter einem einladend offenen Fenster, nur wenige Meter von mir entfernt. Ich musste es versuchen!

Der einzige Risikofaktor an meinem Plan war der Moment, in dem ich mich von dem Baugerüst ins Fenster schwang. Sollte mich bei meinem Auf- oder Abstieg jemand erwischen, konnte ich vorgeben, herausfinden zu wollen, ob man von der obersten Plattform des Gerüsts einen Blick über das nächtliche Verona erhaschen konnte. Und dies war doch nicht strafbar, oder? Ich würde wahrscheinlich nicht mehr als dreißig Sekunden brauchen, um in das Zimmer zu gelangen und weitere sechzig Sekunden, um mich dort kurz umzusehen. So groß konnte das Risiko, erwischt zu werden, also überhaupt nicht sein! Die alte Frau hatte das Hotel gerade erst verlassen. Bis sie wiederkam, war ich längst fort und hatte im Idealfall meinen Autoschlüssel in der Hand. Unauffällig schlenderte ich zu dem Gerüst und rüttelte daran. Es schien stabil.

Bevor mich der Mut verlassen konnte, stellte ich meine Handtasche auf den Boden, setzte einen Fuß auf eine Querstrebe des Gerüsts und zog mich probeweise nach oben. Es war noch einfacher, als ich gedacht hatte. Ich stellte meinen Fuß auf die zweite

Querstrebe, dann auf die dritte und konnte schon den Rand des geöffneten Fensters erreichen. Noch einmal warf ich einen prüfenden Blick in die Gasse. Kein Mensch war zu sehen! Schnell schwang ich mein Bein über das kleine Fensterbrett und verschwand auch schon im Dunkel des Zimmers. Und drinnen war es ziemlich dunkel.

Zum Glück fiel mir mein Handy ein. Ich zog es aus der Hosentasche und drückte auf eine Taste. Im schwachen Schein des Displays konnte ich einen kleinen länglichen Raum erkennen, der von einem einzelnen Bett dominiert wurde. Gegenüber an der Wand befand sich eine cremefarbene Holztür. Links davon zweigte eine Schiebetür ab. Rechts von mir standen ein Schreibtisch und eine Bank. Und links von mir, auf einem beigen Hocker neben dem Bett, lag ... mein Autoschlüssel. Noch drei Schritte trennten mich von ihm, noch zwei, noch einer und schon hielt ich ihn in der Hand.

Liebevoll presste ich ihn an meine Brust und wollte gerade den Rückzug antreten, da hörte ich das Geräusch des Türöffners.

Das konnte nicht sein! Die alte Frau hatte das Hotel doch gerade erst verlassen. Ich musste mich verstecken. Aber wo? Hektisch blickte ich mich um. Vielleicht unter das Bett! Nein! Zu wenig Platz! Hinter den Vorhang! Nein! Zu spät! Im nächsten Moment ging die Tür auf und das Licht wurde eingeschaltet. Die kleine ältere Frau im Türrahmen starrte mich an. Ich starrte zurück, unfähig, mich zu bewegen.

★★★

Seltsam, wozu der Mensch in Stresssituationen fähig ist, denn obwohl mein Gehirn keinen klaren Gedanken fassen konnte, funktionierte mein Mund tadellos und ich hörte mich mit schriller Stimme sagen: „Was machen Sie in meinem Zimmer?"

Doch kaum hatte ich die Worte ausgesprochen, sah ich die Karte in ihrer Hand. Wie dämlich! Ich konnte ihr überhaupt nicht weismachen, dass sie im falschen Zimmer stand. Aber meine offensive Taktik schien aufzugehen – zumindest für einen Moment –, denn die vorher noch so angsterfüllte Miene der Frau wurde zu einem einzigen Fragezeichen.

„Verzeihen Sie", sagte sie mit unsicherer Stimme. „Ich muss mich wohl in der Tür geirrt haben."

Sie verließ rückwärts das Zimmer, die Hände beschwichtigend erhoben. Das genügte. Ich knallte ihr die Tür vor der Nase zu und schwang mich über das Fensterbrett. Dann hörte ich Geschrei. Wahrscheinlich war der Frau die Karte in ihrer Hand eingefallen oder sie hatte einen Blick auf die Zimmernummer geworfen. Auf jeden Fall schien sie nun zu wissen, dass sie sich nicht im falschen Zimmer befunden hatte.

So schnell ich konnte, kletterte ich über das Fensterbrett auf das Baugerüst und sprang der Einfachheit halber direkt herunter. Keinen Moment zu spät, denn aus dem Zimmer wurden Stimmen laut und als ich nach oben schaute, blickte ich in das runde Gesicht des Inders. Ich schnappte meine Tasche, raste vorbei am Hotel Guilietta e Romeo weiter in die düstere Straße hinein und bog an deren Ende nach links in eine enge Gasse ab, die laut einem Wegweiser zum Haus der Julia führen sollte, doch zunächst nur in eine lebhafte Fußgängerzone mündete. Schwer atmend blieb ich stehen und drehte mich um. Mist! Der dicke Inder war mir auf den Fersen! Wie war er nur so schnell die Treppe heruntergekommen? Ich raste weiter. Rechts? Links? Ich entschied mich für geradeaus, durchquerte eine Passage und steuerte geradewegs auf einen Innenhof zu, der von einem schreiend türkisfarbenen Pferd beherrscht wurde und in dem sich mehrere Galerien befanden. Schon befürchtete ich, in einer Sackgasse gelandet zu sein, doch glücklicherweise führte ein Tor auf der linken Seite wieder hinaus. Aber auch mein Verfolger musste von diesem Fluchtweg gewusst haben, denn ich kam zeitgleich mit ihm in der Fußgängerzone an und konnte ihm gerade noch ausweichen, um unter einem Balkon durchzurasen, von dem sich meterlange Efeustränge herunterschlängelten. Durch einen kleinen Tunnel links von mir wollte ich gerade zurück in die Fußgängerzone sprinten, um im Menschengewühl unterzutauchen, als ich mich in den Armen eines dunkelhäutigen Mannes wiederfand. Schnell entschuldigte ich mich und versuchte weiterzulaufen, als ich an dessen Umklammerungsgriff merkte, dass ein Verfolger Nummer zwei im Spiel war. Unsanft stieß er mich mit dem Rücken gegen eine Wand, als auch schon schwer atmend Verfolger Nummer eins auf der Bildfläche erschien und kurz darauf ein Carabinieri.

Acht

Das *Municipale Policia di Verona* lag in einem kasernenartigen Innenhof auf der anderen Seite des Adige und sah wirklich furchteinflößend aus.

Nachdem der Polizeiwagen eine automatische Schranke passiert hatte, fuhr er bis zu einem schäbig wirkenden einstöckigen Haus vor, dessen Eingangstür mit einem rostigen Gitter versperrt war. Der Carabinieri rief etwas in ein geöffnetes Fenster rechts der Tür und ein Polizist mit gewaltigem Schnauzbart und einer goldenen Kette kam und öffnete das Tor.

Glücklicherweise wirkte die Polizeidirektion von innen weitaus unspektakulärer als von außen. Wäre ich nicht in Handschellen hineingeführt worden, hätte ich es für ein normales Bürogebäude halten können. Zwei Schreibtische standen darin, über und über mit Papieren bedeckt, und die Wände waren mit bunten Bildern und Kinderfotografien geschmückt. Der Polizist deutete mir an, auf einem Stuhl an einem der Schreibtische Platz zu nehmen.

Die Szene, die sich bei meiner Verhaftung abgespielt hatte, trieb mir immer noch den Schweiß auf die Stirn. Man hätte meinen können, ich hätte auf offener Straße mit einem Maschinengewehr ziellos Passanten abgeballert, so hatte mich der Streifenpolizist in die Mangel genommen. Wie James Bond war er mit gezückter Pistole aus dem Wagen gesprungen und hatte mir Handschellen angelegt, während der dicke Inder, der auf einmal gar nicht mehr so freundlich wirkte, so wütend auf mich einschimpfte, dass ich befürchtete, mir gleich eine Ohrfeige einzufangen. War all das dem

Faible der Italiener für dramatische Szenen zu verdanken oder hatte ich tatsächlich so gemeingefährlich ausgesehen?

In dem Polizeibüro schien ich auf jeden Fall weitaus harmloser zu wirken, denn der Polizist mit der Goldkette nahm mir sofort die Handschellen ab und setzte sich dann mir gegenüber. Er griff sich einen Bogen weißes Papier und fing mit seinem Verhör an, beziehungsweise er wollte damit anfangen. Nach der ersten Frage – Wie heißen Sie? – verstand ich nämlich kein Wort mehr. Denn Deutsch sprach er überhaupt nicht und sein Englisch war mehr schlecht als recht. Mich selbst hatte der Volkshochschulkurs Italienisch I zwar auf das Einkaufen im Supermarkt oder den Besuch eines Restaurants vorbereitet, nicht aber auf den Aufenthalt in einem Polizeirevier.

Nach fünf Minuten gab der Polizist sichtlich genervt mit seiner Fragerei auf und reichte mir den Bogen, auf den er vorher gekritzelt hatte, einfach herüber. Ich warf einen Blick darauf und sah, dass er, wie ich schon vermutet hatte, wohl meine Personalien erfassen wollte. So gut ich konnte, füllte ich das Blatt aus.

Nach dem wenig erfolgreichen Verhör wurde ich in eine kleine Zelle gesperrt und der Polizist ließ mich alleine, wobei ich hoffte, dass er sich unverzüglich auf die Suche nach einem Kollegen machte, der zumindest einigermaßen Englisch sprach, oder am besten gleich einen Dolmetscher herbestellte. Denn dieser Raum hatte leider sehr wohl Ähnlichkeit mit den Zellen, die man aus Film und Fernsehen kannte.

Deprimiert setzte ich mich auf die papierdünne Matratze meines Klappbetts und überlegte, welcher Teil meiner Biographie daran schuld war, dass ich mich heute in einem Gefängnis in Verona wiederfand.

Fast war ich geneigt, meinen Eltern die Schuld daran zu geben. Sie hatten schließlich jahrelang mein Geschlecht ignoriert und mir auch durch ihre Namenswahl deutlich zu verstehen gegeben, dass ich anders war als meine drei Schwestern. Auf der anderen Seite hatten sie mir trotz all meiner Defizite immer gezeigt, dass sie mich liebten, und ich konnte mir bei all meinen Vorhaben ihrer vollen Unterstützung sicher sein. Fast schon zu sehr! Denn die rosafarbenen Brille und die blaue Zahnspange mit den Glitzerpartikeln hätten sie mir wirklich nicht durchgehen lassen müssen. Beide, so vermutete ich stark, waren schuld daran, dass ich, seitdem ich sechzehn war, derart gedeckte und unauffällige Farben trug, dass man Probleme hatte, mich zu erkennen, wenn ich mich vor eine Natursteinmauer stellte.

Nein, in meiner Kindheit und Jugend war kein Ansatz dafür zu finden, dass ich jetzt an einem Punkt meines Lebens stand, an den ich nie wollte!

Ich war sechsunddreißig, kinderlos, wahrscheinlich bald wieder Single und hatte nichts vorzuweisen, außer einem leidlich gut bezahlten Job, einer schönen, aber leider nur gemieteten Wohnung in der Münchner Innenstadt und womöglich einer Vorstrafe wegen versuchten Einbruchs und/oder Körperverletzung.

Dabei hatte die ganze Sache doch eigentlich so vielversprechend angefangen und ich war bereits als Jugendliche kaum einen Steinwurf von Haus, Mann und Kind entfernt gewesen:

Thomas, mein erster Freund, hatte mich während unserer Beziehung vergöttert. Er arbeitete als Elektriker und die Tatsache, dass er ein eigenes Auto besaß, entschädigte mich ausreichend für seine Pornosammlung, die sich in ihrer Größe antiproportional zu seinem IQ verhielt.

Ich musste jedoch mein Glück auf die Probe stellen und so wurde Thomas nach drei Jahren nahtlos von einem seiner besten Freunde abgelöst – so nahtlos, dass er den Wechsel in meinem Beziehungsleben selbst erst nach zwei Wochen durch einen gemeinsamen Bekannten erfuhr.

Im Nachhinein vermutete ich stark, dass das miese Karma, das ich durch mein feiges Verhalten auf mich geladen hatte, daran schuld war, dass mich Arthur, so hieß der Freund nämlich, nach zehn gemeinsamen, für mich sehr glücklichen Jahren wegen einer Brünetten verließ, die Ähnlichkeit mit der jungen Heidi Klum hatte.

Und dann traf ich Olli! Bereits bei unserer ersten Begegnung hätte ich wissen müssen, wie die ganze Sache enden würde. Aber in meiner Angst vor dem Alleinsein wäre mir wahrscheinlich auch Mike Tyson wie ein netter, freundlicher Typ erschienen.

Ich hatte Olli in der Sauna kennen gelernt. Ein toller Ort für eine erste Begegnung, meinte Mia. So wisse man zumindest direkt, woran man sei und würde nicht die Katze im Sack kaufen. Sie hatte mich in die Therme Erding eingeladen, um mich von meinem Liebeskummer wegen Arthur und dem Heidi-Klum-Double abzulenken.

Obwohl ich das großzügige Gebäude mit der hohen Glaskuppel und der Südseeatmosphäre sehr schön fand, war ich anfänglich etwas angespannt. Krampfhaft hielt ich mein Handtuch vor meiner Brust zusammengepresst und wurde von der ständigen Angst begleitet, dass einer meiner Kollegen, mein Zahnarzt oder schlimmer noch Opa Willy freischwingend hinter irgendeiner Palme hervorspringen würde. Doch nachdem ich auch nach einer Stunde in kein bekanntes Gesicht geblickt hatte, begann ich mich zu entspannen und traute mich sogar, nackt in dem großen Champagnerpool herumzuschwimmen und mich unter riesige Callablüten zu stellen, von denen sich schwallartig Wasser ergoss, um mich abzukühlen.

Am Ende des Tages entschlossen Mia und ich uns noch zu einem letzten Aufguss in der Keltensauna. Dieser spezielle Aufguss schien sich großer Beliebtheit zu erfreuen, denn schon bald war der Raum so proppenvoll, dass ich mich unangenehm an meinen ersten und einzigen Urlaub am Strand von El Arenal erinnert fühlte. Dann betrat der Saunaboy den Raum. Er trug kurze weiße Shorts und ein orangefarbenes T-Shirt, auf dessen Rückseite die

Aufschrift *Paradise Guide* prangte, und er hatte, das konnte ich selbst im schummerigen Licht der Sauna sehen, ziemlich muskulöse Oberarme.

„Ein leckeres Kerlchen“, flüsterte Mia mir gut hörbar zu, was ihr einen Fußtritt von mir einbrachte.

Unser Paradise Guide hatte eine große, zwei Meter hohe Fahnenstange in der Hand. Er stellte sie in eine Ecke der Sauna, öffnete dann das Fenster und begann, mit einem weißen Handtuch in der Luft herumzufuchteln, um den Raum durchzulüften. Dabei wedelte er so exzessiv, dass der ältere Mann direkt neben ihm einen Zipfel des Handtuchs ins Gesicht bekam, erschrocken zurückfuhr und sich das linke Auge zuhielt. In der Sauna machte sich Gekicher breit. Der Saunaboy aber ließ weiter völlig ungerührt sein Handtuch kreisen. Vielleicht hatte er gar nicht gemerkt, dass der ältere Herr wegen ihm fast erblindet wäre. Dann drehte er sich zu uns um.

„Volk von Kelten und Druiden, seid gegrüßt. Ich bin der Olli und ich werde euch heute Abend mit einem Kiwi-Minz-Aufguss tüchtig einheizen. Dazu habe ich mir ein Hilfsmittel mitgebracht“, begrüßte er uns und versprühte dabei den Charme eines 9-Live-Moderators.

Er nahm die Fahne aus der Ecke und schwang sie einmal über unsere Köpfe. Ihr Stab war nicht nur zwei Meter lang, sondern sie hatte auch die gleiche Reichweite. Mir wurde ein wenig mulmig zumute, wenn ich daran dachte, was er mit einem vielleicht fünfzig mal hundert Zentimeter kleinen Handtuch schon alles angerichtet hatte.

Umständlich erzählte Olli noch ein wenig die Geschichte der keltischen Sauna und riet dann, diese zu verlassen, wenn wir merkten, dass wir Kreislaufprobleme bekämen.

„So, jetzt aber genug der Worte. Ich fange mit dem ersten Aufguss an, dann kommt noch ein zweiter und danach habe ich nur noch eine Bitte an euch.“ Er machte eine dramatische Pause und wir sahen ihn gespannt an. „Lasst mich als ersten wieder raus!“

Der Aufguss begann damit, dass er aus einem der beiden Eimer, die er mitgebracht hatte, Eiswürfel auf heiße Steine kippte, die leise aufzischten. Dann ließ Olli einen Schwall Kiwi-Minz-Wasser folgen und griff zur Fahne. Er musste neu im Thermen-Team oder zumindest im Bereich der Keltensauna sein, das wurde mir spätestens jetzt klar, denn bei seinen unbeholfenen Achterschwüngen schlug mir nicht nur heiße Luft entgegen. Nachdem die Fahne mehrere Male nur wenige Millimeter an meinem Gesicht vorbeigesaust war, verfluchte ich mich dafür, einen Platz auf einer der oberen Etagen und nicht weiter unten gewählt zu haben. Vor allem deshalb, weil sich die Temperatur in der Sauna in kürzester Zeit verdoppelt hatte. Und so hoffte ich verzweifelt, ein weiteres Mal von Kiwi mit Minze verschont zu bleiben. Doch Olli schien gerade erst in Fahrt zu kommen. Seine Bewegungen wurden schneller und schwungvoller, sein Oberteil war schweißdurchtränkt und auf seinem Gesicht lag ein ekstatischer Ausdruck.

Ich musste raus hier. Sofort! Und die Gelegenheit war günstig, denn der Saunaboy stand gerade mit dem Rücken zu mir und wedelte den nackten Leibern auf der gegenüberliegenden Seite Luft zu. Etwas wackelig erhob ich mich und wollte gerade meinen Fuß eine Etage weiter heruntersetzen, als sich Olli schwungvoll zu mir umdrehte und dabei die Fahne von oben nach unten zog. Ich sah nur noch etwas Weißes auf mich niedersausen und als ich wieder einigermaßen klar denken konnte, saß ich im Vorraum der Keltensauna auf einem Holzschaukelstuhl und Mia hielt mir einen nassen Lappen auf den Kopf. Ich hatte keine Ahnung, wie ich aus der Sauna heraus gekommen war. Aber Mia versicherte mir, dass sie mich zwar stützen musste, ich den Raum aber aufrecht verlassen und mein Handtuch alle verfänglichen Regionen verhüllt hätte.

Der ungeschickte Paradise Guide, der diese Bezeichnung, wie ich erbost dachte, völlig zu Unrecht trug, kniete vor mir und redete zusammenhanglos auf mich ein. Ich verstand nicht so genau, was er von mir wollte, aber ich machte den Fehler, dabei in seine Augen zu schauen, und die waren wirklich schön. Groß und braun, Teddybärenaugen, von einem Kranz dunkler, langer Wimpern umgeben. Meine Knie gaben nach und ich war froh, auf einem Stuhl zu sitzen.

Er fragte mich, ob er mich und Mia zur Wiedergutmachung zu einem Getränk im Thermencafé einladen dürfe, seine Schicht sei gleich zu Ende. Ich nickte wortlos. Selbst die unschöne Beule, die sich wie ein Maulwurfshügel auf meiner Stirn breit zu machen begann, konnte der Situation nichts von ihrem Zauber nehmen.

Das Bild von Arthur verflüchtigte sich innerhalb einer Nanosekunde und wurde durch einem Fremden mit Namen Olli ersetzt, einem Paradise Guide, der die wunderschönsten Augen auf der ganzen Welt hatte. Und die Tatsache, dass er ein klein wenig steif und unbeholfen wirkte, diese Unvollkommenheit machte ihn in meinen Augen noch viel attraktiver. Ich glaubte zu schweben.

Mia war sich im Nachhinein ziemlich sicher, dass der Schlag mit der Fahnenstange an dem verklärten Blick Schuld war, mit dem ich Olli in den ersten Wochen nach unserem Kennenlernen gesehen hatte.

Denn die Ernüchterung erfolgte relativ schnell.

Ja, wahrscheinlich hatte ich es indirekt Olli zu verdanken, dass ich heute hier saß. Denn hätte er mich nicht zu einem zittrigen Häufchen Unsicherheit gemacht, wäre ich nicht davor zurückgeschreckt, Guiseppe noch in München auf die SMS anzusprechen und der Wahrheit direkt ins Auge zu blicken.

Warum hatte ich an den Italienisch I – Kurs nicht noch einen zweiten angehängt? Dann hätte ich meinen Einbruch in das Pensionszimmer vielleicht erklären können. Ich schaute auf die Uhr. Schon nach zehn! Nils würde seit einer halben Stunde auf mich warten. Ich musste ihm Bescheid sagen. Er konnte mir vielleicht helfen. Ein Versuch war es wert. Ich schlug gegen die Zellentür.

„Hallo, kann mich jemand hören? Hallo!“

Als sich nichts tat, rüttelte ich noch etwas energischer.

Der Polizist schob die Klappe in meiner Tür zurück und sah mich mürrisch an.

„Che cosa sta succedendo?“, fragte er.

Was los war? Na, der Kerl hatte Nerven. Ich saß in einem italienischen Gefängnis fest. Und ich wollte raus, so schnell wie möglich. Das war los. Am liebsten hätte ich ihn an seiner Kette gepackt und tüchtig geschüttelt. Aber ich hielt mich zurück. Wohin unbeherrschtes Verhalten führen konnte, hatte mir meine Schlüsselattacke schließlich deutlich gezeigt.

„Vorrei telefonare." Ich hielt mir ein imaginäres Handy ans Ohr.

„No!" Der Polizist schüttelte energisch den Kopf.

„Per favore! Voglio telefonare a mio amico! Lui parla Italiano", flehte ich und hoffte, dass der Polizist es als genauso erstrebenswert ansah wie ich, Nils als Übersetzer zu Rate zu ziehen.

Er überlegte einen Moment, dann nickte er und öffnete mir die Tür. Er führte mich in das Büro zurück und wies auf ein Telefon. Doch ich wusste Nils´ Nummer nicht auswendig.

Hilflos zeigte ich auf die Tasten des Telefons und zog dann die Schultern nach oben. „Ich brauche meine Tasche. Borsetta."

Der Polizist verließ kurz den Raum und kam mit einem Plastikkasten wieder, in dem sich der Inhalt meiner Tasche und unter anderem auch Nils´ Zettel mit der Handynummer befand. Er reichte ihn mir herüber.

„Cinque minuti", sagte er, blieb aber so eng neben mir stehen, dass ich meinen Arm kaum frei bewegen konnte.

Nils ging sofort an sein Handy.

„Wo bleiben Sie?", fuhr er mich an. „Sie wollten um zehn Uhr hier sein."

„Nils, Schätzchen, ich bin´s, deine Freundin Helga. Mir ist etwas furchtbar Lästiges passiert", erklärte ich ihm und hörte mich dabei wahrscheinlich an wie Fee. „Bitte hör mir gut zu. Ich sitze hier in Verona im Gefängnis, weil es so aussieht, als sei ich in ein Hotelzimmer eingebrochen. Kannst du dir das vorstellen? Ich!" Ich lachte gekünstelt. „Es ist natürlich alles ein einziges Missverständnis, aber ich kann es leider nicht aufklären. Dafür spreche ich zu wenig Italienisch. Du musst kommen und mir helfen!"

Stille am anderen Ende der Leitung.

„Nils, bist du noch dran?"

„Ja."

„Sag etwas! Meine Telefonierzeit ist gleich um."

„Hast du getrunken oder Drogen genommen, Liebling?", fragte Nils, wobei er das Wort *Liebling* nachdrücklich betonte.

„Nein."

„Schade! Du bist also wirklich verhaftet worden?"

„Ja! Und ich brauche deine Hilfe. Bitte komm her!", flehte ich ihn an.

Nils seufzte. „Na schön, ich rufe mir ein Taxi. Wo ist dieses Polizeirevier?"

„Die genaue Adresse kenne ich nicht. Irgendwo auf der anderen Seite des Flusses. Auf der Herfahrt kamen wir an einer steinernen Fußgängerbrücke vorbei. Ach ja, und kannst du noch einmal auf deinem Zimmer im Hotel Milano vorbeifahren und dir etwas Ordentliches anziehen, bevor du herkommst? Es wäre mir wirklich sehr wichtig."

„Auf welchem Zimmer?" Nils klang irritiert.

„Auf deinem Zimmer, das im Hotel Milano. Das, das du gestern gebucht hast", wiederholte ich ungeduldig.

„Ich verstehe nicht, was du meinst."

„Ich brauche ein Zimmer in diesem Hotel. Mein Gott, ist das denn so schwer zu verstehen", zischte ich, mit einem schnellen Seitenblick auf meinen siamesischen Zwilling und hoffte inständig, dass dieser tatsächlich kein Wort Deutsch verstand.

Nils stöhnte. „Ich hätte Sie am Flughafen stehen lassen sollen." Er legte auf.

★★★★

Nils erschien nur zwanzig Minuten später auf der Polizeiwache. In dieser Zeit hatte ich mir eine zwar abenteuerliche, aber doch, wie ich hoffte, einigermaßen plausible Erklärung für meinen Einbruch zurechtgelegt.

„Schatz!“ Ich warf mich in seinen Arm, kaum dass er durch die Tür getreten war. „Gut, dass du gekommen bist.“

Nils erwiderte meine Umarmung etwas irritiert.

„Haben Sie das Zimmer bekommen?“, flüsterte ich ihm ins Ohr.

Er nickte unmerklich und ich drückte ihn vor Erleichterung fest an mich.

„Ich hoffe, Sie haben eine gute Erklärung für alles.“

„Ja, habe ich.“ Ich wandte mich an den Polizisten und zeigte mit der Hand auf Nils.

„Mon fidanzoto, mein Freund, Nils Schönebeck. Commediante celebrato.“

Nils verzog das Gesicht. „Commediante heißt übersetzt so viel wie Heuchler. Und besonders umjubelt werde ich auch nicht.“ Er wandte sich an den Polizisten. „Sono attore. Devo chiedere scusa ma mia amica non lo parla tanto bene l'Italiano“, erklärte er ihm meine sprachlichen Unzulänglichkeiten.

★★★

„Was soll ich noch sagen?“, fragte Nils genervt, nachdem wir uns nebeneinander vor dem Schreibtisch niedergelassen hatten.

„Du musst netter zu mir sein. Schließlich bin ich deine Freundin“, sagte ich in einem freundlichen Ton und legte meine Hand auf sein Knie. „Sag also bitte dem Herren, dass ich dir nach Verona gefolgt bin, dich in deinem Hotelzimmer überraschen wollte und deswegen über das Baustellengerüst in dein Zimmer eingestiegen bin.“

Nils hob zweifelnd eine Augenbraue.

„Ja, ich wollte in deinem Bett liegen, wenn du nach Hause kommst, so als Überraschung eben. Leider habe ich mich dabei aber in der Zimmernummer geirrt.“

„Ich glaube nicht, dass er uns das glauben wird.“

„Sag es!“ Ich merkte, wie sich meine Wangen wegen meines aufgesetzten Lächelns langsam verkrampften. „Ich habe auch überhaupt nichts mitgenommen. Das kann er überprüfen. In meiner Handtasche befinden sich lediglich mein Portemonnaie, mein Handy und der Autoschlüssel. Ich kann bei allem nachweisen, dass es mir gehört. Sag ihm das!"

Nils verzog ein wenig schmerzhaft das Gesicht und legte dann los. Seine Worte begleitete er mit großen Gebärden. Der Polizist nickte hin und wieder verständnisvoll und lachte mehrere Male kurz auf. Nachdem sich beide etwa zehn Minuten unterhalten hatten, stand er auf, überreichte Nils die Plastikbox, in der sich meine Handtasche nebst Inhalt befand, und schlug ihm freundschaftlich auf die Schulter.

„Wir können gehen", meinte Nils. „Packen Sie Ihre Handtasche! Und dann machen wir, dass wir hier rauskommen."

Vor dem Polizeirevier atmete ich erst einmal tief durch. „Was haben Sie dem Polizisten alles erzählt? Haben Sie gesagt, dass ich Sie überraschen wollte?"

Nils lächelte belustigt. „Ich habe mich für glaubhaftere Version entschieden."

„Für welche denn?"

„Dass Sie eine eifersüchtige Furie sind, die mich bei einem Seitensprung ertappen wollte, aber so doof war, ins falsche Zimmer einzusteigen."

„Und diese Geschichte hat er geglaubt?"

„Hat er", antwortete Nils knapp. „Wo steht das Auto?"

„An der Piazza Brà. Wo denn sonst?"

„Ja, wo denn sonst." Er seufzte. „Ich ruf uns ein Taxi. Kommen Sie mit zur Piazza oder soll ich Sie unterwegs irgendwo rauslassen?"

Ich schüttelte den Kopf. „Nein. Ich fahre mit", antwortete ich mit belegter Stimme.

Während der gesamten Taxifahrt bewahrte ich die Fassung und auch noch, als Nils und ich in den Smart einstiegen, der sich glücklicherweise immer noch in der Halteverbotszone befand. Als wir wieder im Auto saßen und er mich fragte, wohin er mich fahren solle, öffneten sich bei mir jedoch alle Schleusen und ich fing an, hemmungslos zu schluchzen. Immer wenn ich gerade dazu ansetzen wollte, ihm zu antworten, sprudelten unartikulierte Laute aus meinem Mund heraus und irgendwann gab ich es auf und weinte nur noch.

Hilflos sah Nils mich an. Es war ihm deutlich anzumerken, dass er mit der Situation überfordert war und nicht wusste, wie er sich verhalten sollte. Ich wusste es auch nicht und weinte einfach weiter. Schließlich legte mir Nils etwas unbeholfen den Arm um die Schulter und zog mich an sich. Erst machte ich mich stocksteif, doch dann begann ich mich zunehmend zu entspannen und ließ mich sogar ein wenig gegen ihn sinken. Es hatte etwas Tröstliches, seine Wärme zu spüren und seinen regelmäßigen Atem zu hören.

„Wollen Sie mir nicht sagen, was passiert ist?", fragte Nils nach einigen Minuten.

Ich versuchte, ihm zu antworten, doch sofort schossen mir wieder die Tränen in die Augen und ein weiterer Schluchzer drang aus meinem Mund.

„Sie müssen nicht, wenn Sie nicht wollen", sagte Nils schnell, wahrscheinlich weil er befürchtete, dass jedes Wort, das er von mir verlangte, erneut einen hysterischen Anfall heraufbeschwören würde. Ich richtete mich wieder auf und er zog seinen Arm zurück. Schweigend saßen wir nebeneinander.

Dann sagte Nils: „Wissen Sie, was wir jetzt machen? Wir fahren zu einer Tankstelle und kaufen eine Flasche Rotwein. Und wenn Sie die getrunken haben, wird es Ihnen bestimmt viel besser gehen. Mögen Sie Rotwein?"

Ich nickte und Nils fuhr los. Rotwein war gut, denn er benebelte, und alles war besser, als der Realität ins Auge zu sehen.

Neun

Nils kaufte nicht nur eine Flasche Rotwein, sondern gleich drei. Er nahm wohl an, dass eine Flasche nicht ausreichte, um meine Hysterie einzudämmen. Außerdem kam er mit einem *pane,* Käse, Oliven und der Auskunft zurück, dass in dieser Nacht am nahe gelegenen Gardasee besonders viele Sternschnuppen zu sehen sein sollten.

Einen einsamen Platz am Ufer des Sees zu finden, schien jedoch unmöglich, denn egal welche Abfahrt Nils nahm, alle mündeten früher oder später in die Auffahrt eines Campingplatzes ein. Schließlich stellte er den Smart auf dem öffentlichen Parkplatz des kleinen Örtchens Lazisse ab. Wir schlenderten eine lange, dunkle Straße entlang, passierten eine im Wasser stehende Baumgruppe, die von einer Straßenlaterne in ein gespenstiges Licht getaucht wurde, und bogen schließlich auf einen gekiesten Weg ein, der sich zwischen einem schmalen Sandstreifen und – oh Wunder! – aneinandergereihten Campingplätzen am See entlang schlängelte. Trotz der fortgeschrittenen Stunde spazierten immer noch einige Menschen über den Strand und auch aus den nahe gelegenen Wohnwagen konnte man Stimmen und Gelächter hören.

Apathisch sah ich zu, wie Nils an einem etwas entlegeneren Stück des Strandes seine Lederjacke ausbreitete und sich auf einer Seite niederließ. Ich setzte mich neben ihn und zusammen starrten wir in den eisklaren Sternenhimmel.

Normalerweise umsäumen grobe Kiesbetten und Felsplatten den Gardasee. An unserem Platz aber war ein schmaler Streifen Sand aufgeschüttet worden. Gedankenverloren griff ich mit einer

Hand nach den runden, glatten Körnern, doch diese rannen immer wieder durch meine Finger hindurch.

„Wie mein Leben!", dachte ich zynisch.

Der See sah aus wie eine Scheibe aus schwarzem Glas, die an den Rändern durch herannahende und wegrollende Wellen immer wieder durchbrochen wurde. Ihr monotones Geräusch beruhigte mich, ebenso wie der typische Geruch nach vermoderten Pflanzen, der mich an Familienurlaube am Chiemsee erinnerte. Von den im See vertäuten Booten waren nur noch schaukelnde Umrisse zu sehen, dafür hob sich das Lichterband der gegenüberliegenden Seepromenade umso deutlicher vom nachtblauen Himmel ab.

„Setzen wir uns auf einen der Stege!", sagte Nils, als der gefühlt hundertste Fußgänger nur knapp einen Meter an uns vorbeiging. „Hier komme ich mir vor, wie auf dem Präsentierteller." Er stand auf und ich folgte ihm bis zum Ende eines steinernen Steges. Mir war alles egal!

Wir ließen die Beine über den Rand hängen und hörten dem monotonen Geräusch der Wellen zu, die gegen die Steine platschten. Ein scharfer Lufthauch zerrte an meinen Haaren. Unwillkürlich wickelte ich meine dünne Strickjacke noch ein wenig fester um mich und hoffte, dass sich die wohlige Wirkung des Rotweins möglichst bald einstellen würde.

Auf einmal spürte ich, wie sich ein Gewicht auf meine Schultern legte. Nils hatte seinen dicken Rollkragenpullover ausgezogen und ihn mir um die Schultern gelegt. Wie fürsorglich! Ich blickte zu ihm hinüber. Er trug nur noch ein dünnes Langarmshirt. Jetzt wäre wohl ein Wort des Dankes angebracht. Leider kam aus meinem Mund nicht mehr heraus als ein zittriges Hmpf.

Schnell führte ich die Rotweinflasche wieder an die Lippen. Mit ein paar Schlucken war es wohl nicht getan. Nils verzog belustigt die Mundwinkel nach oben.

„Ein bisschen frisch, oder? Ich kann Ihnen auch eine Jacke aus meinem Koffer holen, wenn Ihnen immer noch kalt ist." Er nahm mir die Weinflasche aus der Hand.

Vor lauter Dankbarkeit stiegen mir schon wieder Tränen in die Augen und meine Unterlippe begann zu zittern. Hmpf! Hmpf!

Nils gab mir den Rotwein schnell zurück.

Ein Lächeln huschte über mein Gesicht und ich war für einen Moment abgelenkt.

„Ist schon in Ordnung." Oh! Ich schien wieder sprechen zu können! Ich versuchte es gleich noch einmal. „Wieso können Sie eigentlich so gut Italienisch?" Diese Frage brannte mir schon seit unserer Bekanntschaft mit Valeria unter den Nägeln.

„Meine Eltern haben ein Haus am Comer See. Ich habe häufig meine Ferien dort verbracht."

„Wie schön! Ein Ferienhäuschen in Italien und noch dazu an einem See."

„Ich bin meistens mit unserer Haushälterin dorthin gefahren."

„Und ihre Eltern?"

„Die haben gearbeitet oder sich auf Kreuzfahrten entspannt. Mich an den Comer See abzuschieben, war ihre Art dafür zu sorgen, dass ich schöne Ferien hatte. Ich bin nur einmal allein mit Ihnen in Urlaub gefahren. Als ich zwölf war. In ein kleines Hotel am Brenner."

„Deshalb auch die Wanderung an den Obernberger See?", fragte ich.

Nils nickte verlegen. Zu seinen Eltern schien Nils wirklich kein gutes Verhältnis zu haben. Ich beschloss, das Thema zu wechseln.

„Finden Sie es nicht albern, dass wir beide uns immer noch siezen? Vorhin im Gefängnis haben wir uns schließlich auch geduzt."

„Von mir aus gerne." Er hielt mir die Hand hin. „Nils."

Ich drückte sie. „Helga."

Wir lächelten uns an.

Einträchtig teilten wir uns den Rest des Rotweins und ich machte mich auch über das *pane*, den Käse und die Oliven her.

„Ich habe schon ewig nicht mehr draußen gesessen und mir die Sterne angeschaut“, sagte Nils nach einigen Minuten. Er griff nach einer neuen Flasche Wein und öffnete sie.

„Mein Freund hat eine Affäre“, entgegnete ich zugegebenermaßen etwas zusammenhanglos. Aber ich musste mit jemandem über die Ereignisse der letzten zwölf Stunden sprechen, selbst wenn es sich bei diesem Jemand um meine ungewollte Reisebegleitung handelte.

Nils sah auf. Er schien nicht zu wissen, wie er mein Geständnis einzuordnen hatte.

Bevor mich der Mut verließ, redete ich weiter.

„Ich habe eine SMS in seinem Handy gefunden. Eine Angela hat darin geschrieben, dass sie es kaum erwarten kann, ihn wiederzusehen. Sie haben sich am Flughafen getroffen und sind dann anschließend zusammen in einen Mercedes gestiegen und weggefahren.“

Nils starrte mich immer noch mit unbewegter Miene an.

„Ich wusste, dass Giuseppe einen Zwischenhalt in Verona machen würde und ich wollte ihn dort zur Rede stellen. Aber es kam nicht dazu. Ich habe gesehen, wie er sie küssen wollte und da habe ich unseren Autoschlüssel nach ihm geworfen.“

Nils’ Hand wanderte zur Tasche seiner Jeans, zuckte aber enttäuscht zurück. Er hatte wohl für einen kurzen Moment vergessen, dass sich seine Zigaretten in einem österreichischen Gebirgssee befanden.

„Deshalb auch der Einbruch in das Hotelzimmer?“, fragte er vorsichtig. „Du wolltest dir den Schlüssel wieder holen?“

Ich nickte.

„Du bist also in das Zimmer deines Freundes eingedrungen?“

„Nein. Er musste mit einem Krankenwagen abgeholt werden!“

„Respekt, du hast also ganze Arbeit geleistet.“

„Ja, leider“, sagte ich unglücklich. „Den Schlüssel hat eine ältere Frau aufgehoben. Bei ihr bin ich eingebrochen.“

Nils nahm mir die Rotweinflasche aus der Hand und führte sie an seinen Mund. Erst nach einer ganzen Weile setzte er sie wieder ab.

„Aber die Frau von der Autovermietung hat uns einen Ersatzschlüssel gegeben."

„Hat sie? Ich war mir nicht sicher."

„Er ist in der Seitenkonsole des Autos. Ein Automechaniker hätte den Smart leicht öffnen können."

Ich verzog zerknirscht das Gesicht. „So rational habe ich in diesem Moment leider nicht gedacht."

„Du hättest dich auch einfach aus dem Staub machen können. Der Mietwagen ist schließlich auf mich zugelassen."

Schuldgefühle krochen in mir hoch. „Ja, hätte ich. Aber auf dem Schlüssel befinden sich unsere Fingerabdrücke. Es wäre bestimmt nicht gut gewesen, wenn die alte Frau ihn zu Polizei gebracht hätte."

„Sehr umsichtig von dir."

„Ja?"

„Nein. Das war ironisch gemeint! Wie bist du überhaupt in das Zimmer hineingekommen?"

„Über ein Baugerüst. Die alte Frau hatte das Fenster aufgelassen. Ich dachte, das wäre ein Zeichen."

Nils griff sich an die Stirn.

Ich schwieg betreten. Hmpf!

Er drückte mir die Rotweinflasche in die Hand.

* * *

In diesem Moment schoss ein gleißender Strahl durch die Luft. „Da!" Ich griff nach Nils Arm. „Eine Sternschnuppe! Ich habe noch nie eine gesehen! Unglaublich!"

„Du darfst dir etwas wünschen!"

„Stimmt!" Ich wurde ganz aufgeregt. Meine erste Sternschnuppe! Schnell kniff ich die Augen zusammen.

Ich wünsche mir, dass Giuseppe mir einen Heiratsantrag macht und ich möchte ein Kind von ihm.

Ja! Ein Heiratsantrag und ein Kind. Perfekt! Hoffentlich war es nicht zu unverschämt, mir gleich zwei Dinge auf einmal zu wünschen. Nein, bestimmt nicht. Das eine war schließlich die logische Schlussfolgerung aus dem anderen. Oder etwa nicht? Aber wollte ich wirklich einen Heiratsantrag von Giuseppe? Unwillkürlich musste ich an meinen Traum denken. An den Traum von der Hasenranch. In den letzten vierundzwanzig Stunden waren so viele Zeichen auf mich eingeprasselt. Vielleicht war dieser Traum auch ein Zeichen! Ein Zeichen dafür, dass Giuseppe und ich einfach nicht zusammenpassten. Schließlich hätte er eben fast seine dralle Begleiterin geküsst. Zumindest hatte es so ausgesehen. Oder hatte ich seine Geste missverstanden?

Eine große Ecke meines Herzens weigerte sich, den nüchternen Tatsachen ins Auge zu sehen und hoffte immer noch auf ein Missverständnis. Ich mochte Giuseppe, wir verstanden uns gut, wir hatten die gleichen Interessen. Und wo bitte schön, sollte ich mit Mitte dreißig noch einen Ersatz für ihn herbekommen? Nein, es durfte nicht vorbei sein!

Verloren Wünsche eigentlich ihre Wirkkraft, wenn man zu lange darüber nachdachte? Mann! Warum hatte ich mich nicht besser vorbereitet? Ich wusste doch, dass hier heute Abend ziemlich viele Sternschnuppen durch die Luft flitzen würden. Da hätte ich mir doch schon im Auto ganz in Ruhe meinen Wunsch überlegen können.

„Schau, noch eine Sternschnuppe!“ Nils stupste mich an.

Ich öffnete kurz die Augen, um sie gleich darauf wieder zu schließen. Zum Glück! Das Schicksal schien mir eine weitere Chance zu geben.

Ich möchte einen Heiratsantrag und ein Baby – möglichst innerhalb des nächsten Jahres.

Besser! Oder hatte ich diesen Wunsch zu allgemein formuliert? Da konnte mir das Schicksal ja jeden x-beliebigen anschleppen. Lothar Matthäus zum Beispiel.

Die nächste Sternschnuppe kam herangesaust und verglühte im Nirgendwo. Ob ich wohl noch einen weiteren Wunsch äußern sollte? Zum Beispiel, dass ich Ring und Kind nur von jemand haben wollte, der über 1,80 groß war und Angela Merkel nicht für ein Mitglied einer Girlband hielt. Nein, ich beließ es lieber bei dem einen Wunsch. Sicher war sicher. Außerdem hatte die eine Sternschnuppe wohl eine Art Kettenreaktion ausgelöst, denn innerhalb der nächsten Minuten sah ich gleich mehrere der Lichterscheinungen durch die Lüfte jagen. Und es wäre bestimmt vermessen, sich bei jeder einzelnen etwas zu wünschen.

Hingerissen schaute ich in den Sternenhimmel. Was für ein wundervolles Schauspiel! Auch Nils schien fasziniert.

„Hast du dir auch etwas gewünscht?", fragte ich ihn.

„Hmmm!"

„Verrätst du es mir?"

Er schüttelte den Kopf.

„Hat so jemand wie du überhaupt noch Wünsche?", stichelte ich.

Nils verdrehte die Augen, antwortete aber nicht.

Der Wein schien meine Zunge zu lockern und ich wurde mutiger. „Dann erzähl mir eben etwas anderes! Etwas aus deinem Leben!"

„Ich habe dir schon einiges erzählt. Du bist diejenige, die sich mit ihrem Privatleben so sehr bedeckt hält."

„Was hast du mir denn erzählt?"

„Du weißt, wer meine Eltern sind, du weißt, wo ich auf der Schule war und was ich beruflich mache, du kennst sogar den Namen meiner Ex-Freundin und den meines besten Freundes. Bleiben wir doch einmal bei dir. Dein Freund muss ja ein ziemlich toller Typ sein, wenn du wegen ihm alles stehen und liegen lässt, um ihm nach Italien zu folgen."

„Ist er. Der perfekte Freund", bestätigte ich.

„Abgesehen von der Affäre mit Angela."

„Ja, abgesehen davon", gab ich widerstrebend zu. „Aber es ist ja nicht sicher, dass er mich betrügt. Wenn ich nicht so blöd gewesen wäre, ihm unseren Autoschlüssel überzuwerfen, hätte sich vielleicht alles als ein großes Missverständnis herausgestellt. Vielleicht wollte er sie überhaupt nicht küssen, sondern ihr nur einen Fleck aus dem Gesicht wischen."

„Aha." Nils sah mich ausdruckslos an.

Zehn Euro für seine Gedanken! „Mehr hast du dazu nicht zu sagen?"

„Nein."

Ich versuchte es noch einmal. „Tief im Inneren meines Herzens bin ich mir sicher, dass Giuseppe mir treu ist."

„Dein Freund ist Italiener?", fragte Nils.

„Ja."

„Aha!"

Ich wurde ungeduldig. „Kannst du bitte aufhören, alles, was ich dir erzähle, mit diesem Ton zu kommentieren!"

„Ich versuche es."

„Am besten wechseln wir das Thema. Hast du im Moment eine Freundin?" Ich zog meine Beine eng an meinen Körper heran.

„Nein."

„Warum nicht?"

„Ich brauche eine Pause", antwortete Nils knapp.

Ich grinste. Der Wein begann mir wirklich zu Kopf zu steigen. „Waren die letzten Jahre so anstrengend für dich?"

Nils drückte mir den Rotwein in die Hand. „Trink noch einen Schluck!"

Doch ich stieß ihn weg. „Nein, so leicht lasse ich mich nicht abwimmeln. Ich habe dir von Giuseppe erzählt. Jetzt bist du dran! Warum hast du dich von dieser Anja getrennt?"

„Eigentlich gab es keinen konkreten Grund. Ich hatte nur irgendwann das Gefühl, nicht mehr so weitermachen zu wollen wie vorher. Ich wollte mein Leben ändern."

„Und in diesem Zusammenhang hast du Anja wegrationalisiert?", stichelte ich.

Nils zuckte mit den Schultern. „ Wenn du es so ausdrücken willst, ja. Außerdem war ich es leid, immer nur mit Frauen zusammen zu sein, die sich von einer Beziehung mit mir den großen Durchbruch als Schauspielerin oder Model erhoffen."

„Du Ärmster. Mir kommen die Tränen“, spottete ich. „Du solltest dir jemanden suchen, der keinen Fernseher hat und niemals Klatschzeitschriften liest.“

„So jemanden wie dich?“, fragte er.

„Ähm, ja, so jemand Ähnliches. Ich bin aber leider schon vergeben.“ Ich kicherte albern. „Du hast gesagt, du wolltest dein Leben ändern“, lenkte ich ab. „Was war der Auslöser dafür?“

Nils lachte kurz. „Ich habe bisher mit kaum jemandem darüber geredet. Aber nach allem, was ich mittlerweile weiß, brauche ich vor dir wohl keine Hemmungen zu haben.“

„Ha ha! Erzähl!“

„Ich bin vor sechs Monaten aus einer Disko geflogen, weil ich in angetrunkenem Zustand Streit mit dem Türsteher angefangen habe. Das wäre an sich nicht schlimm gewesen. Leider bin ich noch einmal zurückgerannt und habe ihm eins aufs Maul gegeben. Und leider war der Türsteher viel größer und viel stärker als ich und hat außerdem auch noch die Polizei geholt. Bis zu diesem Punkt ist die ganze Geschichte kein großes Geheimnis. Du konntest sie in jedem Münchner Abendblatt nachlesen. Hast du aber nicht, oder?“

„Nein.“ Ich schüttelte den Kopf. „Aber ich kann meine Schwestern oder meine Mutter danach fragen.“

„Was aber nicht an die Presse durchgedrungen ist, ist das pikante Detail, dass die Polizei bei mir ein bisschen Koks gefunden hat. Meine Eltern haben ihren Einfluss spielen lassen.“

„Du kokst?“, fragte ich entsetzt.

„Jetzt nicht mehr.“

Ich war geschockt. Das mit dem Haschisch in der Schule hatte ich noch relativ gefasst aufgenommen. Aber Kokain spielte in einer ganz anderen Liga.

„Viele Leute aus der Branche nehmen Koks. Aber sie lassen sich nicht dabei erwischen. So wie ich! Ich wurde zu einem Jahr auf Bewährung verurteilt, musste eine saftige Geldstrafe leisten und bekam zweihundert Sozialstunden aufgebrummt. Ich habe sie in einem Förderprojekt am Hasenbergl in München abgeleistet. Das Projekt heißt Lichttaler.“

„Lichttaler! Wie schön." Ich lauschte dem Klang des Wortes nach. „Worum geht es in dem Projekt?"

„Kinder und Jugendliche bringen sich gegenseitig Dinge bei, die sie besonders gut können, wie zum Beispiel Breakdance und Gitarre spielen, oder sie bieten Nachhilfe an. Und dafür bekommen sie Lichttaler geschenkt. Und die können sie dann bei anderen Kindern zum Beispiel gegen Schlagzeugunterricht oder etwas Ähnliches einlösen. Ich habe die Schauspielgruppe betreut."

„Und warum durfte dein kleines Drogenabenteuer nicht an die Presse dringen? Stars aus Hollywood werden doch ständig zugedröhnt fotografiert?"

„Es ist etwas anderes, ob du in Deutschland oder in den USA mit Drogen erwischt wirst. Was bei Charlie Sheen cool ist, kommt in Deutschland nicht gut an. Und schon gar nicht, wenn du der Sohn von Katharina und Bernd Schönebeck bist, die seit vierzig Jahren damit beschäftigt sind, ihren untadeligen Ruf aufrechtzuhalten." Nils machte eine kleine Pause. Dann fuhr er fort: „Mein Vater hat mir nach meiner Festnahme die Rolle in der Toskana-Serie beschafft. Als letzte Chance ... Wenn ich die verpatze, ist der Geldhahn zu."

„Unverschämt von ihm, dich mit Mitte dreißig nicht mehr unterstützen zu wollen", sagte ich sarkastisch.

Doch Nils zuckte nur mit den Schultern. „Hätten meine Eltern zugelassen, dass ich etwas Anständiges lerne und mich zu etwas mehr Sparsamkeit erzogen, würde ich ihnen jetzt nicht auf der Tasche liegen."

„Warum bist du eigentlich so schlecht auf sie zu sprechen?" Vielleicht musste das Thema doch einmal auf den Tisch gebracht werden. Es schien Nils ja nicht loszulassen.

„Ich habe nichts gegen meine Eltern, sie gehen mir die meiste Zeit nur ziemlich auf die Nerven", antwortete er abwehrend.

„Was machen sie denn so Schlimmes?", hakte ich nach.

„Nichts. Das ist es ja. Ich habe sie in meinem Leben nicht besonders oft zu sehen bekommen. Auch als Kind nicht. Und wenn, dann wurde ich als Wohnungsaccessoire für Home-Stories hübsch auf einer Couch drapiert." Seine Stimme klang bitter. „Hast du jemals die Buttermilch-Werbung mit Gerd Müller gesehen?"

„War das die Werbung mit dem kleinen, pummligen Kind, das so etwas Ähnliches gesagt hat wie *Ich trinke Müllermilch, weil ich genauso viele Tore schießen will wie der da!* und dann ist die Kamera auf Gerd Müller geschwenkt?"

Nils nickte.

„Und das kleine Kind warst du?" Gegen meinen Willen war ich beeindruckt.

„Ja. Und ich musste bestimmt zwanzig Mal hintereinander ein ganzes Glas von dem Zeug austrinken, bis die Einstellung im Kasten war. Danach habe ich mich übergeben. Meine Mutter hat während des gesamten Drehs seelenruhig daneben gesessen. Noch heute kann ich Buttermilch nicht einmal riechen, ohne dass mir schlecht wird."

Auf einmal erschien mir meine eigene Mutter gar nicht mehr so übel. Sie mochte ihre Macken haben, aber sie hätte niemals tatenlos zugesehen, wie ich mir eine Buttermilchvergiftung zuzog.

Nils fuhr fort: „Direkt nach der Schule haben sie mich auf die Schauspielschule gesteckt und die Prüfungskommission mit einer großzügigen Spende bestochen, damit ich trotz meiner miesen Leistungen bei der Aufnahmeprüfung genommen wurde. Und wahrscheinlich haben sie auch während der gesamten Ausbildungszeit ihre Bestechungsgelder fließen lassen. Dabei wollte ich nie Schauspieler werden. Schon als Kind habe ich Rollenspiele gehasst. Ich war nie Cowboy oder Pirat, sondern immer nur ich selbst."

„Es ist ja nicht so, dass Schauspieler der einzige Beruf auf dieser Welt ist. Du hättest etwas anderes machen können."

„Was denn? Ich habe nie etwas anderes gelernt."

„Welchen Beruf würdest du denn gerne ausüben, wenn du nicht in diesem starren Schauspielerkorsett gefangen wärst?"

Nils ignorierte die beißende Ironie in meiner Stimme und antwortete: „Ich würde gerne hinter der Kamera arbeiten. Vielleicht selbst einen Film drehen oder zumindest ihn produzieren. Vielleicht mit den Kids vom Hasenbergl. Einige von ihnen waren gute Schauspieler."

„Dann mach das doch!"

Nils schüttelte den Kopf. „Und von was soll ich diesen Film bezahlen? Du hast es doch gehört: Ohne den Toskanajob ist der Geldhahn zu! Und da fragst du mich, warum ich meine Eltern nicht mag."

Sein Selbstmitleid ging mir auf die Nerven. „Man könnte meinen, dass deine Eltern an allem schuld sind, was in deinem Leben falsch gelaufen ist. Aber das ist doch Unsinn! Sie haben sich vielleicht nicht immer vorbildlich um dich gekümmert und sie haben dir vielleicht auch keine berufliche Alternativen neben der Schauspielerei aufgezeigt, aber sie haben dich bestimmt nicht dazu gezwungen, diesen Beruf auszuüben. Du hättest studieren können, du hättest eine Ausbildung machen können. Du bist nur den einfacheren Weg gegangen."

Nils sah mich überrascht an. „Nein, das stimmt nicht. Wie hätten meine Eltern denn vor ihren Freunden und vor der Presse dagestanden, wenn ich Bäcker oder Metzger geworden wäre? Und ein Studium kostet Geld."

„Deine Eltern sind dir doch angeblich ach so egal", erwiderte ich ungeduldig. „Und was das Studium angeht: Es gibt Millionen Studenten, die sich ihr Studium über Nebenjobs finanzieren. Wir versuchen uns immer einzureden, dass andere für unser Unglück verantwortlich sind, aber seien wir mal ehrlich, meistens sind wir selbst daran schuld."

„Redest du aus eigener Erfahrung?" Nils verzog spöttisch den Mund.

Ich überlegte einen Augenblick und wollte diese Frage schon verneinen, doch dann fiel mir Olli ein. Vor nicht weniger als zwei Stunden hatte ich ihm noch die Schuld an meinem Gefängnisaufenthalt, ja, überhaupt an meinem verkorksten Leben gegeben. Doch darüber mochte ich nicht reden.

„Ich muss mal wohin.“ Schnell stand ich auf.

***

Heijeijei! Ich hätte nicht so viel trinken sollen. Nur langsam kam ich auf die Füße. Auf einmal erschien mir der kühle Wind nicht mehr gar so nachteilig. Die Tatsache, dass ich steif gefroren wie ein Fischstäbchen war, verschaffte mir zumindest eine gewisse Standfestigkeit.

Unbeholfen setzte ich einen Fuß vor den anderen und hoffte, dass Nils die leichten Schlangenlinien nicht bemerkte, mit denen ich mich einer Gruppe von Bäumen näherte. Ich hatte schon im Laufe unseres Gesprächs gemerkt, dass sich meine Zunge zunehmend wie eine Pellkartoffel anfühlte, aber jetzt, in Bewegung, schien der Alkoholanteil in meinem Blut mit jedem Schritt zuzunehmen. Über dem schlanken Stamm einer Pinie, an die ich mich aufatmend sinken ließ, lag bereits ein verzerrter Weichzeichenfilter.

Meinen Reißverschluss bekam ich leicht geöffnet. Doch als ich mich in eine Hockstellung sinken lassen wollte, plumpste ich wie eine reife Frucht nach unten. Auch der zweite und dritte Versuch, diese Position zu halten, misslang. Schließlich zog ich mich erneut an der Pinie hoch und ließ mich mit meinem Rücken an ihrem Stamm nach unten sinken. Es klappte! Zum Glück! Nur zwei Sekunden später hätte ich in die Hose gemacht. Zärtliche Gefühle für den Baum stiegen in mir auf. Auf umgekehrtem Weg kam ich auch relativ problemlos wieder in eine Art Senkrechte und schaffte es auch, meine Jeans zu schließen. Doch als ich die rechte Hand vorsichtig von der Baumrinde löste und einen Schritt nach vorne setzt, kippte ich ohne Vorwarnung um und landete unsanft mit dem Gesicht im Dreck. Benommen setzte ich mich auf. Hatte ich wirklich so viel getrunken? Was sollte ich jetzt tun? Ich wollte auf keinen Fall auf allen Vieren zu Nils zurückkehren. Doch was war die Alternative?

„Nils!“, rief ich schwach und merkte, dass meine Zunge nun fast gar nicht mehr formbar war. „Du muscht mal kommen.“

„Was ist denn?“ Seine Stimme drang wie durch einen Schalldämpfer an mich heran.

„Ko-homm!“

„Warum sitzt du auf dem Boden?“, frage er, als er neben mir stand.

„Isch kann nisch aufschtehn. Su viel getrunkn.“ Ich kicherte. Die Situation war zu dämlich. Außerdem war ich unendlich müde. „Isch bleib’ hier liegen. Hol misch morgen früh wieder ab!“

Langsam ließ ich mich nach hinten sinken, streckte die Beine lang aus und schloss die Augen. Der Boden unter mir begann, unheilvoll zu beben. Schnell öffnete ich sie wieder.

„Du kannst nicht hier liegen bleiben. Steh auf! Ich helfe dir!“ Nils kniete sich neben mich und griff nach meinem Arm.

„Nein, isch bleib’ liegen.“ Ruckartig entwand ich mich aus seinem Griff. Mir wurde übel. Besser keine zu schnellen Bewegungen machen!

„Nein, du bleibst nicht hier liegen.“ Entschlossen schob Nils seine Hände in meine Achselhöhlen und hob mich in die Höhe. Wie ein nasser Waschlappen hing ich in seinem Arm. Vor meinen Augen tanzten die Bäume auf und nieder. Versuchshalber schloss ich sie erneut. Doch die Bäume tanzten weiter.

Nils drehte mich um und hob mit einer Hand mein Kinn an, damit ich ihm in die Augen blicken musste. „Alles in Ordnung?“

Ich nickte. Im gleichen Moment ging ein Beben durch meinen Körper. Schnell wandte ich mich ab. Aber zu spät! Das wenige Essen, das ich heute zu mir genommen hatte, schoss durch meine Speiseröhre wieder nach oben. Nils versuchte zur Seite zu springen, doch ich erwischte seine Turnschuhe trotzdem.

Nachdem Nils mir das Versprechen abgerungen hatte, mich sofort zu melden, wenn mir wieder übel werden würde, wickelte er mich in sein Halstuch, da sich die Spuren von Erbrochenen bei mir leider nicht nur auf mein Schuhwerk beschränkten.

Die Scheibe des Smarts war auf der Beifahrerseite komplett nach unten gekurbelt. Dankbar hielt ich mein Gesicht in den eisigen Fahrtwind und hoffte darauf, dass dieser die Übelkeit in mir wegfrieren würde. Tatsächlich fühlte ich mich ein wenig besser, als wir am Hotel Milano ankamen.

„Ich habe leider nur ein Einzelzimmer gebucht. Mir war nicht klar, dass ich heute Nacht Gesellschaft haben würde“, meinte Nils entschuldigend, nachdem wir unseren Smart auf dem hoteleigenen Parkplatz in einem Innenhof geparkt hatten.

„Auch nicht die von Valeria?“, fragte ich schwach und folgte ihm langsam.

Nils schüttelte den Kopf. „Hätte ich in dieser Hinsicht Absichten gehabt, wäre ein Hotelzimmer nicht nötig gewesen. Sie wohnt schließlich in Verona.“

„Schon gut. Ich werde auf dem Boden schlafen oder am besten gleich in der Dusche. Falls mir wieder schlecht wird.“

„Das musst du nicht. Ich werde auf dem Boden schlafen.“ Wir betraten das Hotel.

„Aber es ist dein Zimmer.“

„Ich schlafe auf dem Boden.“

Ich schluckte. Nils war so nett zu mir. Er hatte mir vorhin sogar die Haare aus dem Gesicht gehalten.

„Am besten ziehst du das Tuch um den Kopf, bis wir in unserem Zimmer sind.“

„Warum das denn?“

„Möchtest du, dass dein perfekter italienischer Freund zufällig mitbekommt, dass du dir mit mir ein Zimmer teilst?“ Nils sah mich spöttisch an.

Stimmt! Auch Giuseppe wohnte in diesem Hotel. Das hatte ich ganz verdrängt.

Glücklicherweise hatte die Schicht an der Rezeption gewechselt und statt des pummeligen Inders übergab uns eine kleine, zierliche Frau mit blonden Locken die Zimmerkarte. Erklärungen waren also nicht nötig.

Unser Hotelzimmer sah haargenauso aus wie das, in das ich nur wenige Stunden zuvor eingedrungen war. Sehr geschmackvoll eingerichtet und kaum größer als eine Gefängniszelle.

„Es wäre gut, wenn du noch duschst und dir die Haare wäschst, bevor du dich ins Bett legst. Ich gebe dir ein T-Shirt und eine Trainingshose von mir."

Ich hob fragend eine Augenbraue. „Warum?"

„Deswegen!" Nils griff nach einer verklebten Haarsträhne und hielt sie mir mitleidig unter die Nase. „Und deswegen!" Er zeigte auf meine fleckigen Jeans. „Hier sind Zahnpasta und Ersatzzahnbürste. Letztere ist noch nicht benutzt."

Ich schob die Tür zum Bad auf und verschwand unter der Dusche.

Minutenlang ließ ich das lauwarme Wasser über meinen Körper laufen und spürte, wie sich meine angespannte Schulterpartie langsam entkrampfte. Die Wirkung des Alkohols hielt zwar nach wie vor an, aber wenigstens wackelte weder der dunkelbraun gekachelte Boden unter mir, noch drehten sich die Wände der Duschkabine und übel war mir auch nicht mehr.

Da Nils kaum größer war als ich, passten Shirt und Hose wie angegossen. Meine eigenen Sachen packte ich in einen Plastikbeutel. Morgen früh würde ich mir als erstes frische Unterwäsche kaufen!

Als ich mit einem Handtuch auf dem Kopf das Zimmer wieder betrat, verschwand Nils direkt ins Badezimmer und begann, mit einem Stück Seife an seiner schmutzigen Jacke herumzureiben. Seine Turnschuhe stellte er ins Waschbecken und ließ Wasser darüber laufen. Ich trat auf ihn zu.

„Lass mich weitermachen! Bevor mein schlechtes Gewissen überhandnimmt." Ich versuchte, ihn zur Seite zu schieben.

„Nein. Du bist immer noch total betrunken. Leg dich ins Bett und schlaf deinen Rausch aus!“

„Ich bin nicht mehr betrunken.“ Ich griff nach der Seife.

„Doch. Du hast immer noch eine ganz schwere Zunge.“ Nils drehte sich zu mir um und versuchte, mir die Seife wieder abzunehmen. Doch ich hielt sie, so gut es in ihrem glitschigen Zustand ging, fest. Unsere Hände berührten sich und unsere Gesichter waren sich auf einmal ganz nah.

Viel zu nah!

Ich konnte die goldenen Punkte auf seiner Iris zählen und die winzigen Sommersprossen auf seiner Nase. Meine Beine fühlten sich an wie Wackelpudding und mein Herzschlag kam für einen Moment ins Stolpern. Nils’ Gesicht begann zu verschwimmen. Himmel! Ich war doch noch betrunken. Schnell schloss ich die Augen. Doch das machte es noch schlimmer, denn ich spürte seinen warmen Atem über meine Wange streichen. Und als ich die Augen wieder öffnete, sah er mich mit einem seltsamen Gesichtsausdruck an. Seine Finger strichen über meinen Handrücken und die Seife fiel zu Boden.

Das war der Moment, in dem ich ihn küsste.

Nils zuckte kurz zusammen. Doch dann erwiderte er überraschend zart und vorsichtig meinen Kuss. Seine Lippen waren fest und die Stoppeln seines Dreitagebarts kratzten an meiner Mundpartie. Ich traute mich kaum zu atmen. Der Kuss schmeckte nach einem Hauch von Tabak, nach Kaugummi, nach mehr. Nach viel mehr.

Ich presste mich näher an ihn heran und wollte meine Arme um seinen Hals schlingen. Doch Nils wich brüsk zurück, fast so, als hätte er einen elektrischen Schlag bekommen. Abrupt öffnete ich die Augen wieder. Doch er hatte sich bereits abgewandt.

„Wir sollten das nicht tun“, sagte er ohne mich anzusehen. „Leg dich ins Bett und versuch’ zu schlafen!“

Meine Unterlippe begann zittern und so schnell ich konnte, verkroch mich unter meiner Decke. Nach einigen Augenblicken löschte Nils das Licht und ich hörte, wie er sich vor dem Ende meines Bettes niederließ.

Was war nur in mich gefahren? Warum hatte ich mich zu einer derart absurden Tat hinreißen lassen? Den Schauspieler verführen zu wollen. Ein weiterer Strich auf seiner Eroberungsskala zu sein. Wie peinlich! Wie erbärmlich! Ganz abgesehen davon, dass ich Giuseppe fast untreu geworden wäre. Ich biss in das Kopfkissen, um mein Schluchzen zu ersticken.

Bestimmt eine halbe Stunde lang lauschte ich Nils' gleichmäßigen Atemzügen, bevor ich selbst in einen unruhigen Schlaf fiel.

Zehn

Ich wurde von einem vorwitzigen Sonnenstrahl geweckt, der sich durch einen Schlitz in der Jalousie bis an mein Bett gekämpft hatte. Er kitzelte mich so beharrlich an der Nase, dass ich schließlich genervt die Augen öffnete.

Und schon war sie da, die grausame, furchtbare, unendlich peinliche Realität! Im Schnelldurchlauf spulte sich der gestrige Tag vor meinem geistigen Auge ab: die SMS, meine unfreiwillige Fahrgemeinschaft, der Schlüssel-Anschlag, die Sternschnuppen am Gardasee und ... der Kuss.

Oh Gott! Ich sollte versuchen, noch einmal einzuschlafen. Vielleicht hatte ich Glück und würde in meinem richtigen Leben wieder aufwachen! In dem Leben, in dem der Kauf einer knallroten Strumpfhose das Verrückteste war, was ich in den letzten zwei Jahren getan hatte. Schnell kroch ich ein wenig tiefer unter die Decke und kniff die Augen fest zusammen. Aber natürlich nutzte es nichts. Ich befand mich bedauerlicherweise in dem einzigen Leben, das ich hatte.

In Filmen sah man immer wieder, dass sich die Hauptdarsteller nach einer durchzechten Nacht an nichts mehr erinnern konnten. In *Love Vegas* hatte Cameron Diaz zum Beispiel erfolgreich verdrängt, Ashton Kutcher geheiratet zu haben. In *Hangover* hatten Bradley Cooper und Co vergessen, dass sie Mike Tysons Tiger geklaut hatten. Aber bei mir musste es natürlich anders sein! Der sanfte, alkoholgeschwängerte Schleier der letzten Nacht war weg und machte Platz für die Wirklichkeit, die nun wenig attraktiv und gestochen scharf auf mich einprallte. Und eines meiner Probleme befand sich nicht weniger als dreißig Zentimetern von meinen Füßen entfernt. Oder etwa nicht?

Ich hielt den Atem an und lauschte in die Stille hinein, konnte aber nur das Gurren einer einsamen Taube hören. Unauffällig robbte ich mit dem Oberkörper aus dem Bett heraus, um einen Blick auf meinen Mitbewohner zu erhaschen. Doch die Schwerkraft war stärker und ich plumpste unsanft auf den Boden. Ich Tollpatsch! Jetzt war er bestimmt wach. Starr blieb ich in meiner Position liegen. Doch unter der Wolldecke regte sich nichts. Langsam kroch ich einen Meter nach vorne. Der Schlafplatz vor meinem Bett war leer. Ruckartig setzte ich mich auf und wurde von meinem Kopf sofort an die zwei oder drei Flaschen Rotwein erinnert, die ich gestern fast allein getrunken hatte. Doch ich widerstand dem Drang, mich wieder zurückfallen zu lassen, und kam vollständig in die Vertikale. Suchend blickte ich mich um. Vielleicht war er im Bad? Ich schob die Tür auf. Leer! Wo war dieser Kerl nur? Nicht, dass ich mich nach seiner Gesellschaft gesehnt hätte! Es wäre mir angesichts meiner schamlosen Tat sogar recht, wenn er sang- und klanglos aus meinem Leben verschwunden wäre. Trotzdem irritierte mich sein stiller Abgang.

Langsam ging ich zum Fenster und öffnete es. Ich brauchte dringend frische Luft. Meine Kopfschmerzen brachten mich fast um! Ich würde noch einen Augenblick warten und dann an der Rezeption nach Giuseppes Zimmernummer fragen. Vielleicht war er noch nicht abgereist. Nun konnte ich mich ruhig vor ihm outen. Nun war sowieso alles egal! Mir wurde schlecht. Oh nein! Ich hatte keine Lust, mich schon wieder zu übergeben.

Der Türöffner summte und Nils betrat das Zimmer.

★★

„Guten Morgen." Er drückte mir gut gelaunt eine schicke Papiertüte mit der Aufschrift *Max Mara* in die Hand.

„Ich habe deine Kleider in der Wäscherei des Hotels abgegeben. Sie müssten in etwa einer Stunde fertig sein. Und für die Übergangszeit habe ich dir etwas zum Anziehen besorgt."

Ich griff in die Tüte und holte ein Stück roten Stoff heraus. Irritiert hielt ich ihn in die Höhe. Ein halblanges Kleid! Ein rotes Kleid!

Nils blieb angesichts der Irritation, die sich auf meinem Gesicht spiegelte, cool.

„Es ist ziemlich warm draußen", erklärte er. „Ich dachte, mit einem Kleid kann ich am wenigsten falsch machen."

„Danke. Ich ziehe es schnell an", murmelte ich, ohne mich groß darum zu bemühen, Begeisterung vorzutäuschen. „Es passt bestimmt super zu meinen vollgekotzten Turnschuhen."

„Und auch für diesen Fall habe ich vorgesorgt." Nils holte hinter seinem Rücken noch eine zweite Tüte hervor. „Und ich habe sogar noch etwas für dich." Er hielt mir eine Kopfschmerztablette vor die Nase.

Dankbar ergriff ich sie und verschwand unter der Dusche. Am liebsten wäre ich stundenlang unter dem heißen Wasserstrahl stehen geblieben. Aber der Gedanke an Giuseppe zwang mich zu Eile und so trocknete ich mich schon nach wenigen Minuten lustlos ab und schlüpfte in das Kleid. Bewusst vermied ich den Blick in den Spiegel, denn garantiert sah ich darin wie eine rote Ampel aus.

Doch ich wollte nicht undankbar erscheinen. Es war nett von Nils gewesen, mir etwas zum Anziehen zu kaufen. Und woher sollte er wissen, dass ich auffällige Farben im Allgemeinen und Kleider insbesondere nicht leiden konnte? Aber ich würde es anziehen, zumindest bis meine eigenen Sachen wieder trocken waren. Bis dahin musste ich nur aufpassen, dass ich keinem Stier begegnete!

Schnell zog ich mir das Handtuch herunter, das ich wie einen Turban um den Kopf gewickelt trug und ließ meine nassen Haare locker über die Schultern fallen. So fühlte ich mich in dem engen, knappen Kleid nicht ganz so nackt wie vorher.

Dann lugte ich zaghaft in die zweite Tüte. Fast erwartete ich, dass mich ein paar hochhackige Pumps mit Pfennigabsätzen anspringen würden, doch meine Erwartungen wurden glücklicherweise enttäuscht. In der Tüte befanden sich ein paar lederne Flip Flops. Sie waren zwar etwas zu groß und auch rot, aber ansonsten absolut akzeptabel. Erleichtert zog ich sie an und stapfte nach draußen.

Nils stand am Fenster und beschäftigte sich mit seinem Handy. Als ich das Zimmer betrat, grinste er und pfiff leise durch die Zähne. „Nicht schlecht. Du hast eine richtig gute Figur. Das hat man in deinen anderen Kleidern gar nicht gesehen."

Eine unangenehme Hitze stieg in mir auf. Da war er wieder! Der arrogante, machohafte Nils, den ich überhaupt nicht leiden konnte. Der nette, fürsorgliche Nils von gestern Abend war wohl nur eine Rolle gewesen. Und ich hatte sie ihm abgekauft. Anscheinend schien er doch über ein gewisses schauspielerisches Talent zu verfügen.

„Was hast du weiter geplant?", fragte ich steif und hoffte, dass die Farbe meines Teints in der meines Kleides untergehen würde.

„Das wollte ich dich fragen. Ich muss mich so langsam in Richtung Vinci aufmachen. Und du?"

„Ich werde an der Rezeption nach Giuseppes Zimmernummer fragen."

„Und was machst du, wenn er mit dieser Angela im Bett liegt?"

„Das tut er bestimmt nicht. Die ganze Angelegenheit ist wahrscheinlich ein einziges Missverständnis."

„Und was machst du, wenn er schon weitergefahren ist?"

Ich zuckte genervt die Schultern. „Keine Ahnung. Und ich habe auch keine Lust darüber nachzudenken. Das werde ich intuitiv entscheiden."

„Ich mache dir einen Vorschlag." Nils drückte mich auf das Bett. „Ich komme mit und ..."

„Nein!“

„Hör mir erst einmal zu!“ Nils setzte sich neben mich. „Denn mein Vorschlag hätte nur Vorteile für dich.“

„Das glaube ich nicht.“

„Doch. Denn wenn Giuseppe mit Angela zugange ist, kannst du mich als deinen Lover ausgeben.“

„Bestimmt nicht.“

„Gestern im Gefängnis hattest du auch keine Hemmungen.“ Wieder dieses anzügliche Grinsen. „Und wenn Giuseppe bereits abgereist ist, fahre ich dich zum nächsten Flughafen.“

„Und wie erkläre ich Giuseppe deine Gegenwart, wenn er nicht mit Angela zugange ist, wie du es so nett ausdrückst, und sich alleine in seinem Zimmer aufhält.“

Nils lächelte selbstgefällig. „Na, in diesem Fall bin ich einfach ich selbst. Ein lieber Mitfahrer, mit dem du dir einen Mietwagen nach Italien teilst.“

„Und was hast du davon? Oder handelst du völlig uneigennützig?“

Nils schüttelte den Kopf. „Nein. Diese Tat bietet mir eine willkommene Ausrede dafür, die Tatsache noch ein wenig länger zu verdrängen, dass ich die nächsten sechs Wochen in einer dämlichen Vorabendserie einen noch dämlicheren Immobilienmakler spiele. Kann ich mitkommen?“ Er sah mich treuherzig an.

Ich verzog das Gesicht. „Meinetwegen. Aber nur wegen des Autos. Und ich gebe dich auf keinen Fall als meinen Liebhaber aus.“

★★

„Mi dispiace ma devo deluderla, signorina. Giuseppe Ferro è partito tre ore fa.“

Dieses Mal stand ein winzig kleiner Mann mit halbmondförmiger Brille und kunstvoll über die Glatze drapiertem Haar am Empfang.

„Tre ore fa. Giuseppe ist schon vor drei Stunden abgereist!“, wiederholte ich bekümmert.

Der Mann nickte entschuldigend. „Posso aiutarla in qualche altro modo?“

„No, grazie.“ Ich schüttelte den Kopf. Wie sollte er mir jetzt noch behilflich sein?

Ich wandte mich an Nils: „Frag ihn, wo der nächste Flughafen ist!“

Doch dieser kam nicht dazu, mir meine Bitte zu erfüllen, denn hinter uns ertönte auf einmal eine scharfe Stimme: „Der Täter kehrt tatsächlich immer wieder an den Tatort zurück. Oder sollte ich besser die Täterin sagen?“

Ich drehte mich um. Angelas Chauffeuse stand vor mir. Ihren Spazierstock hielt sie drohend in die Höhe. Von nahem betrachtet hatte sie große Ähnlichkeit mit Miss Marple. Aber nicht mit Magret Rutherford, sondern mit der kleinen, dünnen Schauspielerin, der ich die Rolle nie richtig abgekauft hatte.

Hilfesuchend sah ich zu Nils, doch der inspizierte die durchlöcherten Spitzen seiner frisch gewaschenen Turnschuhe.

„Es war nicht so, wie es ausgesehen hat“, begann ich wenig überzeugend.

„Ach!“ Die Frau hob spöttisch eine Augenbraue. „Sie sind also aus Versehen in mein Zimmer eingedrungen.“

Der kleine Portier begann unruhig zu werden und seine Blicke schweiften nervös hin und her.

„Nein, aber ...“

„Warum sprechen wir nicht beim Frühstück über dieses Missverständnis“, schaltete sich Nils ein. „C’è ancora la prima colazione?“, fragte er den Herren am Empfang.

Dieser schüttelte entschuldigend den Kopf. „No! Solo fino alle undici. Però potrei offrirle un caffè?“

Nils nickte.

„Le mostro la sala colazione.“ Der kleine Mann kam hinter seinem Empfangstresen hervor.

„Frühstück gab es leider nur bis elf. Aber wir können noch einen Kaffee haben. Er zeigt uns den Frühstücksraum", übersetzte Nils.

„Das müssen Sie nicht. Ich weiß, wo es lang geht." Die ältere Dame streckte energisch ihr Kinn nach vorne. „Kommen Sie mit!", sagte sie in einem Ton, bei dem auch hochrangige Militärs widerspruchlos gehorcht hätten.

Ich folgte ihr zusammen mit Nils. Doch vor der Tür zum Frühstücksraum blieb dieser stehen.

„Geh du nur! Ich habe schon gefrühstückt. Ich werde in der Zwischenzeit unser Zimmer bezahlen und meine Sachen zusammenpacken."

„Aber du kannst mich nicht allein lassen", sagte ich verzweifelt.

„Bei eurem Gespräch von Frau zu Frau wäre ich sowieso fehl am Platz. Du machst das schon." Aufmunternd schlug er mir auf die Schulter. „Und wenn sie handgreiflich wird, ruf mich an! In einer Minute bin ich bei dir."

„Haha!" Der Zynismus blieb mir im Halse stecken. Zögernd folgte ich der kleinen Frau zu einem Tisch.

Sie setzte sich hin und zitierte umgehend einen jungen, gut aussehenden Kellner mit schwarzen Schmachtlocken zu sich her, der gerade dabei war, für das Mittagessen einzudecken.

„Einen Kaffee. Schwarz, ohne Zucker. Haben – Sie – mich – verstanden?" Die letzten Worte sprach sie übertrieben langsam und deutlich aus, so dass ich mich umgehend an meine Grundschullehrerin Frau Brasen erinnert fühlte.

Auch der Kellner schien eingeschüchtert. „Un caffè senza zucchero", wiederholte er und wandte sich dann an mich.

„E per me un cappuccino, per favore." Endlich konnte ich mit meinen Volkshochschulkenntnissen punkten.

„Cappuccino." Die ältere Dame verzog das Gesicht. „Neumodischer Kram. Ich heiße übrigens Lydia Sing", stellte sie sich ohne Übergang vor und reichte mir die Hand. Ihr Händedruck stand ihrem Tonfall in nichts nach.

„Helga Baum." Unter dem Tisch massierte ich heimlich meine schmerzenden Finger.

„Helga. Ein schöner Name. Heutzutage eher selten. Aber zu meiner Zeit nicht außergewöhnlich." Sie lächelte und lehnte sich entspannt zurück. „Fangen Sie an! Ich mag gute Geschichten. Also enttäuschen Sie mich nicht!"

„Was wollen Sie wissen?"

„Warum haben Sie Ihren Autoschlüssel nach meinem Begleiter geworfen?"

Woher wusste sie das denn? Ich dachte, sie wollte mich nach dem Einbruch in ihr Zimmer fragen. Sofort ging ich in die Defensive.

„Hab' ich nicht."

Ihre blassblauen Augen blickten mich mitleidig an. Lügen und Ausreden schienen zwecklos zu sein.

Mittlerweile hatte der Kellner unsere Getränke vor uns abgestellt. Ich nahm meinen Cappuccino und nippte daran, um Zeit zu schinden.

„Na gut, hab' ich", gab ich schließlich zu. „Aber ich hatte einen Grund ..."

„Und genau den würde ich gerne hören."

„Giuseppe ist mein Freund. Ich habe gestern Morgen aus Versehen eine SMS gelesen, in der ihm eine Angela geschrieben hat, dass sie es kaum erwarten kann, ihn wiederzusehen."

„Ach, und diese SMS haben Sie aus Versehen gelesen?" Sie wirkte amüsiert. „Genauso aus Versehen, wie Sie in mein Hotelzimmer eingedrungen sind?"

Ich ignorierte ihren Einwurf. „Auf jeden Fall bin ich ihm zum Flughafen gefolgt und habe gesehen, wie er mit Ihnen und einer anderen Frau in einen Mercedes gestiegen ist." Ich wartete eine kleine Weile, ob sie dazu eine Erklärung abgeben würde, aber sie tat es nicht. Also fuhr ich fort: „Ich habe mir dann einen Leihwagen genommen und bin Ihnen gefolgt. Von Giuseppe wusste ich, dass er in Verona einen Zwischenstopp einlegen würde. Und als ich auf der Piazza Brà stand und mir einen Plan zurechtlegen wollte, ist Giuseppe mir zusammen mit der jungen Frau begegnet. Es hat so ausgesehen, als ob er sie küssen wollte und bei mir sind die Sicherungen durchgebrannt. Tja, und dann habe ich den Autoschlüssel nach ihm geworfen. Ich bin normalerweise aber wirklich kein gewalttätiger Mensch. Wirklich nicht!", beteuerte ich.

Lydia Sing zuckte mit den Schultern. „Erzählen Sie weiter!"

„Und dann habe ich gesehen, dass Sie meinen Schlüssel aufgehoben haben. Ich wollte ihn mir wiederholen und den Rest der Geschichte kennen Sie ja."

„Man hat mir mitgeteilt, dass die Polizei Sie gestellt und festgenommen hat. Aber wie sind Sie wieder frei gekommen? Haben Sie den Polizisten auch erzählt, dass Sie nur aus Versehen in mein Zimmer eingebrochen sind?" Sie blickte mich ironisch an.

„Ich konnte denen überhaupt nichts erzählen. Meine Italienischkenntnisse reichen nämlich leider nur zum Bestellen eines Cappuccinos. Nils, mein Begleiter, mit dem ich mir den Mietwagen teile, spricht fließend Italienisch. Er hat dem Polizisten erklärt, ich sei seine Freundin und hätte ihn bei einem Seitensprung erwischen wollen, dabei aber die Hotelzimmer verwechselt."

Lydia lachte laut auf. Ihr Lachen stand in krassem Gegensatz zu ihrer filigranen Gestalt. „Ihr Mitfahrer gefällt mir."

„Mir weniger", murmelte ich.

„Was haben Sie gesagt?"

„Nichts. Ich habe mich nur geräuspert."

„Sie lügen nicht besonders gut." Sie blickte mich strafend an.

Ich gab mich geschlagen. „Gut, ich werde es in Zukunft lassen. Aber jetzt sind Sie an der Reihe. Haben Sie Giuseppe schon vor Ihrer gemeinsamen Reise gekannt?"

Lydia überlegte einige Augenblicke. Dann bekam ihr Gesicht auf einmal einen listigen Ausdruck. „Sie möchten meine Geschichte hören?"

„Ich bitte darum."

„Ich werden Sie Ihnen erzählen." Sie machte eine kurze Pause. „Wenn Sie mir dafür einen Gefallen tun."

„Ich habe Ihnen erklärt, warum ich in Ihr Zimmer eingedrungen bin. Ist das nicht Gefallen genug?“, entgegnete ich empört.

Doch Lydia Sing blieb ungerührt. „Nein, das war das Mindeste, was Sie tun konnten. Mich hätte gestern Abend der Schlag treffen können, als ich Ihnen gegenübergestanden habe.“

Das bezweifelte ich zwar, jetzt wo ich wusste, dass ihr zartes Äußeres trog, aber ihrer Argumentation hatte ich dennoch nichts entgegenzusetzen.

Also fragte ich resigniert: „Was kann ich für Sie tun?“

„Sie haben einen Leihwagen?“

„Zumindest einen halben.“

„Wohin geht die Reise?“

„Nils möchte nach Vinci und von dort weiter in die Maremma. Meine Reiseroute wird wohl von Ihrer Geschichte abhängen.“

„Wo liegt Vinci?“

„In der Nähe von Lucca.“

Sie kramte in ihrer Tasche nach einer Straßenkarte und studierte sie einige Augenblicke aufmerksam. Dann sah sie mich an. „Das trifft sich gut. Es wäre für Sie nur ein kleiner Umweg.“

„Wieso Umweg? Wollen Sie ein Stück mitfahren?“

„Ich muss nach Viareggio. Das ist ein Küstenort, vielleicht vierzig Kilometer von Lucca entfernt. Ich möchte dort jemand besuchen. Auf dem Weg dorthin werde ich Ihnen meine Geschichte erzählen. Nehmen Sie mein Angebot an?“

„Aber Sie haben doch selbst ein Auto?“

„Nein, denn das habe ich Ihrem Freund mitgegeben. Nachdem er wegen Ihnen die halbe Nacht im Krankenhaus verbracht hat, wollte ich es ihm nicht zumuten, sich heute Morgen auch noch nach einem anderen Mietwagen umzusehen.“

Ich wurde rot. „In Ordnung. Ich habe verstanden. Sie können mitfahren. Zumindest wenn mein Mitfahrer nichts dagegen hat. Und“, nun war ich an der Reihe, sie fest anzusehen, „ im Gegensatz zu Ihnen wäre ich auch ohne Gegenleistung dazu bereit gewesen, Ihnen einen Gefallen zu tun.“

Lydia Sing entgegnete nichts. Doch an ihrem Gesichtsausdruck konnte ich sehen, dass ihr meine Erwiderung gefiel.

„Sie kommen mir bekannt vor?“ Lydia thronte neben Nils im Smart und ich hatte mich zusammen mit ihrem Gepäck auf die Rückbank gequetscht. „Sind wir uns schon einmal begegnet?“

„Nicht, dass ich wüsste“, antwortete Nils. „Wohnen Sie in München?“

„Nein, ich komme aus Rheinland-Pfalz. Aber ich kenne Sie. Ich bin mir ganz sicher.“ Auf einmal erhellte sich ihr Gesicht. „Ha! Sie sind dieser Schauspieler. Oder? Sie haben vor einigen Jahren in meiner Lieblings-Serie mitgespielt: *Ganz in Weiß*. Sie waren dieser nette Oberarzt.“

Nils nickte. „Dr. Wohlschläger.“

„Sie hätten fast Ihre Schwester geheiratet, wenn Sie nicht in letzter Sekunde herausgefunden hätten, dass Sie bei Ihrer Geburt vertauscht worden sind.“

Er verzog das Gesicht. „Stimmt!“

Lydia schien beeindruckt. „Wie aufregend! Ich fahre mit Dr. Wohlschläger zusammen in einem Auto.“

Ich rollte die Augen. Wenn sie ihn jetzt noch um ein Autogramm bäte, musste ich befürchten, in einer Zeitschleife gefangen zu sein. Doch zum Glück verschonte sie mich. Stattdessen erzählte sie Nils begeistert jedes biographische Detail, das ihr aus dem Leben von Dr. Johannes Wohlschläger in Erinnerung geblieben war: So war er zum Beispiel über die Sache mit seiner Schwester nur mit Hilfe von Drogen hinweggekommen, danach hatte er sich mit der intriganten rothaarigen Managerin des Krankenhauses eingelassen und anschließend war er nur knapp dem Tod entronnen, als er einen kleinen Jungen vor einem Kampfhund retten wollte. Doch auf einmal kam Lydia ins Stocken. Sie wurde bleich und griff sich an die Brust. Panisch schaute sie sich um.

„Geht es Ihnen nicht gut?“ Ich beugte mich nach vorne und wechselte mit Nils über den Rückspiegel einen besorgten Blick.

„Doch, doch. Es ist nichts“, keuchte sie. „Nur ein kleiner Schwächeanfall. Können Sie mir mein Spray aus der Handtasche geben?“ Ihre Hände verkrampften sich im Stoff ihrer dünnen Bluse.

Schnell öffnete ich Lydias Tasche und begann darin herumzukramen. Meine Güte! Diese Frau trug eine ganze Apotheke mit sich herum. „Wie sieht denn dieses Spray aus?“, fragte ich ängstlich.

„Rot, mit einem weißen Deckel.“ Lydias Haut wirkte nun fast durchscheinend, ihre Stimme war kaum noch ein Flüstern und sie rang nach Atem.

Hektisch schmiss ich mehrere Tablettenschachteln und Döschen auf die Rückbank. Ein Fläschchen Korodin, Lydias Geldbörse, das Schwarz-Weiß-Foto einer jungen Frau sowie ein ledernes Notizbuch folgten. Erst dann stieß ich auf die rot-weiße Spraydose. Zum Glück! Erleichtert drückte ich Lydia den kleinen Behälter in die Hand und sie hielt ihn sich mit zitternden Händen an den Mund und atmete gierig ein und aus. Ihr Körper begann sich zu entspannen, ihr Atem wurde regelmäßiger und ihr Gesicht bekam wieder etwas Farbe.

Mittlerweile war Nils in einen Olivenhain abgebogen und hatte den Smart neben einer abgesplitterten Holzbank geparkt. Ich ließ mich erleichtert in den Sitz zurücksinken. Mein Herz schlug heftig gegen den Brustkorb und auf meiner Stirn hatte sich ein Netz aus Schweißtropfen gebildet. Gott! So etwas hatte ich noch nicht erlebt.

Nils reichte Lydia eine Flasche Wasser herüber und die alte Frau nahm sie dankbar an.

„Tut mir leid, dass ich Sie beunruhigt habe“, sagte Lydia nach einer Weile zerknirscht. „So etwas ist mir schon lange nicht mehr passiert. Ich habe mich wohl die letzten Tage ein wenig übernommen.“

„Haben Sie Asthma?“, fragte Nils.

„Nein, ein schwaches Herz. Vor fünf Monaten hätte es mich fast im Stich gelassen. Bin dem Tod gerade noch von der Schippe gesprungen. Aber seitdem ich eine künstliche Herzklappe eingesetzt bekommen habe, geht es mir wieder besser."

„Sie sind vor fünf Monaten fast gestorben?", wiederholte ich entsetzt.

„Ja. An einem Lungenödem. Kam ziemlich überraschend für mich. Ich dachte immer, ich hätte die Konstitution eines Ackergauls. Meine Eltern hatten Landwirtschaft und unsere Gäule sind immer steinalt geworden, waren nie krank", fügte Lydia erklärend hinzu. „Aber lassen wir dieses unerfreuliche Thema." Sie hatte ihren herrischen Tonfall wiedergefunden.

Nils drehte sich zu mir um. „Ich weiß, dass ich versprochen habe, durchzufahren. Aber ich muss ein wenig Sauerstoff tanken, sonst fallen mir die Augen zu. Ich habe heute Nacht nämlich nicht besonders gut geschlafen." Er lächelte süffisant.

Ich sah ihn zweifelnd an. „Sauerstoff tanken? Wirklich nicht mehr?"

„Keine Sorge. Ich gehe bestimmt nicht heimlich rauchen." Nils wandte sich an Lydia. „Sie ist immer so streng mit mir." Dann öffnete er die Fahrertür und stieg aus.

Ich begann Lydias Tasche einzuräumen. Dabei fiel mir das Foto der jungen Frau in die Hände.

„Ist das Ihre Tochter?", fragte ich und Lydia nickte.

„Das ist Sonja, als sie Anfang zwanzig war." Ihr Gesicht wurde weich. „Wegen ihr war ich in München. Wir haben uns seit über dreißig Jahren nicht gesehen. Sie ist mittlerweile selbst schon sechzig, hat eine Tochter und mehrere Enkelkinder."

„Aber warum haben sie Sonja in all den Jahren nicht besucht? Wollten Sie Ihre Enkelkinder denn nicht kennen lernen." Ich war verblüfft.

„Nachdem mein Mann Hansi gestorben war, haben wir uns gestritten. Danach hat sie den Kontakt zu mir abgebrochen. Sie war immer mehr seine Tochter gewesen als meine."

„Aber warum? Was haben Sie schlimmes getan?"

„Ach, das ist eine lange Geschichte. Wollen Sie sie hören?"

Ich nickte.

„Lassen Sie uns spazieren gehen, dann erzähle ich sie Ihnen."

Langsam folgten Lydia und ich Nils in das Olivenwäldchen. Grillen zirpten, die Sonne schien mir auf den Rücken und die Luft roch nach Wärme und irgendwelchen Kräutern. Nachdem wir einige Minuten gegangen waren, setzten wir uns auf eine Steinmauer. Nils stand ein wenig abseits von uns und telefonierte.

„Die ganze Geschichte begann kurz vor dem Ausbruch des zweiten Weltkrieges", begann Lydia. „Auf einem Dorffest lernte ich Hansi kennen. Er wohnte zwei Dörfer weiter und war der Sohn des Bürgermeisters. Wir heirateten und noch im gleichen Jahr wurde Sonja geboren. Alles war wunderbar, doch dann kam der Krieg und Hansi musste an die Front. So wie fast alle Männer aus Dill, so heißt der Ort, in dem ich wohne. Zurück blieben nur die Alten und Kranken und die Frauen. Als der Krieg weiter fortschritt, kamen auch einige Zwangsarbeiter, die die Frauen bei ihrer Arbeit auf den Höfen unterstützen sollten. Den Beziehungen meines Schwiegervaters zum NS-Regime hatten Sonja und ich es zu verdanken, dass wir einen dieser Arbeiter zugewiesen bekamen. Er hieß Lorenzo und war Italiener."

„Aber waren die Italiener nicht Bündnisgenossen der Deutschen?", warf ich ein. „Ich dachte immer, Zwangsarbeiter seien aus Frankreich oder Russland gekommen."

„Kamen sie auch. Bis Italien 1943 nach dem Sturz Mussolinis aus dem Bündnis ausschied. Die meisten italienischen Soldaten weigerten sich, an Deutschlands Seite weiterzukämpfen und wurden in Kriegsgefangenenlager transportiert, von wo sie dann verschiedenen Arbeitsstellen zugewiesen wurden."

Ich merkte, in welche Richtung die Geschichte gehen würde und fragte: „Und dieser Lorenzo! Sah er gut aus?"

„Muskulös, schlank, schwarze Haare. Die Mädchen im Dorf waren verrückt nach ihm."

„Und er nach Ihnen, oder?" Ich grinste.

„Ja. Das war er. Er nannte mich *seine deutsche Rose* – und damit spielte er wohl nicht nur auf mein Aussehen, sondern auch auf meine Stacheln an." Sie kicherte. „Wir wurden ein Liebespaar. Aber natürlich mussten wir das geheim halten. Die Schwiegertochter des Bürgermeisters und ein italienischer Zwangsarbeiter! Ein Verräter, der sich weigerte, für Deutschland weiterzukämpfen! Ein Skandal wäre das gewesen. Auch wenn ich beileibe nicht die einzige aus dem Dorf war, die versucht hat, die Einsamkeit der Kriegsjahren mit Hilfe eines warmen Männerkörpers zu überbrücken. Aber all das hatte sich daheim im stillen Kämmerlein abzuspielen und durfte nicht auf die Straße getragen werden.

Tja, und irgendwann war der Krieg vorbei und Hansi stand vor der Tür. Lorenzo war frei und durfte nach Italien zurück. Er flehte mich an, mitzukommen." Sie rang sich ein kleines, trauriges Lächeln ab. „Aber ich bin geblieben."

„Warum?"

„Wegen Sonja. Ich hätte sie nicht mitnehmen können. Also bin ich geblieben und habe versucht, eine gute Ehefrau und Mutter zu sein. Aber das war ich nicht. Nicht mit dem Herzen. Und das hat Sonja gemerkt. Und das hat sie mir übel genommen."

„Und deswegen hat sie den Kontakt zu Ihnen abgebrochen?"

„Nein, aber nachdem Hansi gestorben war, fühlte ich mich einsam in dem großen Haus. Ich bat Sonja, mich öfter zu besuchen, doch sie fand immer wieder eine Ausrede. Ständig war eines der Kinder krank oder sie bekam keinen Urlaub oder sie hatte schon etwas anderes vor. Irgendwann ist mir während eines Telefonats der Kragen geplatzt und ich habe ihr von mir und Lorenzo erzählt und dass ich ihren Vater nie geliebt hatte. Ich warf ihr vor, nur wegen ihr auf mein Glück verzichtet zu haben und dass sie mich als Dank dafür nun im Stich lassen würde. Sonja konnte mir nicht verzeihen, dass ich ihren Vater betrogen und ihr Bild von der heilen Familie zerstört hatte."

„Und Sie haben ihn niemals wiedergesehen, Ihren Lorenzo?"

Lydia schüttelte den Kopf. „Nein. Aber wir haben uns geschrieben. Immer zu unseren Geburtstagen. Und nach Hansis Tod habe ich mir vorgenommen, ihn zu besuchen. Jedes Jahr aufs Neue. Aber ich habe es nie getan. Und irgendwann ist der Kontakt abgebrochen. Wissen Sie", sie beugte sich zu mir vor, „ich dachte immer, ich hätte noch so viel Zeit."

Ich seufzte. Beneidenswert! Seit meinem dreißigsten Geburtstag war ich fest davon überzeugt, keine Zeit mehr zu haben.

Lydia lehnte sich wieder zurück und verschränkte die Arme vor ihrer Brust. „Aber meine Krankheit hat mir gezeigt, dass ich keine fünfundsechzig mehr bin und dass ich nichts mehr aufschieben darf. Ich möchte nach Paris fahren und mich auf die Spitze des Eifelturms stellen, ich möchte das Kolosseum in Rom sehen, den Schiefen Turm von Pisa, die Themse und ich möchte noch einmal im Meer baden. Ich habe noch so viel vor. Aber ich muss mich beeilen."

„Haben Sie Angst davor zu sterben?" Ich weiß nicht, warum ich diese Frage stellte. Das Thema Tod war normalerweise ein Tabuthema und wenn man schon darüber redete, dann doch mit Menschen, die man kannte und die ihre besten Jahre noch vor sich hatten. Doch aus irgendeinem Grund war mir Lydias Antwort wichtig, vielleicht weil ich selbst solche Angst davor hatte zu sterben. Und sie schien sich an meiner Frage nicht zu stören.

„Nein. Denn in meinem Herzen fühle ich mich noch so jung." Sie tippte mit den Fingern auf ihre Brust. „So jung, dass ich mich, wenn ich morgens in den Spiegel schaue, manchmal frage, wer um Himmels Willen diese alte Schrapnelle vor mir ist." Sie kicherte. „Und das Gute am Alter, das werden Sie auch noch feststellen, Kindchen, ist, dass der Tod viel von seinem Schrecken verliert. Denn mit der Zeit wird es doch ein wenig einsam auf der Erde, wenn nur noch solch junges Gemüse wie Sie dort herumrennt. Und im Himmel würden viele Bekannte auf mich warten."

„Hansi zum Beispiel."

„Ja, Hansi." Sie seufzte. „Er war ein netter Kerl. Ein wirklich netter Kerl. Und ein guter Mann. Aber ich habe ihn nicht geliebt. Niemals. Ich hätte auf mein Herz hören sollen."

„Und Ihr Herz hat Ihnen damals gesagt, dass Lorenzo der Richtige für Sie ist?"

„Ja. Das hat es. Hat Ihres noch nie mit Ihnen gesprochen?"

„Doch. Leider jedoch schon mehrmals", fügte ich ein wenig zerknirscht hinzu. Egal ob Thomas, Arthur, Olli oder Giuseppe – ich hatte zumindest zeitweise bei jedem von ihnen gedacht, endlich angekommen zu sein.

„Dann haben Sie den Richtigen noch nicht getroffen", sagte Lydia und lächelte versonnen. „Denn wenn Sie ihn treffen, dann wissen Sie es. Vielleicht nicht sofort, aber irgendwann kommt der Moment, in dem Sie es wissen."

„Und in welchem magischen Moment haben Sie es erfahren?"

„Ich habe mich einmal bei der Kartoffelernte auf dem Feld am Finger verletzt. Lorenzo hat meine Wunde gesäubert, verbunden und sie anschließend geküsst. Er meinte, sie würde dann schneller heilen. Wir sahen uns an und in diesem Moment wusste ich es. Ich habe es einfach gewusst."

Ich dachte nach. Hatte es diesen einen, ganz besonderen Moment zwischen Giuseppe und mir vielleicht auch gegeben? Im Urlaub? Bei einem Abendessen? Oder nachdem wir miteinander im Bett waren? Und auf einmal musste ich an Nils denken und daran, wie sich unsere Hände gestern Nacht berührt hatten. Ich sah wieder in seine grünen Augen, spürte seinen Atem über meine Wange streifen und fühlte seinen Lippen auf meinen. Schnell schüttelte ich den Kopf, um dieses Bild zu vertreiben und warf einen raschen Blick auf meinen Mitfahrer, der immer noch fleißig auf sein Handy einredete.

„Und nun sind Sie nach Italien gefahren, um Ihren Lorenzo wiederzusehen?", fragte ich, um mich wieder in die Gegenwart zurückzuholen.

„Ja. Nachdem ich aus der Reha gekommen bin, habe ich zuerst Sonja angerufen. Ich habe viel zu lange damit gewartet, einen Schritt auf sie zuzumachen. Und dann habe ich an Lorenzos alte Adresse geschrieben. Aber mein Brief kam zurück und als ich bei der Telefonauskunft nachfragte, teilte man mir mit, dass in Verona kein Lorenzo Tozzi verzeichnet sei. Also bin ich hierher gefahren. Was hatte ich schon zu verlieren? Nichts, oder? Ich wollte sowieso zu Sonja nach München und von dort aus ist es nur noch ein Katzensprung bis nach Verona. Schlimmstenfalls wäre diese Reise nur ein schöner Urlaub gewesen. Aber eine ehemalige Nachbarin konnte mir weiterhelfen. Lorenzo ist vor zehn Jahren zu seiner Tochter an die Küste gezogen. Nach Viareggio. Er lebt noch." Lydias Gesicht erhellte sich für einen Augenblick. Doch dann straffte sie die Schultern. „Aber kommen wir zu der Geschichte, die Sie am meisten interessiert. Sie wollten wissen, wie ich Ihren Giuseppe kennen gelernt habe."

Ich nickte etwas überrascht von dem plötzlichen Themenwechsel.

„Nun, Sie haben ja selbst gesehen, welche Zustände am Flughafen geherrscht haben. Sonja hat mich hingefahren und wollte mich schon wieder mit zurücknehmen, als wir eine Durchsage hörten. Reisende, die Interesse daran haben, sich einen Mietwagen nach Budapest zu teilen, sollten sich an der Flughafen-Information melden. Ich beschloss, mir ebenfalls einen Wagen zu mieten und nach Mitfahrern zu suchen. So ganz alleine traute ich mich dann doch nicht, nach Italien zu fahren. Giuseppe hat sich sofort gemeldet und gleich darauf ein junges Mädchen, Maria. Eine Studentin aus Florenz, die in den Semesterferien ihren Freund in München besucht hat." Sie lächelte listig. „Die beiden wollen im Sommer heiraten."

Angela war also in Wirklichkeit eine Maria. Ich ließ diese Neuigkeit ein wenig auf mich wirken.

„Aber wenn diese Maria einen Verlobten hat, warum wollten Giuseppe und sie sich dann küssen?"

„Hat das für Sie so ausgesehen?“

„Ja, sonst hätte ich wohl kaum meinen Autoschlüssel nach ihm geworfen.“

„Glauben Sie mir“, Lydia sah mich nachsichtig an, „die beiden wollten sich bestimmt nicht küssen. Ich habe daneben gestanden. Ihre Eifersucht muss Ihnen den Blick vernebelt haben.“

Doch ich gab mich noch nicht geschlagen. „Aber wer ist dann Angela? Sie hat Giuseppe auf Italienisch geschrieben, dass sie es kaum erwarten kann, ihn wiederzusehen. Hat er Ihnen etwas über sie erzählt?“

Lydia schüttelte den Kopf. „Nein. Und ich würde diese SMS nicht überwerten. Ich kenne Ihren Giuseppe zwar nicht sehr gut, aber er erscheint mir kein Casanova zu sein. Die einzige Frau, von der er erzählt hat, war seine Mutter. Sie hat mehrere Male auf seinem Handy angerufen, um sich zu erkundigen, ob er es trotz der Aschewolke und dem Stau rechtzeitig schafft, auf der Goldenen Hochzeit zu erscheinen.“

„Auf welcher Goldenen Hochzeit?“

Lydia sah mich verwundert an. „Na, auf der Goldenen Hochzeit seiner Eltern. Deswegen musste Giuseppe doch so dringend nach Lucca.“

„Goldene Hochzeit“, wiederholte ich. „Er ist wirklich zu der Goldenen Hochzeit seiner Eltern gefahren?“

„Wussten Sie das nicht?“

Plötzlich hatte ich einen Kloß im Hals. „Nein. Mir hat er erzählt, er müsse geschäftlich nach Italien.“

Schweigend saßen wir einige Augenblicke nebeneinander.

Von wegen Geschäftsreise. Giuseppe hatte mich angelogen. Er war auf dem Weg zu der Goldenen Hochzeit seiner Eltern. Aber mich wollte er nicht dabei haben. Ich merkte, wie mir die Tränen in die Augen stiegen.

„Ach Kindchen, quälen Sie sich nicht!“ Lydia legte ihre Hand auf meine und tätschelte sie kurz. „Sie sind jetzt soweit gefahren. Nun sollten Sie auch noch das letzte Stück auf sich nehmen.“

„Was meinen Sie?“

„Fahren Sie nach Lucca und stellen Sie Ihren Giuseppe zur Rede.“

„Aber ich kann doch nicht ohne Einladung auf einem italienischen Familienfest auftauchen?“

„Warum nicht? Momentan gehören Sie doch noch zur Familie.“

„Ich weiß nicht“, meinte ich zweifelnd.

„Natürlich wissen Sie es. Tief im Inneren weiß man doch immer, was man will. Und Sie wollen Gewissheit. Und die können Sie nur in Lucca bekommen.“

„Aber was soll ich Giuseppe sagen?“

„Nichts. Lassen Sie ihn reden. Sie müssen sich schließlich nicht vor ihm rechtfertigen. Wenn er Ihnen eine glaubhafte Erklärung für seine Lüge bietet, gut. Und wenn nicht, dann schicken Sie Ihn in die Wüste. Glauben Sie mir, Kindchen, das Leben ist zu kurz, um sich mit halben Sachen zufrieden zu geben.“

Sie schloss die Augen und hielt ihr Gesicht der Sonne entgegen, bis Nils das Zeichen zur Weiterfahrt gab.

Elf

Im Vergleich zum historischen Verona war Viareggios Altstadt unspektakulär und kaum der Rede wert. Der kleine Küstenort überraschte jedoch mit einer eleganten Strandpromenade und einem beeindruckenden Hafen.

„Wir sind da!" Nils bog in die piniengesäumte Via IV Novembre ein, die direkt gegenüber eines großen Parks lag. „Dort ist es."

Er zeigte auf ein elegantes Haus, das sich hinter einer sauber gestutzten Hecke versteckte.

„Jetzt sind Sie nur noch ein paar Meter von Ihrer Vergangenheit und vielleicht auch von Ihrer Zukunft entfernt!" Belustigt sah er Lydia an, die auch ihm auf unserer Fahrt zu dem kleinen Küstenort von ihrer unglücklichen Liebe zu Lorenzo erzählt hatte.

Lydia nestelte nervös an einer Strähne herum, die sich aus ihrem festen Dutt gelöst hatte. „Ich glaube, ich brauche noch einen Moment. Darf ich Sie zu einem Stück Kuchen und Kaffee einladen? Als Dankeschön dafür, dass Sie mich mitgenommen haben."

Nils sah mich fragend an.

Ich nickte, denn ich hatte es mittlerweile ebenso wenig eilig, mich meiner höchst ungewissen Zukunft zu stellen. „Nur ein paar Straßen weiter habe ich ein nettes Café gesehen."

Das *Civiltà del Bere* lag in der Mitte einer kleinen Fußgängerzone und lockte mit dunkelroten Sonnenschirmen und bequemen Stühlen. Nils setzte Lydia und mich vor dem Café ab und machte sich dann auf die Suche nach einem Parkplatz, was sich in dem dicht besiedelten Wohnviertel rund um die Fußgängerzone als gar nicht so einfach erwies.

Erleichtert ließ ich mich in einen der Korbsessel sinken. Fast dreihundert Kilometer bei brütender Hitze in einem Smart hatten mich geschlaucht. Ich bestellte einen Cappuccino und hätte mich fast für mein traditionelles Spaghettieis entschieden, schwenkte dann aber gerade noch zu den *Bignes di Crema con Cioccolata e Panna* um. Diese Reise sollte einen Einschnitt in meinem Leben darstellen, mich spontaner werden lassen, weg von ausgetretenen Pfaden führen und was war spontaner, als sich ein Dessert zu bestellen, bei dem ich keine Ahnung hatte, was mich erwartete.

Die *bignes* stellten sich als mit Vanillecreme gefüllte Teigkügelchen heraus, die mit heißer Schokolade übergossen und einem Klecks Sahne garniert waren. Sie hielten, was sie versprachen, denn sie schmeckten köstlich und lagen wie Steine im Magen.

Lydia bestellte sich einen Café Latte und ein Stück Ricotta-Torte. Beides allerdings erst, nachdem ich sie davon überzeugen konnte, dass ein Café Latte lediglich die italienische Bezeichnung für einen ganz normalen Kaffee war, eine Ricotta-Torte so etwas Ähnliches wie ein Käsekuchen. Ihre Bestellung rundete sie mit einem doppelten Grappa ab.

Nils stieß erst nach zehn Minuten wieder zu uns.

„Wir wollten gerade einen Suchtrupp losschicken", begrüßte ich ihn wenig originell.

„Es ging nicht schneller", antwortete er leicht außer Atem. „Hier gibt es keine freien Parkplätze. Ich musste mich ins Halteverbot stellen."

„Ins Halteverbot? Ist das nicht ziemlich leichtsinnig? Was ist, wenn das Auto abgeschleppt wird?"

„Darf ich dich daran erinnern, wo du in Verona geparkt hast?" Nils hob die Hand, als er den Kellner an uns vorbeiwuseln sah. „Per favore, mi porti un espresso con und pezzo di torta a mandorle e ciocolato!"

Kurz darauf stand beides vor ihm und Nils machte sich mit großem Appetit über seine Mandel-Schokoladentorte her. Auch ich hatte meine Bignes schon aufgegessen. Lydia dagegen stocherte mehr in ihrem Tortenstück herum, als dass sie es aß. Lediglich den Grappa hatte sie in einem Schluck hinuntergekippt.

„Sind Sie nervös?", fragte Nils.

„Natürlich. Was glauben Sie denn?", antwortete Lydia und lachte ihr Kettenraucher-Lachen. „Es ist über sechzig Jahre her, dass Lorenzo nach Italien zurück ist. Er könnte mittlerweile wie Jopi Heesters aussehen! Vielleicht hat er keinen einzigen Zahn mehr im Mund und muss mit Brei gefüttert werden? Alt genug dazu wäre er ja."

Ich beruhigte sie: „Vielleicht sieht er auch wie Sean Connery aus. Ist der nicht ebenfalls schon über achtzig?"

„Sean Connery ist eine Ausnahme. Aber Sie haben recht. Ich muss mich entspannen." Lydia schloss die Augen und atmete mehrere Minuten tief ein und aus. Dann öffnete sie sie wieder.

„Es geht nicht. Aber wie denn auch? Wären Sie nicht nervös, wenn Sie Ihre große Liebe nach so langer Zeit wiedersehen würden?"

„Doch, doch, natürlich." Beschwichtigend legte ich meine Hand auf ihre kleine, die runzlig und von dicken Adern übersät war. „Brechen wir auf! Sie bringen sowieso keinen Bissen mehr herunter."

„Gut, aber lassen Sie uns zu Fuß zur Via Dingsbums gehen. Der Grappa braucht noch einige Augenblicke, bis er wirkt."

Nachdem der Kellner uns die Rechnung gebracht hatte, schnappte sich Nils ihren Trolley und ging voraus. Lydia und ich bummelten hinterher.

„Er mag sie", sagte Lydia.

„Wer? Giuseppe? Hat er Ihnen doch von mir erzählt?"

„Ich rede von Dr. Wohlschläger."

„Von Nils? Wie kommen Sie darauf?"

„Man merkt es daran, wie er Sie ansieht."

„Meinen Sie." Ich verzog zweifelnd mein Gesicht.

„Und Sie mögen ihn auch!"

„Erkennt man das auch an der Art, wie ich ihn ansehe?"

Lydia lächelte wissend, gab mir aber keine Antwort.

Doch so leicht ließ ich mich nicht abwimmeln. „Nils und ich sind eine reine Zweckgemeinschaft. Sie hätten uns die ersten Stunden unserer gemeinsamen Fahrt erleben sollen. Fast hätten wir uns zerfleischt. Bestenfalls haben wir uns jetzt arrangiert."

Wieder dieses wissende Lächeln.

Ich gab mich geschlagen.

Das Haus, in dem Lorenzos Tochter wohnte, war ein elegantes mehrgeschossiges Wohngebäude, das sich uns bei näherem Betrachten als Villa Aurelia vorstellte.

Ich pfiff unwillkürlich durch die Zähne. Nicht schlecht! Sollte Lydia jemals darüber nachdenken, zu Lorenzo zu ziehen, würde sie auf jeden Fall stilvoll wohnen. Durch zwei hohe Torpfosten hindurch, die mit einer Art Geranie geschmückt waren, konnte man einen Blick auf die schneeweiße, reich mit Stuckelementen verzierte Fassade werfen. Rosenbüsche umsäumten das Haus und im Garten wuchs neben einer Pinie auch eine hohe Palme. Auf dem großen Balkon, der sich gleich über zwei Seiten des Hauses erstreckte, standen Hibiskusbüsche und prächtige gelbe Callas. Irgendwo im Haus übte jemand Klavier.

„Lorenzo wohnt im ersten Stockwerk. Seine Tochter heißt Bartole", sagte Lydia mit einem Blick auf das Türschild. Sie sah erschöpft aus.

Nils legte seinen Zeigefinger auf den Klingelknopf. „Sind Sie bereit?"

„Nein." Lydia wirkte noch kleiner, als sie sowieso schon war, und auf ihren durchscheinenden Wangen hatten sich hektische rote Flecken gebildet. „Aber klingeln Sie trotzdem."

„Pronto." Eine atemlose Frauenstimme meldete sich aus dem Lautsprecher.

„Signora Bartole. È a casa il vostro padre?"

„Non. È andato a spasso."

„Lorenzo ist nicht zu Hause, er ist spazieren", übersetzte Nils und ich hörte Lydia enttäuscht ausatmen. „Mi può dire quando ritornerà?"

„Un momento."

Kurz darauf stand eine schlanke Frau von etwa fünfzig Jahren auf dem Balkon und sah uns fragend an. Sie trug einen Bademantel und hatte ein Handtuch um ihren Kopf geschlungen.

„Scusi. Mi ho fatto la doccia. Che cosa vuole dal mio padre?", rief sie herunter.

„Veniamo dalla Germania. Lydia Sing è una vecchia amica del suo padre." Nils schob Lydia nach vorne. „Sie ist eine alte Freundin ihres Vaters.

„Lydia Sing", wiederholte die Frau nachdenklich, doch dann erhellte ein Strahlen ihr Gesicht und sie warf Nils mehrere italienische Sätze zu.

„Sie kann sich an Sie erinnern. Lorenzo hat ihr erzählt, dass er im zweiten Weltkrieg zwei Jahre bei Ihnen gearbeitet hat", übersetzte er.

Der Türöffner wurde aktiviert und kurz darauf tauchte Lorenzos Tochter auf. Sie hatte sich hastig ein geblümtes Kleid übergestreift und machte eine einladende Geste ins Innere des Hauses.

„Wollen Sie auf Lorenzo warten?", fragte Nils Lydia. „Seine Tochter meint, er sei gleich wieder zurück."

Doch diese zuckte zusammen. „Nein." Sie klammerte sich an meinem Arm fest. „Vielleicht können wir Lorenzo ein Stück entgegengehen."

Nils wandte sich wieder an Signora Bartole und diese wies in Richtung des Hafens. „Lorenzo geht jeden Morgen und jeden Abend am Pier spazieren", erklärte er und wir machten uns auf den Weg.

★★★★

Auf dem Weg zum Hafen wurde ich ganz unruhig und konnte es kaum erwarten, endlich das Meer zu sehen. Ich musste mich richtiggehend zusammennehmen, um nicht neben Nils und Lydia her zu hüpfen, so wie ich es als Kind immer an der Hand meines Vaters getan hatte.

„Woran wollen Sie Lorenzo eigentlich erkennen? Er wird sich doch mit Sicherheit in den vergangenen Jahren verändert haben?", fragte ich Lydia.

„Ich weiß es nicht." Sie hob unsicher die Hände. „Der Spaziergang war eine Ausrede. Worüber hätte ich mit Lorenzos Tochter reden sollen. Ich verstehe kaum ein Wort Italienisch."

Als wir am Pier ankamen, war die Sonne bereits ein wenig tiefer gesunken und tauchte den vorher so milchig aussehenden Himmel in ein blassgelbes Licht. Rechts von uns hatten Straßenhändler ihre Waren ausgelegt und boten Sonnenbrillen und allerlei Modeschmuck an. Links von uns wiegten sich einige kleinere Segelboote sacht im Wind. Die Schiffsleinen, die gegen die Maste geschlagen wurden, verursachten dabei ein seltsames Trommelkonzert, das von dunkel-hohl bis zu metallisch-scheppernd reichte. Männer standen in kleinen Grüppchen herum, angelten oder unterhielten sich. Einheimische Frauen sah ich kaum auf dem Pier.

Auf einer Aussichtsplattform blieben Lydia, Nils und ich stehen und ließen unseren Blick über die Versiliaküste schweifen. Es war windig und das blaugraue Meer wurde immer wieder von weißen Schaumkronen durchbrochen. Der schmale Sandstrand verlor sich ebenso wie das Häuserband entlang der Promenade und die Berge des Apuanischen Gebirges zur Horizontlinie hinaus im Nichts. Immer wieder schipperten Fischkutter mit hochgezogenen Fangnetzen an uns vorbei.

Auf einmal blieb mein Blick an einem gelben Gebäude hängen, auf dessen Türmchen Fahnen im Wind tanzten und das sich durch seine Pracht und Größe von den anderen Häusern der Strandpromenade abhob.

„Was für ein wunderschönes Haus!“, rief ich entzückt. „Es sieht aus wie ein kleines Schlösschen.“

„Es ist bestimmt ein Hotel“, entgegnete Nils nüchtern.

„Es muss toll sein, dort zu wohnen. Nur etwa zwanzig Meter vom Strand entfernt.“

Nils zuckte wenig beeindruckt mit den Schultern.

„Ja, ich weiß, für dich ist das nichts Besonderes. Meine Eltern konnten sich solch schicke Hotels aber nicht leisten. Wir waren schließlich zu sechst und sind deshalb meistens in Ferienhäuser gefahren.“

„Ich hätte lieber mit meinen Eltern und Geschwistern in einem Ferienhaus gewohnt, als mit meinen Eltern und meinem Kindermädchen zusammen in einem Hotel“, erwiderte Nils.

Ich verdrehte die Augen und wich einem Roller aus, auf dem ein älterer Mann und ein Hund saßen. Als er dicht neben uns anhielt, sprang das kleine rotblonde Tier herunter, ließ sich kurz von mir streicheln und verrichtete dann sein Geschäft neben einer Laterne. Der Mann pfiff leise durch die Zähne und der Hund sprang wieder auf das Fußbrett der Vespa.

Lydia sprach kein einziges Wort. Nachdenklich schaute sie ein paar Möwen zu, die sich um einen Brotkrumen balgten. Ihre Finger drehten ein Stofftaschentuch hin und her.

Nach einer Weile schlenderten wir weiter und erreichten bald das Ende des Piers, eine große, runde Fläche, auf der ein Miniatur-Leuchtturm stand. Mein Freund, der rotblonde Hund, war schon vor uns angekommen und stand nun mit wedelndem Schwanz auf der Mauer und hielt seine Nase in den Wind.

Lydia hielt abrupt an. Ihre Augen weiteten sich.

„Da ist er.“ Sie zeigte nach vorn auf einen kleinen älteren Herrn mit Hut und Spazierstock, der nur wenige Meter entfernt von uns auf einer Bank saß und aufs Meer hinaus sah.

„Sind Sie sich sicher?“, fragte ich.

„Ja. Das ist Lorenzo.“ Ihre Hand krampfte sich um meinen Arm.

„Aber wie können Sie das wissen? Sie sehen ihn doch nur von hinten“, gab Nils zu bedenken.

Doch Lydia hörte ihm nicht zu. Ihr Gesicht war bleich und angespannt. „Ich werde hingehen." Sie nahm Nils den Griff ihres Koffers aus der Hand.

„Sollen wir hier warten, bis Sie sich ganz sicher sind?", fragte ich.

„Nein. Ich bin mir sicher." Sie stellte sich vor mich und legte ihre Hände auf meine Oberarme. Sie zitterten leicht. „Es ist Zeit, sich zu verabschieden."

Ich hob zweifelnd eine Augenbraue.

„Ja. Ich bin angekommen." Lydia sah mich liebevoll an. „Machen Sie es gut. Sie werden Ihren Weg gehen. Das weiß ich", sagte sie und nahm mich in den Arm.

Ich lächelte und erwiderte ihre Umarmung. Fast war ich dabei ein wenig traurig.

Anschließend wandte sie sich Nils zu und bot ihm ihre Hand an. Er griff sie und küsste sie dann auf die Wange. Lydia tätschelte ihm noch kurz den Arm, dann drehte sie sich um. Mit ihrem Trolley in der Hand ging sie langsam auf den älteren Herrn zu.

Sie setzte sich neben ihn und beide beobachteten schweigend das Kommen und Gehen der Wellen und die vorbeiziehenden Fischkutter. Erst nach ein paar Minuten wandte Lydia ihr Gesicht dem Mann zu und berührte ihn leicht am Arm. Er zuckte zusammen und starrte sie an. Tränen traten in seine Augen. Dann nahm er ihre Hand in seine und hielt sie fest.

Ich atmete auf. Tatsächlich! Lydia schien ihren Lorenzo gefunden zu haben. Nach über sechzig Jahren!

Nils lächelte mir zu und zusammen traten wir langsam den Rückweg an. Doch nach einigen Metern blieb ich stehen und drehte mich noch einmal um. Versonnen ließ ich meinen Blick einige Augenblicke auf Lydia und Lorenzo ruhen. Auf zwei kleinen gebeugte Gestalten, die vor einer langsam tiefer sinkenden Sonne auf einer Bank am Meer saßen und sich an den Händen hielten.

Zwölf

Auf dem Rückweg hingen Nils und ich beide unseren Gedanken nach. Hinter dem Pier kletterte ich über eine Mauer auf den breiten Sandstrand, streifte meine Flip Flops ab und genoss es, den warmen, weichen Sand unter meinen Füßen zu spüren. Nils folgte meinem Beispiel und gemeinsam schlenderten wir einige Meter am Meer entlang. Einen erneuten Blick zurück auf den Pier vermied ich. Ich wäre mir wie ein Voyeur dabei vorgekommen.

Den kleinen Jungen vor mir sah ich erst, als ich schon fast über ihn stolperte. Er saß mit einer Windel im Sand und schlug mit einer roten Schaufel auf einen Eimer ein. Fröhlich zeigte er mir ein breites Lächeln, das exakt dreieinhalb Zähne entblößte.

Unweigerlich blieb ich stehen und kniete mich zu ihm nieder.

„Da!" Der kleine Junge schien hoch erfreut darüber zu sein, in mir einen neuen Spielgefährten gefunden zu haben, denn er gab sofort kieksende Laute von sich und reichte mir seinen Ball herüber. Ich nahm ihn, säuselte in Babysprache auf ihn ein, obwohl er garantiert kein Wort verstand, und rollte ihm den Ball zwischen die Beine. Der Junge warf ihn zurück und wir spielten einige Minuten miteinander, bis der Kleine den Ball auf einmal überraschend weit an mir vorschleuderte. Erst da wurde mir bewusst, dass ich mich nicht allein, sondern in Begleitung von Nils am Strand befand. Doch der stand einige Meter weiter mit den Füßen im Meer und schien es nicht eilig zu haben.

Ich verabschiedete mich von meinem Spielkameraden, der ein enttäuschtes Gurgeln hören ließ, warf ihm den Ball noch ein letztes Mal zurück und überquerte dann zusammen mit Nils den Strand, um wieder auf die Uferpromenade zu stoßen.

Dort saßen zwei mexikanische Männer auf einer Bank. Sie hatten einen CD-Player dabei und begleiteten die Musik des Buena Vista Social Clubs mit zwei Trommeln und einer Klarinette. Die lateinamerikanischen Rhythmen vertrieben meine Melancholie und so warf ich den beiden Musikern zwei Euro in den Hut. Als ich den Geldbeutel wieder zurück in die Tasche stopfte, fiel mein Blick auf mein Handy. Ich hatte eine SMS bekommen. Von meiner Mutter.

„Ruf mich zurück. Es ist dringend."

Sofort stiegen Schuldgefühle in mir auf. Fee musste ihr von meiner Italienreise erzählt haben. Ich deutete Nils an, dass ich telefonieren musste und setzte mich auf eine Bank, ein wenig abseits der Mexikaner.

Mein Vater meldete sich. „Karl-Heinz Baum."

„Papa, hallo. Hier ist Helga. Geht es dir ..."

Ich wurde wie üblich unterbrochen. „Du möchtest bestimmt mit deiner Mutter sprechen?"

„Ja, gib' sie mir, aber ich kann auch gerne ..." Doch erneut konnte ich meinen Satz nicht beenden.

„Ludmilla! Deine Tochter ist am Telefon", hörte ich ihn durchs Haus rufen.

Ich musste lachen. Warum versuchte ich nur immer wieder, meinem Vater am Telefon ein paar persönliche Worte zu entlocken? Über die Begrüßungsfloskeln kamen wir nur selten hinaus. Mit meiner Mutter telefonierte ich im Schnitt eine Stunde in der Woche. Mit meinem Vater lediglich die zehn Sekunden, die er brauchte, um mich an sie weiterzuleiten.

„Gut, dass du anrufst!", meldete sich meine Mutter ein wenig atemlos. „Du glaubst nicht, was passiert ist."

„Was denn?", fragte ich vorsichtig.

„Lilly und Torsten sind verlobt."

„Ach!" Ich atmete erleichtert aus. „Aber das weiß ich schon."

„Wieso weißt du das?"

„Lilly hat mich gestern Abend angerufen."

„Wirklich? Bei uns hat sie sich nicht gemeldet." Meine Mutter schien ein wenig enttäuscht. „Ich habe es gerade von Mia erfahren."

„Aber sie darf euch doch auch gar nichts sagen", versuchte ich sie zu trösten. „Torsten muss schließlich zuerst bei euch um ihre Hand anhalten und das wollte er bestimmt nicht per Fax, Email oder am Telefon tun. Mia ist eine Quasselstrippe. Sie hätte dir überhaupt nichts von der Verlobung erzählen dürfen."

„Du hast Recht. Mir wäre es ja gleich gewesen, aber dein Vater hätte sich bestimmt geärgert, wenn Torsten nicht persönlich bei uns vorbeigekommen wäre." Sie klang ein klein wenig versöhnter. „Aber es gibt auch noch etwas, über das ich mit dir sprechen wollte."

„Können wir das nicht ein anderes Mal tun. Gerade jetzt passt es mir überhaupt nicht", versuchte ich sie abzuwimmeln. Doch vergeblich.

„Diese schrecklichen Aibls!"

Ich stöhnte auf. Wenn Milla von ihren Nachbarn, „den schrecklichen Aibls", anfing, war die Chance, das Gespräch in den nächsten Minuten beenden zu können, gleich Null.

„Es ist furchtbar. Er hat wieder eine Arbeit, der Aibl. Als LKW-Fahrer."

„Und darüber beschwerst du dich? Vorher hast du gejammert, dass er den ganzen Tag auf dem Balkon sitzt und dir auf deinen Vorgarten starrt."

„Ja, aber warum gerade eine Stelle als LKW-Fahrer?", fragte Milla gequält. „Weißt du, wo er das Monstrum parkt? Direkt vor unserem Gartentor. Also quasi vor meinem Schlafzimmerfenster. Und nicht nur, dass er mir mit dem Ding die Aussicht verdirbt, nein, er fährt damit auch noch in aller Herrgottsfrühe los. Jedes Mal falle ich vor Schreck fast aus dem Bett, wenn er den Motor anlässt, und mittlerweile bin ich schon so sensibilisiert, dass ich auch am Wochenende um kurz vor fünf aufwache."

„Warum bittest du ihn nicht, den LKW woanders zu parken?"

„Das geht nicht."

„Warum nicht?", fragte ich, obwohl ich die Antwort bereits kannte. Denn im Gegensatz zu dem armen Herrn Aibl ging meine Mutter keiner geregelten Arbeit nach und hatte jede Menge Zeit.

„Er darf dort parken. Ich habe mich bereits auf der Gemeinde erkundigt."

„Und was machst du nun, um wieder zu deinem Zehn-Stunden-Schlaf zu kommen? Mit Ohropax schlafen?"

„Nein. Das nutzt nichts. Ich habe mir etwas anderes ausgedacht. Willst du es hören?"

„Erzähl!", erwiderte ich seufzend.

„Was hältst du davon, wenn ich versuche, mein Auto so zu stellen, dass der LKW keinen Platz mehr auf dem Parkstreifen hat."

„An sich eine wunderbare Idee. Aber du fährst einen Corsa und keine Stretchlimou. Der Parkstreifen ist bestimmt fünfzehn Meter lang."

„Ja, aber es parken außer dem Corsa schließlich auch noch andere Autos dort. Ich müsste mich also nur strategisch geschickt hinstellen. Leider hat dein Vater mal wieder überhaupt kein Verständnis für mich und will den Passat weiterhin in der Garage parken."

Ich konnte mir lebhaft das Gesicht meines Vaters vorstellen, als meine Mutter ihm ihren Plan unterbreitet hatte.

„Und was ist, wenn jemand anderes sein Auto wegfährt?"

„Das ist der einzige Knackpunkt an meinem Plan. Aber auch für diesen Fall habe ich mir etwas überlegt: Sobald ich höre, dass jemand wegfährt, parke ich den Corsa einfach um. Was hältst du von meiner Idee?"

„Abgesehen davon, dass ich immer noch denke, dass es am einfachsten wäre, Herrn Aibl auf dein Schlafproblem anzusprechen, brillant."

„Jetzt wirst du ironisch", schmollte Milla.

„Nein, der Plan ist zwar etwas zeitintensiv, aber in Ordnung. Besser jedenfalls, als wenn du ihm die Reifen kaputt stechen oder anonyme Drohbriefe schreiben würdest."

„Das würdest du mir zutrauen?"

„Nein." Das tat ich wirklich nicht. Meine Mutter war zwar verrückt, aber nicht gemeingefährlich. „Ich muss jetzt aufhören. Der Akku ist gleich leer." Meine übliche Ausrede. Ich hatte sie schon so oft benutzt, dass ich mich wunderte, dass meine Mutter mir noch keinen neuen gekauft hatte.

„Warte noch einen kleinen Moment. Sollen wir morgen Abend zusammen essen gehen? Guiseppe ist schließlich in Italien und dein Vater muss zu einer Tagung nach Bonn."

„Nein, dieses Wochenende ist schlecht. Ich muss arbeiten. Das nächste passt besser."

„Versprochen?"

„Versprochen."

„Habe ich dir schon einmal gesagt, dass du das einzige meiner Kinder bist, das mir nie Ärger gemacht hat und das mir immer zuhört?"

„Schon des Öfteren." Wenn die wüsste! „Bis nächste Woche." Erleichtert legte ich auf.

Mittlerweile hatte Nils sich wieder zu mir gesellt. Ich stand auf und wir schlenderten zurück in die Altstadt von Viareggio.

„Das war meine Mutter", erklärte ich ihm auf unserem Weg, nur für den Fall, dass er einige skurrile Passagen des Gesprächs mitbekommen hatte. „Sie hat mal wieder Ärger mit ihren Nachbarn."

„Was ist mit denen?", fragte er amüsiert.

„Eigentlich nichts. Es gibt nur sehr viele von ihnen. Mama Aibl, Papa Aibl, Oma Aibl, Opa Aibl, Baby Aibl und eine ganze Menge halbwüchsiger Kindern, die sich nur durch ihre Größe und Haarlänge voneinander unterscheiden. Meine Mutter dachte lange Zeit, dass sie die Zahl auf sechs eingegrenzt hätte, doch dann musste sie feststellen, dass es einen der Aibl-Jungen doppelt gibt."

Nils lachte.

„Sie sind erst vor einem Jahr gegenüber von meinen Eltern eingezogen. Am Anfang hat sich meine Mutter noch bemüht, nett zu ihnen zu sein und keine Vorurteile zu haben. Aber dann hat sie herausgefunden, dass die Zähne aller erwachsenen Aibls zusammengenommen maximal ein vollständiges Gebiss ergeben. Und beim Thema Zahnpflege hört bei ihr der Spaß auf. Meine Schwestern und ich waren so oft beim Zahnarzt, dass wir ihn irgendwann Onkel Hans nennen durften. Und wir mussten alle jahrelang eine feste Spange tragen."

„Na ja, bei dir zumindest hat es sich gelohnt", sagte Nils mit einem wohlwollenden Blick auf meinen Mund. „Und deine Zähne sind wirklich alle echt?"

„Natürlich", antwortete ich irritiert.

„Es ist selten, dass jemand von Natur aus so schöne Zähne hat wie du."

Ich wurde rot und wandte mein Gesicht ab. Auf was dieser Mensch so alles achtete! Aber vermutlich blieb einem in seiner Branche nichts anders übrig.

„Äh, auf jeden Fall tun mir ihre Kinder irgendwie leid", kam ich wieder auf mein ursprüngliches Thema zurück. „Du hast auf unserer Fahrt von den Kids am Hasenbergl erzählt. Dass sie niemals eine richtige Chance im Leben haben werden, weil ihre Eltern sich nicht richtig um sie kümmern. Bei den Aibls ist es genauso. Sie laufen herum, wie aus einem Charles-Dickens-Film entsprungen."

„Du magst Kinder, nicht wahr?", fragte Nils.

Ich dachte an den kleinen Jungen am Strand und nickte. „Zumindest bis sie in die Pubertät kommen. Und du?"

„Vor ein paar Jahren hätte ich dir Stein und Bein geschworen, mir niemals selbst solche Plagen an den Hals zu hängen. Aber jetzt bin ich mir in dieser Hinsicht nicht mehr so sicher", gab Nils zu. „Ich nehme an, das ist ein Zeichen dafür, dass ich langsam alt werde."

„Nein. Eher für beginnende geistige Reife. Du wirst bestimmt ein guter Vater."

„Warum meinst du das?"

„Mir gegenüber hast du dich nach meinem Faux Pas mit dem Autoschlüssel und meiner ... kleinen Unpässlichkeit zumindest recht fürsorglich benommen", antwortete ich.

„Außerdem habe ich über die Jahre eine Menge persönlicher Erfahrung damit gesammelt, was man in der Kindererziehung alles nicht machen sollte", warf Nils ein. Doch er war nicht mehr richtig bei der Sache. Die letzten Meter hatte er sich immer wieder suchend umgeblickt, auf einem kleinen Platz vor einer Kirche kam er ganz zum Stehen.

„Was hast du?", fragte ich ihn.

„Hier müsste irgendwo unser Auto stehen."

„Hast du dir denn die Straße nicht gemerkt?"

„Nein. Ich habe normalerweise einen guten Orientierungssinn."

„Vielleicht könntest du dich besser orientieren, wenn wir den Weg, den du mit dem Auto gefahren bist, nachgehen."

„Wenn du meinst." Die ganze Angelegenheit schien ihm peinlich zu sein.

Doch auch als wir den Weg von der Fußgängerzone zum zweiten Mal abgeschritten waren und einen Blick in sämtliche Nebenstraßen geworfen hatten, blieb das Auto verschwunden.

Mittlerweile war ich hundemüde und wurde langsam aber sicher quengelig.

„Du hättest dich nicht ins Halteverbot stellen sollen. Bestimmt ist das Auto abgeschleppt worden", murrte ich.

„Nein. Denn dann wäre das Obst- und Gemüsegeschäft, vor dem ich geparkt habe, auch abgeschleppt worden."

„Und was willst du jetzt machen?"

„Was wohl! Weitersuchen. Warum muss hier bloß alles gleich aussehen?" Missmutig kickte er einen Stein weg, der gegen eine Straßenlaterne prallte.

Bockig blieb ich stehen. „Also ich suche nicht weiter. Mir tun meine Füße weh."

„Dann setz dich hin und warte hier!“ Er drückte mich auf die Kirchentreppen.

„Und was willst du machen, wenn du das Auto nicht findest? Einfach ein neues mieten. Dann wäre ich wenigstens nicht mehr die einzige ohne Gepäck.“ Ich begann hysterisch zu kichern. „Oh Gott, oder es ist wirklich abgeschleppt, oder schlimmer noch, gestohlen worden! Dann müsste ich das zweite Mal innerhalb von vierundzwanzig Stunden auf eine Polizeiwache.“ Ich kicherte noch mehr, doch dann ging mein Kichern in Schluchzen über.

Nils sah mich besorgt an. „Alles in Ordnung?“

„Nein. Es ist nicht alles in Ordnung“, jammerte ich und merkte, dass mir die Tränen in die Augen stiegen. „Seit gestern Morgen ist mein Leben ein einziges Chaos. Und dass wir nun das Auto nicht mehr wiederfinden, ist im Vergleich zu allen anderen Erlebnissen nur eine Lappalie. Meinen neuesten Tiefschlag habe ich dir noch gar nicht erzählt. Wie es aussieht, hat Giuseppe tatsächlich keine Geliebte, aber geschäftlich nach Italien gefahren ist er auch nicht. Die Goldene Hochzeit seiner Eltern ist der eigentliche Grund für seine Reise.“

„Bist du nicht eingeladen?“

Ich zuckte mit den Schultern. „Vielleicht wissen seine Eltern überhaupt nicht, dass er mit mir zusammen ist. Oder vielleicht hat er es Ihnen erzählt, aber er schämt sich wegen mir. Und er hat gesagt, dass ich krank bin. Ich weiß es nicht. Aber ich werde es erfahren“, fügte ich entschlossen hinzu.

Nils setzte sich neben mich. „Du willst auf die Goldene Hochzeit seiner Eltern platzen?“

Ich nickte.

„Heute Abend noch?“

„Nein. Sie findet erst morgen statt.“

„Dann lass uns in Viareggio übernachten. Momentan kommen wir sowieso nicht von hier weg. Ich lade dich ein. In das Hotel, das du von der Uferpromenade aus gesehen hast. Bestimmt sind noch Zimmer frei.“

„Hast du es nicht eilig, nach Vinci zu kommen?“

„Nein. Die Warm-Up-Party findet das ganze Wochenende über statt und alle Anwesenden sehe ich in den nächsten Wochen noch oft genug.“

„Vor der Autovermietung hast du mir aber etwas von einem ganz wichtigen, nicht verschiebbaren Termin erzählt.“

„Hast du mir denn von Anfang an die Wahrheit gesagt?“

„Nein“, gab ich etwas widerstrebend zu. „Aber die Hotelübernachtung kann ich nicht annehmen. Du hast in den letzten Tagen schon so vieles für mich bezahlt und das Hotel ist bestimmt furchtbar teuer.“

Nils lächelte. „Irgendwie muss ich meinem Ruf als protzigem Schauspieler doch gerecht werden.“

Ich überlegte kurz das Für und Wider von Nils’ Angebot, dachte an meine schmerzenden Füße und meinen knurrenden Magen und willigte schließlich ein. „Na gut. Ich nehme deine Einladung an. Du bist schließlich daran schuld, dass wir hier festsitzen. Aber ich schlafe nicht mit dir in einem Zimmer und Alkohol trinke ich auch keinen“, versuchte ich das peinliche Erlebnis von letzter Nacht herunterzuspielen.

Das Grand Hotel erreichten wir nicht über die Strandpromende, sondern durch den weitläufigen Pinienwald, der die Stadtteile Versilia und Viareggio miteinander verbindet. An einem Seiteneingang des Wäldchens war Gras gemäht worden und ein zarter Sommergeruch begleitete uns durch den grünen Dschungel, in dessen Ästen sich das Licht der Sonne verfing und verschlungene Muster auf den Boden projizierte. Nur die gelegentlichen Motorengeräusche deuteten an, dass wir uns in einer Stadt und nicht im toskanischen Hinterland befanden.

Von nahem sah das Hotel noch viel beeindruckender aus als vom Pier. Es war ein auslandendes viergeschossiges Jugendstilgebäude mit einer weitläufigen Gartenanlage und einem Eingangsbereich, bei dem man sich unweigerlich an einen Film mit Grace Kelly und Cary Grant erinnert fühlte. Breite Treppen führten rechts und links nach oben, riesige Kristallleuchter hingen von der Decke und es dominierten die Farben Rot und Gold.

Nils und ich konnten tatsächlich noch zwei Einzelzimmer ergattern. Sie lagen nebeneinander und ihre Fenster zeigten zum Meer hinaus.

Als ich die elegante, beige gestrichene Zimmertür öffnete, war ich zunächst ein wenig eingeschüchtert. Ebenso wie der Rest des Hotels war auch dieses Zimmer ganz im Jugendstil gehalten. Es hatte gut fünf Meter hohe Wände und war mit schweren braunen Möbeln ausgestattet. Das Blümchenmuster der Stühle fand sich nicht nur in der Tischdecke, sondern auch in dem Überwurf des riesigen Bettes wieder. Ein verschnörkelter Garderobenständer aus Messing und ein reich verzierter Spiegel unterstrichen die nostalgische Atmosphäre.

Da ich mich trotz seiner Größe in dem Zimmer ein wenig beengt fühlte, öffnete ich die raumhohen Fenster und blickte auf das Meer hinaus, das die Sonne in ein weiches Licht getaucht hatte. Ich musste an Lydia denken und ihren Wunsch, noch einmal im Meer zu baden. Versonnen betrachtete ich einige Minuten das wogende Blau. Dann griff ich nach einem Handtuch.

Als ich den Strand betrat, schimmerte das Meer eher eisgrau als blau-grün vor dem rot schattierten Abendhimmel und der Sand hatte sich deutlich abgekühlt. Ich zog mein Kleid über den Kopf und hielt prüfend einen Zeh ins Wasser. Ach du meine Güte, war das kalt!

Auf einmal hörte ich gedämpfte Schritte hinter mir. Nils kam angelaufen und auch er hatte ein Handtuch bei sich. Falls er sich darüber wunderte, warum ich in Unterwäsche vor ihm stand, ließ er sich davon nichts anmerken.

„Ich habe dich von meinem Fenster aus gesehen. Willst du schwimmen gehen?"

Eigentlich hatte ich mich just in diesem Moment dagegen entschieden, aber vor Nils wollte ich mir diese Blöße nicht geben und so nickte ich tapfer.

„Wenn du nichts dagegen hast, komme ich mit", sagte er. Doch anstatt meine Antwort abzuwarten, öffnete er den Gürtel seiner Hose und ließ sie heruntergleiten, genauso schnell hatte er sein Shirt ausgezogen. Nur mit einer engen Boxershorts bekleidet stand er vor mir.

„Nicht schlecht!", dachte ich und zog unwillkürlich den Bauch ein. Einige seiner Muskeln hatte ich ja bereits gestern Nacht ertasten können. Aber diese Schauspieltypen wurden schließlich dafür bezahlt, durchtrainiert zu sein. Für Nils war ein Besuch im Fitnessstudio wahrscheinlich genau das Gleiche wie mein Gang ins Büro.

Auch Nils sah mich, so kam es mir jedenfalls vor, prüfend an, was mir den Gang in das eiskalte Wasser deutlich erleichterte. So schnell ich konnte, rannte ich hinein und zog, sobald ich tief genug drinnen war, die Füße nach oben und begann zu schwimmen. Denn die Vorstellung, ein Fisch könnte mich berühren, wurde noch von der Angst getoppt, auf etwas Glitschiges zu treten.

Wenn man erst einmal den schrecklichen Moment überwunden hatte, in dem das Wasser über den Bauchnabel nach oben in Richtung Brust kroch, war es gar nicht mehr so kalt. Nach einigen kräftigen Schwimmstößen wurde es sogar richtig angenehm. Auch wenn ich mir weiterhin jeden Gedanken an das Geschehen unter mir verbot.

Nils, der neben mir aufgetaucht war, schien, wie schon so oft, meine Gedanken lesen zu können.

„Es ist dir nicht geheuer, um diese Uhrzeit noch im Meer zu schwimmen, oder? Aber ich versichere dir, im Mittelmeer sind Haiattacken höchst selten."

„Du nervst!" Ich spritze ihn nass.

Schweigend schwammen wir einige Augenblicke der untergehenden Sonne entgegen, die ihre Strahlen als schimmernde Straße auf die Meeresoberfläche warf. Die Züge des nahen Gebirges traten stärker hervor als noch vor einer Stunde. Auch die gelegentlich vorbeiziehenden Schiffe hoben sich nun deutlich vom Abendhimmel ab. Es war friedlich hier draußen. Um mich herum nur das Plätschern der Wellen, neben mir Nils' gleichmäßiger Atem.

Nach einer Weile drehte ich mich vom Bauch auf den Rücken und ließ mich vom Wasser tragen. Nils folgte meinem Beispiel wortlos. Ich blickte in den glühenden Himmel und auf die kreisenden Möwen und war auf einmal glücklich. Sanft schaukelten mich die Wellen hin und her und trieben mich dabei immer wieder auf Nils zu, so dass sich unsere Finger berührten und gleich darauf wieder trennten. Ich schloss die Augen und genoss die letzten warmen Sonnenstrahlen auf meinem Gesicht. Bilder des gestrigen Abends stiegen in mir auf. Ich sah mich und Nils auf dem Steg am Gardasee sitzen, der Himmel von glitzernden Sternschnuppen erhellt. Und ich sah uns im Hotelzimmer, wie wir uns an den Händen hielten und küssten. Es war schön gewesen!

Erneut wurde ich auf Nils zu getrieben. Meine Finger strichen über seinen Arm, seine Hand berührte meine Hüfte. Die ganze Situation hatte etwas beunruhigend Intimes. Und sie geriet zunehmend außer Kontrolle. Denn ich wollte Nils festhalten, ich sehnte mich danach, seine Hände noch einmal auf meiner Haut zu spüren, in seine grünen Augen zuschauen und ... Mich packte etwas am Bein. Ein Fisch! Ich quiekte auf und kam umgehend wieder in die Senkrechte, dabei strampelte ich heftig und rang nach Luft. Hektisch schaute ich um mich. Und blickte in Nils' schuldbewusstes Gesicht.

„Sorry", meinte er zerknirscht, „ich dachte nicht, dass deine Angst vor Fischen so groß ist."

Wütend starrte ich ihn an. „Angst. Mich hätte fast der Schlag getroffen." So schnell ich konnte schwamm ich zum Strand zurück. Um nicht nur Nils, sondern vor allem auch meinen unzüchtigen

Gedanken zu entfliehen. Doch kurz bevor ich den Strand erreichte, gelang es ihm, mich einzuholen. Schwer atmend nahmen wir unsere Handtücher, wickelten uns darin ein und ließen uns in den kühlen Sand plumpsen.

„Du weißt, dass es strengstens verboten ist, Hotelhandtücher mit an den Strand zu nehmen?“, fragte Nils gespielt vorwurfsvoll.

Ich nickte. „Deine rebellische Ader scheint auf mich abzufärben.“

„Ich habe einen guten Einfluss auf dich.“ Er machte ein beifälliges Gesicht. „Dein neues Ich gefällt mir.“

Ich wusste, dass er mich nur aufzog, merkte aber trotzdem, wie die Farbe meines Teints mit der Farbe des Abendhimmels gleichzog.

Mir fiel auf, dass ich schon seit einer halben Stunde nicht mehr an Giuseppe gedacht hatte.

Auf dem Weg zu der Villa Aurelia hatte ich ein lang gezogenes Gebäude aus terrakottafarbenen Natursteinen bemerkt, die Trattoria La Chiesina, und ich bat Nils, dorthin zum Abendessen zu gehen. Insgeheim hoffte ich, auf unserem Weg Lydia und Lorenzo zu begegnen, um zu erfahren, wie ihre Geschichte weiterging, doch das Schicksal war mir in dieser Hinsicht nicht gewogen.

Im Gegensatz zum gestrigen Abend war die Nacht sternenlos. Lediglich ein runder Mond begleitete uns auf unserem Weg durch das nächtliche Viareggio. Da weder Nils noch ich riesigen Hunger hatten, bummelten wir ein wenig an der Uferpromenade entlang, bevor wir kurz vor dem Yachthafen in die Innenstadt abbogen. Ziellos schlenderten wir durch die engen Gässchen, bis wir zufällig ein kleines, etwas versteckt liegendes Obst- und Gemüsegeschäft passierten, vor dem friedlich, als wäre er nie vermisst worden, unser Smart parkte. An das Auto hatte ich überhaupt nicht mehr gedacht!

Aufgeregt packte ich Nils am Arm. „Siehst du das, was ich sehe?"

„Ist dieses Etwas rot und hat vier Räder?"

„Ja, ist es. Hallo!" Liebevoll tätschelte ich dem kleinen Auto über die Motorhaube.

Nils öffnete schnell den Kofferraum und fand seine Reisetasche darin unversehrt wieder. „Gott sei Dank. Ich hatte schon befürchtet, mir heute Abend noch eine neue Zahnbürste kaufen zu müssen." Die Erleichterung darüber, den Smart und sein Gepäck wieder zu haben, stand ihm deutlich ins Gesicht geschrieben.

***

In der Trattoria setzten wir uns an einen der blank gescheuerten Tische und bekamen von einem Kellner mit männlich-kantigem Gesicht und muskulösen Oberarmen auch sofort die Speisekarte gebracht. Freundlich erkundigte er sich, ob er uns etwas zu trinken bringen dürfe und strahlte mich dabei an. Ich erwiderte sein Lächeln geschmeichelt und bestellte eine große Flasche Wasser und einen Viertelliter Valpolicella.

Bevor der Kellner sich umdrehte, schaffte es Nils gerade noch, sein Bier zu ordern.

„Wolltest du heute nicht auf Alkohol verzichten?", fragte er.

„Nur ein kleines Gläschen, wir müssen doch darauf anstoßen, dass das Auto wieder da ist."

Der Kellner brachte uns die Getränke und nahm unsere restliche Bestellung entgegen. Dabei ließ er seinen Blick erneut wohlwollend auf mir ruhen. Ich wählte das *Risotto al Curri con Verdure*, während sich Nils für die Pizza Diavolo entschied. „Extrascharf", fügte er hinzu.

Ich verdrehte die Augen und der Kellner grinste.

„Der Kerl scheint ja ganz begeistert von dir zu sein", bemerkte Nils, nachdem sich der Kellner wieder in Richtung Theke verzogen hatte.

„Überrascht dich das? Ich bin blond."

„Und? Gefällt er dir auch?"

Ich musterte ihn belustigt. „Nicht besonders. Ich habe es eigentlich nur wohlwollend zur Kenntnis genommen, dass er statt der Goldvariante einen silbernen Armreif trägt."

„Sieht er aus wie Giuseppe?", fragte Nils.

Ich musste lachen. „Nein. Überhaupt nicht. Abgesehen von der Haar- und Augenfarbe."

„Und wie sieht dein Giuseppe aus?"

„Sehr schlank, sehr groß. Er hat ein schmales, ein wenig ausgemergeltes Gesicht, hohe Wangenknochen, schwarze Haare und dunkle Augen, aber das habe ich ja schon erwähnt, und ..."

Nils unterbrach mich. „Ich denke, ich habe jetzt eine ungefähre Vorstellung."

Doch ich fuhr fort. „Und er ist ruhig, aufmerksam, sensibel, höflich ..."

„Hört sich spannend an."

„Ich hatte genug Spannung in meinen Beziehungen."

„Wie meinst du das?"

Glücklicherweise stellte der Kellner in diesem Moment unsere Getränke auf den Tisch, gleich darauf folgte unser Essen, so dass ich nicht in die Verlegenheit kam, antworten zu müssen. Das Risotto schmeckte köstlich und ich kaute langsam, um jeden Bissen genießen zu können.

Kaum hatte ich jedoch das letzte Reiskorn und das letzte Stück Zucchini aufgespießt, als Nils wieder auf unser ursprüngliches Thema zu sprechen kam.

„Wieso hast du genug Spannung in deinen Beziehungen gehabt?"

„Ach, wegen meines Exfreundes", winkte ich ab. „Nicht der Rede wert."

Doch Nils ließ nicht locker. „War er so aufregend?"

Ich zögerte einen Augenblick. „Nein, das nicht, aber die meiste Zeit hat er sich mir gegenüber ziemlich gemein verhalten."

„Was hat er denn gemacht?"

„Er hat mich nicht geschlagen oder so. Er ging subtiler vor." Plötzlich hatte ich das Bedürfnis, darüber zu reden. „Nachdem ich mehrere Stunden ein aufwendiges Menü gekocht hatte, mäkelte er an jedem einzelnen Gang herum. Oder er schwärmte mir ununterbrochen von anderen Frauen vor, meistens von irgendwelchen Models oder Schauspielerinnen. Wenn mir etwas wirklich gut gelang, versuchte er, mir meine Freude madig zu machen. Solche Sachen eben. Eigentlich war alles für sich genommen gar nicht so schlimm, es war eher die Summe der einzelnen Gemeinheiten, die mich auf Dauer deprimiert hat."

„Das hört sich nach einem ziemlich kaputten Typen an."

Ich zuckte mit den Schultern. „Wahrscheinlich."

„Aber warum hast du dir das gefallen lassen?"

„Olli, so hieß mein Freund, hatte eine ziemlich verkorkste Kindheit. Seine Eltern haben ihn erst mit Mitte vierzig bekommen. Es hat wohl vorher einfach nicht geklappt und so ist er Einzelkind geblieben. Als Olli zehn war, hat seine Mutter einen Schlaganfall oder so etwas Ähnliches bekommen. Seitdem sitzt sie im Rollstuhl. Sie kann sich kaum noch bewegen, nicht mehr sprechen. Sie stößt nur noch unartikulierte Laute aus. Manchmal bin ich nachts aufgewacht, weil sie so laut gestöhnt hat. Ansonsten habe ich nicht viel von ihr mitbekommen, weil Ollis Vater eine Pflegerin eingestellt hatte und seine Mutter fast nur in ihrem Zimmer war. Aber die Atmosphäre in dem Haus war trotzdem schrecklich. Ich dachte, jemand, der dieses Elend den ganzen Tag mitansehen muss, hätte alles Recht der Welt, hin und wieder ein wenig fies zu sein."

„Du entschuldigst ihn?"

„Wer weiß, wie ich geworden wäre, wenn ..."

„Aber es gibt eine Menge Leute, die keine schöne Kindheit hatten und trotzdem nicht ihre Mitmenschen quälen."

„Ich weiß. Ich glaube, ich bin auch nicht wirklich aus Verständnis oder Mitleid bei ihm geblieben."

„Aber warum dann?"

Ich starrte auf das Muster der rot-weiß-grünen Serviette vor mir und zählte, wie viele Karos sich in einer Reihe befanden. Es waren zehn. „Ich dachte, es wäre schön, wenn gerade ich es schaffen würde, ihn zu einem glücklicheren Menschen zu machen. Schön blöd, oder?“ Ich schaute auf und erwartete einen flapsigen Spruch von Nils. Doch der erfolgte nicht.

„Finde ich nicht“, meinte er und sah dabei ein wenig verlegen aus. „Wünscht es sich nicht jeder von uns, einen Menschen zu finden, für den er etwas ganz Besonderes ist?“

Sein Blick begegnete meinem und einige Sekunden schauten wir uns bewegungslos an. Mein Herz begann wie ein hektischer Schmetterling in meinem Brustkorb herumzuschlagen und schnell senkte ich die Augen wieder.

„Hast du Lust auf Nachtisch?“ War diese Frage zu zweideutig? Schließlich trug ich keine Unterwäsche. Denn die hing immer noch nass über dem Badewannenrand in meinem Zimmer.

Doch Nils nickte nur und vertiefte sich in die Dessertkarte.

Nach einem Tartufo für mich und einem Tiramisu für Nils hatte sich die Verlegenheit zwischen uns glücklicherweise wieder einigermaßen gelegt und Nils lehnte sich entspannt in seinem Stuhl zurück.

„Du weißt jetzt schon so viel über meine Eltern, aber du selbst hat mir noch gar nichts über deine erzählt, außer dass sie Nachbarn mit schlechten Zähnen haben.“

„Im Gegensatz zu deinen gibt es über meine nichts Spektakuläres zu berichten. Beide leben in einem kleinen Dorf bei Freising. Mein Vater ist Steuerberater und meine Mutter fängt im Sommer ihre Ausbildung zur Energietherapeutin an.“

„Was macht man denn als Energietherapeutin?“, fragte Nils neugierig.

„Massage, Tanz, Yoga, alles, was die Energien im Menschen wieder zum Fließen bringt. Ihr Engel hat ihr dazu geraten.“

„Deine Mutter hat einen Engel?"

„Ja. Er heißt Gabriel, du darfst ihn aber nicht mit dem Erzengel Gabriel verwechselt werden. Es ist ein anderer Gabriel."

„Und dieser Gabriel spricht mit ihr?"

„Anscheinend. Sie behauptet es jedenfalls."

Nils schmunzelte. „Und du? Glaubst du auch an Engel?"

„Ich finde die Vorstellung schön, einen Schutzengel zu haben, der auf mich aufpasst. Aber wenn es ihn wirklich gäbe, was hat er dann gemacht, als ich mir als Kind das Schienbein gebrochen habe? War er in diesem Moment gerade auf der Toilette gewesen? Nein, im Gegensatz zu meiner Mutter ist dieser Engelglaube für mich einfach nicht greifbar genug, ich bin viel zu rational dafür."

„Erzähl mir etwas über deine Schwestern!"

„Fee kennst du ja bereits. Sie ist Redakteurin bei *trend*. Mia ist mal hier und mal dort beschäftigt, scheint sich mit diesen Gelegenheitsjobs aber recht gut über Wasser zu halten. Und Lilly arbeitet in der Firma ihres Verlobten in der Buchhaltung. Lilly und Fee sind vergeben, Mia auch hin und wieder. Alles nicht unheimlich spannend. Wirklich interessant in unserer Familie ist eigentlich nur Opa Willy."

„Lebt er in einer Kommune?"

„Nein, aber du bist nahe dran. Opa Willy ist mittlerweile schon weit über achtzig und seine jetzige Freundin ist erst fünfzig. Jünger als meine Mutter. Insgesamt war er vier Mal verheiratet. Beim dritten Mal mit einer Thailänderin, mit der er zusammen zwei Söhne hat, die gerade einmal Mitte zwanzig sind. Er ist ein überzeugter FKK-Anhänger und fährt immer noch jedes Jahr nach Kroatien auf einen Nudistencampingplatz. Und im Sommer flitzt er nackt durch die Isarauen im Englischen Garten. Das ist doch etwas, was nicht jede Familie hat, oder?"

„Stimmt, damit können wir Schönebecks nicht aufwarten."

„Bist du neidisch?"

„Vielleicht ein bisschen. Meine Großeltern sind alle gestorben. Geschwister habe ich keine. Im Vergleich zu deiner ist meine

Familie ausgesprochen überschaubar." Dann blickte er auf seine Uhr. „Es ist gleich elf. Ich denke, wir sollten jetzt zahlen."

Trotz der unliebsamen Konfrontation mit meiner Vergangenheit war es ein schöner Abend gewesen. Zu schön. Denn zurück in meinem Zimmer erdrückte mich die Einsamkeit fast. In den letzten vierundzwanzig Stunden hatte ich ohne Unterbrechung Gesellschaft gehabt. Nur zu oft wäre ich froh gewesen für ein paar Minuten, in denen ich all die Eindrücke, die in den letzten beiden Tagen auf mich eingeprasselt waren, hätte ordnen können. Doch nun wirkte das Alleinsein beklemmend auf mich und der Gedanke, in einem Bett zu schlafen, in dem bequem meine ganze Familie Platz gefunden hätte, machte das Gefühl der Verlassenheit noch schlimmer.

Unruhig wanderte ich im Zimmer hin und her und entschied mich dann, mir eine Tasse Grünen Tee zu machen.

Langsam schlürfte ich das heiße Getränk vor dem weit geöffneten Fenster und blickte in den Sternenhimmel.

Morgen würde ich also Giuseppe gegenübertreten und ihn damit konfrontieren, dass er mich angelogen hatte.

Seit Monaten bettelte ich darum, seine Eltern kennen lernen zu dürfen, doch bisher hatte er immer eine andere Ausrede gefunden, warum wir nicht nach Italien oder sie nicht zu uns kommen konnten. Dabei hatte er sich einfach nur geschämt, mich ihnen vorzustellen. Ich musste schlucken und beschloss, nun doch ins Bett zu gehen und zu versuchen, sofort einzuschlafen.

Aber das war leichter gesagt als getan. Denn sobald ich mich dazu zwang, an nichts zu denken, prasselte erneut ein ganzes Gedankenkonglomerat auf mich ein. Ich dachte an Lydia, an Lorenzo, an die Villa, in der er lebte, ich dachte an den gestrigen Tag, an die Wanderung zum Gebirgssee, an Verona, an die Piazza Brà, an meinen Gefängnisaufenthalt und ich dachte, so sehr ich es auch zu vermeiden versuchte, auch an Nils.

„Wünscht es sich nicht jeder von uns, einen Menschen zu finden, für den er etwas ganz Besonderes ist?“, hatte er in der Trattoria gesagt. Mir wurde erneut heiß. Mein Gott, warum verwirrte mich dieser Typ nur so?

Ich musste versuchen, jeden Gedanken an ihn energisch zu verdrängen. Ich würde Schäfchen zählen.

Es funktionierte und nach dem hundertfünfzigsten Schaf gewann meine Müdigkeit langsam die Oberhand und ich merkte, wie die einzelnen Bilder in meinem Kopf begannen, ineinander zu verschwimmen und einer beruhigenden Schwärze Platz machten.

Doch auf einmal, ich war gerade weggedöst, schoss ich senkrecht in die Höhe. Es hatte geklopft.

„Ja?“, fragte ich ängstlich.

Von draußen hörte ich leise Nils’ Stimme. „Ich bin’s. Kann ich reinkommen?“

„Einen Moment.“

Der Schreck saß mir noch in den Gliedern, als ich mich mit zitternden Knien aus dem Bett schwang und ihm öffnete.

Nils lehnte im Türrahmen.

„Warum hast du geklopft?“

„Steht das Angebot mit dem Nachtisch noch?“

Dreizehn

Am nächsten Tag wachte ich auf und fühlte mich so glücklich, wie schon lange nicht mehr. So glücklich, dass ich am liebsten wild durch das Zimmer getanzt und lauthals gesungen hätte vor Freude. Ja! Ja! Ja!!! So fühlte man sich also nach einer Nacht mit richtig gutem Sex! Phantastisch! Ich biss in mein Kopfkissen, um nicht laut loszuschreien. Denn ich musste leise sein. Damit ich Nils nicht weckte. Ich wollte dieses wundervolle Gefühl, nackt und eng aneinander gekuschelt zu liegen, noch ein wenig auskosten.

Mir war schon vorher klar gewesen, dass Nils ein ganz passabler Liebhaber sein würde. Spätestens nach unserem Kuss in Verona hatte ich es gewusst. Aber ich hätte nicht gedacht, dass er derart gut sein würde. Vielleicht lag es an seiner Erfahrung – ich war mir sicher, er hatte eine Menge Frauen vor mir gehabt –, vielleicht hätte ich aber auch nur schon viel früher einmal einen One-Night-Stand haben sollen!

In diesem Augenblick murmelte Nils etwas vor sich hin und drehte sich auf den Rücken. Im Schlaf sah er jünger und viel verletzlicher aus als im wachen Zustand. Sein Mund zuckte und seine Nase kräuselte sich, als hätte ihn etwas gekitzelt. Unter seiner linken Augenbraue befand sich eine schmale, gezackte Narbe, die mir vorher noch gar nicht aufgefallen war, und er musste sich unbedingt wieder rasieren. Vorsichtig strich ich ihm über die stoppelige Wange. In diesem Moment öffnete Nils die Augen und ich schaute verschämt beiseite. Wie ein verliebter Teenager musste ich auf ihn wirken!

„Guten Morgen." Er blinzelte einige Male verschlafen.

„Morgen", murmelte ich und wusste nicht, was ich sonst noch sagen sollte.

Doch Nils nahm mir das Problem ab, indem er mich zu sich herunterzog und küsste. Ich war froh, ihm nicht mehr in die Augen sehen zu müssen, und ließ meinen Kopf auf seine Schulter sinken. Schweigend lagen wir einige Minuten nebeneinander. Nils' Brustkorb hob und senkte sich ruhig und diese regelmäßige Bewegung sorgte dafür, dass ich mich wieder entspannte. Es fühlte sich ungewohnt an, über seine Brust zu streichen. Giuseppe war behaart wie ein Bär. Doch Nils hatte lediglich unterhalb des Nabels ein paar Haare. Der Pfad zum Glück, so nannte Fee den schmalen Streifen, der sich von dort bis in die tieferen Regionen erstreckte. Ich konnte gerade noch ein Kichern unterdrücken.

Durfte man das überhaupt? Nach einem One-Night-Stand nebeneinander liegen bleiben und kuscheln? Musste man nach einer solchen Nacht nicht morgens in aller Frühe verschämt aus den Federn springen und dann hoffen, dem anderen nie wieder zu begegnen? Nils fuhr mit der Hand zart über meinen Oberarm und ich rückte noch ein wenig enger an ihn heran und vergrub meine Nase noch ein wenig tiefer in seiner Halsbeuge.

Ich hätte noch stundenlang so daliegen können, hätte nicht auf einmal der Alarm meines Handys angefangen zu piepen. Gestern Abend wusste ich schließlich noch nicht, dass es gute Gründe dafür geben könnte, das Frühstück zu verpassen. Ich rappelte mich auf und griff über Nils hinweg zu meinem Nachtschränkchen. Zeit für eine Reaktion!

„Hast du auch Hunger?", fragte ich.

Statt einer Antwort zog Nils mich wieder zu sich heran.

Bei Tag war es sogar noch besser als bei Nacht. Der Sex mit ihm war ganz anders als mit Giuseppe, fast so, als würde man die Fahrt in einem Tretboot mit dem Dahinflitzen auf einem Jetski vergleichen. Die Fahrt auf dem Tretboot war nett, aber auch ein bisschen mühsam. Und das sanfte Dahinschaukeln auf den Wellen konnte nicht darüber hinwegtäuschen, dass man sich ganz schön anstrengen musste, um Fahrt aufzunehmen. Während der Jet-Ski wild und gefährlich war und völlig von selbst lief. Und während ich verschwitzt und noch etwas außer Atem da lag und über meinen Vergleich philosophierte, erwachte in mir eine schreckliche Gewissheit: Ich wollte keine Tretbootfahrt mehr, jetzt, wo ich den Jetski kennen gelernt hatte. Für mich war die Sache mit Nils kein One-Night-Stand, denn ich wollte mich nicht von ihm verabschieden. Irgendwo auf dieser verflixten Reise musste ich angefangen haben, mich in ihn zu verlieben.

„Hast du schon viele Männer gehabt?", unterbrach Nils meine Gedanken.

„Warum?", versuchte ich Zeit zu schinden.

„Weil es mich interessiert."

„Nein, nicht so viele."

„Wie viele?", bohrte Nils nach.

„Fünf."

„Bin ich darin schon enthalten?"

„Ja", gab ich widerstrebend zu. „Bei dir ist diese Zahl wohl etwas größer, oder? Wie viel Frauen hattest du denn vor mir?"

Nils überlegte. „Das kann ich dir aus dem Stegreif gar nicht sagen."

„Waren es mehr als fünfzig?", fragte ich vorsichtig.

Er lachte. „Schön wär's. Nein. Warst du mit all den Männern vor mir auch zusammen?"

„Ja." Das Gespräch wurde mir immer peinlicher, da ich mich in Sachen sexueller Erfahrung Nils deutlich unterlegen fühlte. „Mit meinem ersten Freund Thomas drei Jahre, mit meinem zweiten Freund, mit Arthur, zehn Jahre, mit Olli, von dem ich dir erzählt habe, waren es vier Jahre und mit Giuseppe zwei Jahre."

„Du hast ganz schön viel Zeit deines Lebens in Beziehungen verbracht. Warst du überhaupt jemals allein?"

„Ja, bis ich siebzehn war. Und kennst du mittlerweile die genaue Zahl deiner Eroberungen?"

„Mit dir zusammen sind es achtzehn."

Achtzehn! Für einen Schauspieler führte er mit dieser Zahl bestimmt schon ein fast asketisches Leben. Mehr Details wollte ich überhaupt nicht wissen. Dafür aber etwas anderes.

„Ich muss dich noch etwas fragen." Ich malte mit dem Zeigefinger kleine Kreise auf Nils' Brust.

„Was?"

„In Verona, in dem Hotelzimmer. Du hast auf einmal so abrupt aufgehört, mich zu küssen. Warum?"

„Wenn ich dich weiter geküsst hätte, hätte ich auch mehr gewollt. Und das Risiko wollte ich nicht eingehen."

„Warum nicht?"

„Du warst total betrunken. Und so zickig wie du dich mir gegenüber die ganze Zeit verhalten hast, musste ich doch befürchten, dass du mich tötest, wenn du wieder bei Sinnen bist."

„Und das war der einzige Grund?"

Nils nickte.

„War ich so schlimm?"

„Anfangs schon."

Sein Magen begann zu knurren und wir mussten beide lachen.

„Stehen wir auf!", sagte Nils und warf einen Blick auf seine Uhr. „Wenn wir uns mit dem Duschen beeilen, bekommen wir noch Frühstück."

Er schwang seine Beine aus dem Bett. Ich beschloss, noch einige Momente unter der Decke zu bleiben und zu warten, bis Nils im Bad verschwunden war. Nicht, dass er mich vorhin nicht schon nackt gesehen hätte, aber irgendwie hatte ich Hemmungen, mich ihm ohne einen stark angestiegenen Adrenalinspiegel hüllenlos zu präsentieren.

Doch Nils blieb stehen. „Worauf wartest du? Lass uns duschen gehen."

Nils brauchte deutlich länger als ich, um sich fertig zu machen. Ich wollte ihn schon damit aufziehen, doch als er endlich aus dem

Bad herauskam, wusste ich, was er so lange darin gemacht hatte. Er hatte sich rasiert. Und fast hätte ich ihn nicht erkannt. Er sah so seriös aus.

„Na, wie findest du es?“, fragte Nils und strich sich ein wenig unbehaglich über seinen nicht mehr vorhandenen Bart. „Ich fühle mich nackt. Sehe ich schwul aus?“

„Nein, überhaupt nicht. Du siehst gut aus, wirklich. Nur gar nicht mehr wie du selbst. Eher wie ein Immobilienmakler.“

Nils sah mich belustigt an. „Ich hätte nicht fragen sollen.“

Er hielt mir die Hand hin und zusammen wollten wir gerade das Zimmer verlassen, als sein Handy klingelte. Ich vertiefte mich in die Mappe mit den Hotelinformationen.

Nils warf einen Blick auf das Display. „Was gibt's?“, fragte er knapp und nicht sonderlich freundlich. „ Ja, ich denke an Vronis Geburtstag. Wann ist er? Aber da bin ich noch in Italien. Gut, ich werde sehen, was sich machen lässt. Wenn ich das Wochenende nicht drehen muss, setze ich mich in den Flieger und komme. Ja, ich trage das Datum gleich in meinen Terminkalender ein. Bis dann.“ Er legte auf und seufzte. „Meine Mutter. Seit Wochen nervt sie mich mit dem Geburtstag von Veronika Hartmann.“

„Veronika Hartmann? Die Schauspielerin?“

„Ja, sie feiert ihren Geburtstag dieses Jahr ganz groß. Es ist ein runder und lauter wichtige Leute sind eingeladen, unter anderem ein Bekannter von meiner Mutter, der einen dreiteiligen Spielfilm für SAT 1 produziert. Sie will unbedingt, dass ich darin eine Hauptrolle ergattere.“ Er rollte die Augen. „Der Dreiteiler spielt im alten Rom. Kannst du dir mich in Sandalen vorstellen?“

„Russell Crowe sah in *Gladiator* jedenfalls gut aus“, versuchte ich zu witzeln, doch mein Mund war trocken geworden.

Ich stellte mir vor, wie ich mit Nils zusammen in einem schicken Restaurant saß, um den Geburtstag von Veronika Hartmann, einer der bekanntesten deutschen Schauspielerinnen zu feiern, und dabei munter mit anderen Damen aus der Film- und Fernsehwelt plauderte.

Die Vorstellung war absurd! Wir passten einfach nicht zusammen. Seine Welt würde immer eine Nummer zu groß für mich sein.

Der Frühstücksraum des Hotels hatte die Größe eines Ballsaals. Und das Essen wäre bestimmt ausgezeichnet gewesen war, hätte der Stein in meinem Magen noch Platz dafür gelassen.

Nils schienen mein fehlender Appetit und meine Schweigsamkeit nicht aufzufallen. Er hatte sich den Teller mit Croissants, Marmelade, Rührei und Speck vollgeladen und widmete sich mit ganzer Aufmerksamkeit seinem Frühstück. Erst als er beim Hinausgehen den Arm um mich legte und ich mich stocksteif machte, fragte er: „Ist etwas mit dir?"

„Nein", meinte ich und er gab sich damit zufrieden.

In der großen Eingangshalle blieb Nils unentschlossen stehen. Er schien ebenso wenig wie ich zu wissen, wie es an dieser Stelle mit uns weitergehen sollte.

„Willst du noch in Viareggio bleiben oder möchtest du lieber woanders hinfahren?"

„Ich möchte fahren."

„Dann packe ich meine Sachen und bezahle die Zimmer."

„Das wäre toll." Meine Stimme klang belegt.

„Hättest du mir gestern Abend gleich gesagt, dass du nicht abgeneigt bist, die Nacht mit mir zu verbringen, hätte ich mir ein Zimmer sparen können", versuchte Nils die beklemmende Stimmung zwischen uns aufzulockern.

Ich lächelte verkrampft. „Du wolltest doch unbedingt damit protzen, dass du dir locker zwei Hotelzimmer leisten kannst."

„Stimmt." Nils legte seine Hände um meine Taille. „Schön, dass du mir die Gelegenheit dazu gegeben hast." Er strich mir eine Haarsträhne aus dem Gesicht und küsste mich auf den Mund.

Fast wäre ich wieder schwach geworden. Doch ich hatte meine Entscheidung bereits getroffen und machte mich von ihm los.

„Ich muss mal wohin."

Die Toiletten im Grand-Hotel waren genauso bombastisch wie der Rest des Hauses. Orchideen, vergoldete Wasserhähne und überall Marmor. Lediglich der tropfende Wasserhahn störte ein wenig.

Nachdem ich auf einem terrakottafarbenen Toilettendeckel Platz genommen hatte, wählte ich Giuseppes Nummer und stellte fest, dass mein Herzschlag in genau dem gleichen Rhythmus schlug, wie der Wasserhahn tropfte.

„Pronto."

„Ich bin's."

„Cara?" Giuseppe hörte sich überrascht an. Anscheinend hatte er nicht auf das Display geschaut.

„Ja."

„Wieso rufst du an? Ist etwas? Wir wollten doch erst heute Abend telefonieren."

„Ich hatte aber jetzt Sehnsucht nach dir. Wo bist du gerade?"

Giuseppe zögerte einen kleinen Moment. „Ich bin noch in einer Besprechung. Kann ich dich gleich zurückrufen?"

Ich lachte freudlos auf. Klar! „Heißt dieser Kunde zufällig Angela?"

„Nein. Wie kommst du darauf?" Giuseppe hörte sich ehrlich verwirrt an.

„Lüg mich nicht an! Ich weiß genau, dass du nicht aus geschäftlichen Gründen in Italien bist, sondern wegen der Goldenen Hochzeit deiner Eltern. Und ich weiß auch, dass es eine Angela in deinem Leben gibt, die sich ganz besonders darauf freut, dich wiederzusehen."

„Woher weißt du ...?"

„Ich habe die SMS gelesen. Ich weiß, dass es nicht in Ordnung ist, im Handy des Partners herumzuschnüffeln und ich bin nicht stolz darauf, aber ich habe die SMS gelesen."

„Und woher weißt du ...?"

„Von deiner Mitfahrerin Lydia. Ich bin in Italien."

Stille am anderen Ende der Leitung. Ich beschloss, aufs Ganze zu gehen.

„Ich will wissen, wo ich bei dir dran bin. Ich will es wissen, wenn du eine Geliebte hast, und ich will auch wissen, warum du mir nichts von der Goldenen Hochzeit erzählt hast."

Giuseppe schien sich gefangen zu haben. „Helga, ich muss dir das alles erklären. Magst du herkommen? Oder soll ich dich abholen? Wo bist du?"

„Im Grand Hotel in Viareggio. Kannst du mir das, was du mir zu sagen hast, nicht auch am Telefon mitteilen?"

Giuseppe lachte verlegen auf. „Du willst doch wissen, wer Angela ist, oder?"

„Ja, will ich."

„Dann ist es am besten, wenn du herkommst."

Als ich an Nils' Tür klopfte, fühlte ich mich noch elender als eben auf der Toilette.

„Komm rein!" Nils stand am Bett und packte gerade einige Kleidungsstücke in seine Reisetasche. „Hast du dir schon überlegt, was du jetzt machen möchtest?"

„Ja. Ich fahre zu Giuseppe nach Lucca."

Er hielt mitten in seiner Bewegung inne und starrte mich an.

„So hatte ich es schließlich von Anfang an geplant. Nach Italien fahren, um mit Giuseppe zu reden. Das wusstest du doch", ging ich sofort in die Defensive.

Nils' Gesicht verzog sich spöttisch. „Hast du die letzte Nacht auch geplant?"

„Natürlich nicht. Das war ein Ausrutscher."

„Ein Ausrutscher", wiederholte er ausdruckslos.

„Allerdings ein sehr schöner", fügte ich schnell hinzu. Unbehaglich trat ich von einem Fuß auf den anderen. „Ich rufe mir jetzt ein Taxi."

„Das brauchst du nicht. Lucca liegt auf meinem Weg. Ich kann dich mitnehmen."

Die ganze Fahrt von Viareggio nach Lucca schaute Nils stur geradeaus und sprach kein einziges Wort mit mir. Unglücklich schaute ich aus dem Fenster auf die monotone Bundesstraße, die uns von der Küste weg ins toskanische Hinterland führte. Einzige Abwechslung in der trostlosen Szenerie bildeten ein paar Zypressen, die wie scharfe Ausrufezeichen in den Himmel stachen. Erst nachdem wir von der Straße abgebogen waren, wurde die Landschaft wieder etwas lieblicher. Vorbei an grünen Wiesen, leuchtend gelben Rapsfeldern und schattigen Alleen passierten wir kleine Dörfchen, deren Häuser in verschiedenen Terrakottatönen warm in der Sonne lagen, und winzige Gärten mitten im Nirgendwo. Und all das unter dem milchig-blauen Himmel, den ich bereits vom Vortag kannte. Kurz hinter dem kleinen Städtchen San Giuliano stieg der Weg steil ins Gebirge an und die Landschaft wurde wieder rauer. Das satte Grün der Wiesen und Felder wich zunehmend tönerner Erde, auf der die graublättrigen Olivenbäumchen wie von Kinderhand dahin getüpfelt wirkten.

Die Villa Principessa lag etwa drei Kilometer von Lucca entfernt inmitten eines großen Parks mit uralten Bäumen, an denen sich Efeu in langen Schlangen hochrankte. Als wir am Ende der bambusgesäumten Auffahrt angekommen und aus dem Auto ausgestiegen waren, brach Nils endlich sein Schweigen.

„Bist du dir sicher, dass du die richtige Entscheidung getroffen hast?", fragte er mit regungsloser Miene und zeigte auf das steinerne Eingangsportal.

Ich nickte beklommen.

„Und das ist es wirklich, was du von deinem Leben erwartest? Mit einem Mann zusammen zu sein, der dir erzählt, er müsse geschäftlich nach Italien und der stattdessen auf die Goldene Hochzeit seiner Eltern fährt?"

„Ich weiß doch überhaupt nicht, warum er das alles getan hat."

„Ach, du weißt es nicht?"

„Nein."

„Dann sag ich es dir."

„Und warum hat er mir nichts von dem Fest erzählt?"

Nils sah mich fest an. „Weil er nicht den Mumm hat, in eurer Beziehung einen Schritt weiterzugehen und das müsste er, wenn er dich als seine feste Freundin seinen Eltern vorstellen würde."

„Du bist gemein." Mir stiegen die Tränen in die Augen.

„Nein, ich bin nur ehrlich. Aber du bist eine Heuchlerin. Am Gardasee hast du mir vorgeworfen, mit der Schauspielerei den einfacheren Weg gegangen zu sein. Und was machst du?"

„Das ist nicht das gleiche."

„Ist es doch."

„Nein, ist es nicht", widersprach ich. „Ich liebe Giuseppe und du wolltest nie Schauspieler werden."

„Ach so, du liebst Giuseppe. Entschuldige bitte, dass ich dir das, nach all dem, was du mir über ihn und eure Beziehung erzählt hast, nicht abkaufe. Du gehst zu ihm zurück, weil du Angst davor hast, allein zu sein. Das ist der einzige Grund."

„Das stimmt nicht."

„Nein?"

„Hör auf!" Ich überlegte, ob ich mir die Ohren zuhalten sollte.

Doch Nils Worte stachen weiter unbarmherzig auf mich ein. „Du kannst nicht allein sein. Das ist der Grund, warum du wieder zu ihm zurückgehst. Du bist schließlich jahrelang mit einem absoluten Arschloch zusammengeblieben, nur um nicht in die Verlegenheit zu kommen, dich mit dir selbst auseinandersetzen zu müssen."

„Ich hätte dir überhaupt nichts erzählen sollen." Tränen liefen meine Wangen hinunter.

„Doch, denn du brauchst jemand, der dir endlich die Wahrheit ins Gesicht sagt. Außer mir ist ja anscheinend niemand dazu in der Lage."

„Du kannst dir überhaupt kein Urteil über mich bilden. Du kennst mich kaum."

„Ich glaube, ich habe dich in den letzten zweieinhalb Tagen gut genug kennen gelernt."

„Das glaube ich nicht." Ich verschränkte die Arme fest vor meiner Brust.

„Dann lass es."

Wütend starrten wir uns an.

Nils brach als erstes das Schweigen.

„Ich fahre jetzt."

„Schön."

Er drehte sich um und ging zur Fahrertür. Doch kurz bevor er einstieg, blieb er noch einmal stehen.

„Willst du noch einen letzten Rat von mir hören?"

„Nein."

„Ich gebe ihn dir trotzdem: Lern' endlich, mit dir selbst auszukommen! Denn wenn du es nicht kannst, kann es auch kein anderer."

„Was soll denn dieser Blödsinn? Ich komme sehr gut mit mir aus." Fast hätte ich mit dem Fuß aufgestampft vor Wut.

„Nein, kommst du nicht. Du kannst dich ja noch nicht einmal leiden."

Er stieg ins Auto und brauste, ohne sich noch einmal umzudrehen, davon.

Vierzehn

Mehrere Minuten lang stand ich da und konnte mich nicht von der Stelle rühren. Ich lauschte der Musik, die über die dicke Steinmauer hinweg zu mir herüber schallte und spürte, wie sich eine riesige Leere in mir ausbreitete. Schnell kramte ich in meiner Tasche nach einem Taschentuch und stellte fest, dass ich Nils' T-Shirt noch nicht zurück gegeben hatte. Ich holte es heraus und presste meine Nase in den weichen Stoff. Was machte ich hier bloß?

Doch dann gab ich mir einen Ruck, stopfte das T-Shirt wieder in meine Tasche zurück, wischte mir die letzten Tränen aus den Augenwinkeln und schritt durch ein steinernes Tor auf die verwunschene Villa zu. Vor dem großen Eingangsportal waren kleine durch Sonnenschirme geschützte Sitzgruppen aufgestellt, an denen Italiener in Abendkleidung saßen und sich unterhielten. Als sie mich sahen, blickten sie auf und begannen zu tuscheln. Unsicher schaute ich auf mein rotes Sommerkleid und die Flip Flops herunter.

Das Innere der Villa wirkte auf den ersten Blick wie eine dunkle Höhle mit seinen burgunderrot gestrichenen Wänden und den braunen Möbeln. Doch die Schwere des Empfangsraums wurde durch mehrere zeitgenössische Malereien sowie einen rot-schwarz karierten Teppich gemildert. Sofort trat eine zierliche Frau mit dunkler Hautfarbe und einer kurzen krausen Haarpracht auf mich zu, die mich freundlich anlächelte.

„Kann ich Ihnen helfen?"

„I'm looking for the nozze d'oro."

„Die Gesellschaft ist im Moment noch im Garten und nimmt einen Aperitif ein", antwortete sie mir in fließendem Deutsch.

Als sie meinen irritierten Blick sah, antwortete sie lächelnd: „Ich komme aus der Schweiz. Aber ich lebe jetzt schon seit zehn Jahren in Italien. Mit der Zeit habe ich ein recht gutes Gespür für die verschiedenen Nationalitäten unserer Gäste entwickelt."

Sie machte eine einladende Handbewegung und ich folgte ihr durch die großzügige Lobby und durch die Bibliothek hindurch zur Rückseite des Hauses.

Als ich den geschmückten Festsaal der Villa Principessa betrat, erstarrte ich und war einen Moment fast von meinem Kummer abgelenkt, denn irgendjemand hatte den eleganten Raum mit seinen hohen, in einem satten Cremeton gestrichenen Wänden und den luftig gerafften, etwas helleren Vorhängen in eine kitschige Glücksbärchi-Welt verwandelt.

Auf den Tischen lagen feine Tischdecken mit einer breiten golddurchwirkten Spitze, an sich gar nicht so furchtbar, wären sie nicht über und über mit rosa Marzipanblümchen und weißen und rosafarbenen Bonbons bedeckt gewesen. In der Mitte jedes Tisches stand ein ebenfalls rosafarbenes Blumengesteck, das derart mit Tüll besteckt war, dass man von den drei mit Schleierkraut umrandeten Rosen kaum etwas sah. Rosafarbene Stoffserviettenschwäne auf jedem Gedeck rundeten die gewöhnungsbedürftige Dekoration ab.

Die breiten gläsernen Türen des Raumes waren zur Terrasse hin vollständig geöffnet, so dass ich einen Blick in die weitläufige Gartenanlage mit den vielen Stehtischchen werfen konnte, wo sich die bestimmt hundertfünfzigköpfige Hochzeitsgesellschaft mit Sektgläsern in der Hand vor einem Swimmingpool versammelt hatte. Giuseppe konnte ich in der Menge sofort ausmachen, da er die meisten Gäste um fast einen Kopf überragte und ein stattliches Pflaster auf seiner Stirn klebte. Ein kleiner, dicker Mann mit Schnurrbart und eine Frau in einem eleganten roten Kostüm, Giuseppes Eltern, wie unschwer zu erkennen war, standen auf einer Art Tribüne und waren dabei, die Gäste zu begrüßen.

Ich wollte schon umkehren, als die Empfangsdame mir einen sanften Schubs gab und ich auf die Terrasse stolperte. Ich prallte gegen einen der Stehtische und ein Glas fiel zu Boden. Sofort verstummte der Stimmenteppich vor mir und alle starrten mich an.

Ich starrte zurück und wusste beim besten Willen nicht, was ich sagen sollte. Zum Glück fing sich Giuseppe recht schnell. Er kam auf mich zu und nahm meine Hand. Seine braunen Augen leuchteten und obwohl ich deutlich merkte, wie unwohl er sich in seiner Haut fühlte, schien er sich über mein Erscheinen wirklich zu freuen. Fragend blickten unzählige Augenpaare zu uns herüber.

„Mama, Papa, ich habe eine Überraschung für euch. Meine Freundin Helga ist extra von Deutschland hierher gereist, um euch zu eurer Goldenen Hochzeit zu gratulieren", erklärte Giuseppe seinen Eltern auf Deutsch und sein Vater riss erstaunt die Augen auf. Dann erhellte sich sein Gesicht und er lächelte. Dabei entblößte er ein Gebiss, das mit einer auffällig großen Anzahl von Zähnen aufwarten konnte.

„Una amica. Giuseppe ha portato sua amica a nostra festa."

Wie auf Kommando schwoll der Stimmenteppich erneut an und alle Gäste drängelten sich um uns herum. Wildfremde Menschen küssten und herzten mich und redeten auf mich ein, so dass mir schon bald der Kopf schwirrte. Mit Giuseppe dagegen hatte ich noch kein einziges Wort sprechen können.

„An dieser Situation bist du selbst schuld", flüsterte Giuseppe mir ins Ohr, als sich der Menschenstrom ein wenig zu verdünnen begann. „Warum hast du nicht angerufen? Dann hätte ich dich auf all das hier vorbereiten können."

Doch ich konnte ihm keine Antwort geben, denn eine vollschlanke Italienerin quetschte mich zwischen ihre Brüste und eine Wolke süßlichen Parfüms vernebelte mir einige Sekunden das Gehirn. So musste sich eine Fliege fühlen, die in einen Pudding gefallen war.

„Come è carina. Che ragazza carina tu hai, Giuseppe. E come è snella", rief sie und strahlte über das ganze Gesicht. Dabei tauchten ihre Rosinenaugen noch ein wenig tiefer in die umliegenden Speckringe ein. Als hübsch und schlank hatte sie mich bezeichnet! Ich fühlte mich geschmeichelt.

„Meine Tante Francesca“, erklärte mir Giuseppe, als ich wieder aufgetaucht war. „Angelas Mutter.“

Ich wollte gerade nachfragen, als unser Gespräch erneut unterbrochen wurde. Die nächste Tante hatte mich in ihren Fängen. Dieses Mal wurde ich in eine orangefarbene Bluse gedrückt.

Endlich hatten sich Giuseppes Eltern zu uns durchgekämpft. Auch Giuseppes Mutter nahm mich unverzüglich in ihre Arme. So etwas wie einen neutralen Händedruck kannten italienische Frauen anscheinend nicht. Sie schwappte schier über vor Freude über meine Anwesenheit, denn sie hielt mich mehrere Male von sich weg und schaute mich an, bevor sie mich wieder an sich drückte und sich erneut ein italienischer Redeschwall über mich ergoss. Währenddessen hatte sich sein Vater neben Giuseppe gestellt und ihm auf die Schulter geklopft.

„Mein Sohn, biste du verruckte. Uns nicht zu sagen, dass du haste eine so schöne Freundin“, sagte er auf Deutsch. „Wolltest uns wohl überrasche, hä?“

Dann wandte sich Giuseppes Vater an mich.

„Bestimmt wunderste du, dass ich spreche Deutsch. Haste auch gedachte, dass Italiener nur spreche Italienisch.“ Er strahlte mich an.

„Mein Vater hat mit Anfang zwanzig ein paar Jahre als Gastarbeiter in Deutschland verbracht, die letzten beiden Jahre hat auch meine Mutter dort gelebt“, erklärte Giuseppe. „Hatte ich dir das nicht erzählt?“

Ich schüttelte den Kopf.

„Ja, ware schöne Zeit dort. Habe ich in Frankfurt gewohnte? Kennste du?“

„Haste doch Hunger, oder?“, unterbrach Giuseppes Mutter ihren Mann, nun auch auf Deutsch, und wollte mich schon in Richtung Kuchenbuffet ziehen, als Giuseppe sich einschaltete: „Mama,

Helga ist gerade erst angekommen und möchte sich frisch machen. Sie kann nachher etwas essen. Ich zeige ihr jetzt unser Zimmer."

„Erst esse und dann frische machen. Schau, wie dünn ist sie." Sie wandte sich an mich. „Haste doch Hunger?"

Fragend blickte ich Giuseppe an, denn allein der Gedanke, etwas zu essen, löste bei mir Übelkeit aus. Aber ich merkte auch, dass die Augen der meisten Gäste immer noch auf mir und Giuseppe ruhten, und ich hatte Angst, etwas Falsches zu sagen. Wenn sich nämlich tatsächlich alle Italiener über einen Kamm scheren ließen, dann hatte mir Jan Weilers Roman *Maria, ihm schmeckt's nicht* deutlich gezeigt, dass die Verweigerung von Nahrungsaufnahme in italienischen Familien als Kriegserklärung angesehen wurde.

Doch dann löste sich mein Gewissenskonflikt in Wohlgefallen auf, denn eine schlanke, dunkelhaarige Frau betrat dicht gefolgt von einem gutaussehenden Mann den Raum und auf ihrem Arm trug sie eine weiße Wolke, in deren Mitte ich ein kleines Neugeborenes ausmachen konnte. Sofort richtete sich die geballte Aufmerksamkeit im Saal auf die junge Familie und auch Giuseppes Eltern wandten sich von uns ab und flitzten auf das Baby zu, das schlafend in einer rüschigen Decke lag und, ähnlich wie ich zuvor, nun von allen Seiten umlagert, geknuddelt und geküsst wurde.

„Come è carino! Che bello! Il piccolo Nevio", erscholl es von allen Seiten und wirklich jeder der umstehenden Gäste strich dem Kleinen über den Kopf und küsste seine Wange oder sein Händchen. Ich selbst hätte als Mutter wohl einen Schreikrampf bekommen, aber das junge Paar stand nur lächelnd da und schaute zu, wie ihr zartes Neugeborenes von allen Seiten mit Bakterien überschüttet wurde.

„Komm mit! Ich muss dir jemanden vorstellen!", forderte mich Giuseppe auf und zog mich ebenfalls in Richtung Baby. „Angela!", rief er und umarmte die dunkelhaarige Frau. Sie strahlte, als sie Giuseppe sah und erwiderte seine Umarmung. „Giuseppe!" Dann fiel ihr Blick auf mich und sie hob fragend eine Augenbraue.

„Das ist meine Freundin Helga", sagte Giuseppe.

Angela lächelte mich an und hielt mir die Hand entgegen. „Mi chiamo Angela e lei è Ernesto", stellte sie sich vor. Auch Angelas Mann Ernesto reichte mir die Hand. Er sah unglaublich gut aus, wie einer Parfüm-Werbung entsprungen.

„Und das ist Nevio. Mein Patenkind", erklärte Giuseppe stolz. „Der erste männliche Nachkomme in unserer Familie seit zehn Jahren." Er nahm den Kleinen seiner Mutter aus dem Arm und hielt ihn vor sich. „Er wird bestimmt einmal ein ganz prächtiger und starker Junge werden."

Der stolze Stammhalter hing derweil, von der ganzen Aufmerksamkeit um seine Person unbeeindruckt, schlafend in Giuseppes Händen und sah alles andere als männlich aus. Er trug einen hellblauen Nickistrampler mit einem üppigen weißen Spitzenkragen und – ich musste mir das Lachen verkneifen – an seinem Handgelenk baumelte bereits das obligatorische Goldarmband.

„Möchtest du ihn nehmen?", fragte Giuseppe.

Gerührt blickte ich auf das Neugeborene herunter. Es hatte bereits unglaublich viele dichte Haare und unter der Decke schaute eine winzige kleine Hand mit perfekt geformten Fingernägeln hervor. Zart strich ich mit dem Zeigefinger darüber. Giuseppe stand lächelnd hinter mir.

„Du magste Kinder?", fragte mich Giuseppes Mutter Carla und schnappte sich den schlafenden Nevio.

Ich nickte.

„Dann iche werde vielleicht bald Nonna." Sie strahlte. „Musste du nenne Salvatore, wenn es ein Junge wird. Alle Männer in der Familie heißen Salvatore. Giuseppe auch. Giuseppe Salvatore." Sie griff ihrem Sohn ans Kinn und schüttelte es leicht.

Ich blickte hilfesuchend zu ihm herüber. Er drückte seine Mutter kurz an sich, flüsterte ihr etwas ins Ohr und nahm mich dann am Arm.

„Ich denke, das ist der richtige Moment, um dir unser Zimmer zu zeigen", erklärte er mir auf unserem Weg. „Wir schlafen heute

Nacht in der Villa. Wo ist dein Gepäck?“

„Ich habe keins dabei.“

„Wieso nicht?“

⁂

Das Zimmer lag auf der Rückseite des Hauses und bot einen wunderschönen Blick auf den Garten mit seinen efeubewachsenen Bäumen und ich schrie entzückt auf, als ich es betrat. Denn in seiner Mitte stand ein großes Bett mit Baldachin und die Wände waren mit einem verschnörkelten moosgrünen Stoff überzogen. Als ich näher trat, sah ich, dass auf dem Überwurf des Bettes ein Herz aus pinkfarbenen Rosenblättern lag. Fragend blickte ich Giuseppe an.

Der schaute verlegen zu Boden. „Ich hatte zuerst ein Einzelzimmer, aber als du mir gesagt hast, dass du kommen wirst, habe ich nach einer der Suiten gefragt.“ Er nahm mich in den Arm. „Es tut mir leid, dass ich dich angelogen habe.“

Ich machte mich los. „Weißt du, wie demütigend es ist, zu erfahren, dass du dich nicht auf Geschäftsreise befindest, sondern zu einer Familienfeier gefahren bist?“

„Natürlich. Ich habe einen großen Fehler gemacht habe. Aber zumindest weißt du jetzt, dass ich dich nicht betrogen habe. Angela ist meine Lieblingscousine. Wir sind wie Geschwister aufgewachsen. Ihre Eltern wohnen in Lucca direkt neben meinen. Und das Handy des Partners zu durchsuchen, ist übrigens auch nicht richtig“, gab er zu bedenken.

Ich wusste, dass er mit diesem Vorwurf recht hatte, aber das musste ich ihm ja nicht zeigen und so fuhr ich ihn an: „Jetzt lenk nicht ab! Und sag mir endlich die Wahrheit! Warum hast du mir nichts von der Goldenen Hochzeit deiner Eltern erzählt?“

Giuseppe schaute mich betreten an. „Du hast doch gesehen, wie meine Eltern und meine Verwandten sind. Und du hast meine Mutter gerade erlebt. Ihr ganzes Leben dreht sich um die Familie und darum, sie zu vergrößern. Ich wusste nicht, ob dir all das nicht zu viel werden würde."

„Und das soll ich dir glauben? Dass du mir nur aus Rücksicht auf mich nichts von eurer Familienfeier erzählt hast!"

„Ja", beharrte Giuseppe und zog eigensinnig die Augenbrauen zusammen. Er konnte zuweilen sehr stur sein. „Wenn man als Italiener ein Mädchen mit in die Familie bringt, bedeutet das für die Familie, dass man vorhat, dieses Mädchen auch zu heiraten und mit ihr Kinder zu haben. Ich wusste nicht, wie du zu diesen Themen stehst."

„Du hättest mich fragen können. Wir sind schließlich seit zwei Jahren zusammen."

„Aber Kinder waren zwischen uns nie ein Thema."

„Aber du musst doch gemerkt haben, dass ich Kinder mag und mir ein eigenes wünsche. Ich bin schließlich keine sechzehn mehr."

Giuseppe nahm mich erneut in den Arm und sah mich nun doch reumütig an. „Ich weiß, italienische Männer sind kompliziert. Aber jetzt, wo du da bist, bin ich froh, dass du mir die Entscheidung, dich meiner Familie vorzustellen, abgenommen hast. Kannst du mir noch einmal verzeihen?"

„Ich versuche es", antwortete ich spröde und drückte ihn kurz an mich.

Als wir wieder nach unten kamen, war das Fest in vollem Gange. Eine Band hatte auf der Tribüne am Pool ihre Instrumente aufgebaut und mehrere Paare tanzten zu italienischer Schlagermusik. Giuseppe nahm mich bei der Hand und wir mischten uns unter die Menge. Hatte ich mich zunächst noch wie auf dem Präsentierteller gefühlt, da unweigerlich alle Gespräche verstummten und sofort ein leises Tuscheln einsetzte, wenn ich irgendwo auftauchte, so gewöhnten sich die meisten Anwesenden nach und nach an meine Anwesenheit und ich fing an, mich zu entspannen. Selbst mein

Appetit kehrte zurück und so ließ ich mir zur großen Freude von Carla gleich zwei große, üppig verzierte Tortenstücke auf den Teller laden und war auch später beim abendlichen Buffet gern dazu bereit, mich an einen der Glücksbärchi-Tische zu setzen und kräftig zuzuschlagen.

Das Essen war aber auch einfach köstlich. Hauchdünnes Carpacchio, mit Thunfisch-Kapernsoße überzogenes Kalbsfleisch, gegrilltes Gemüse, orange-leuchtende Melonenschiffchen, garniert mit Parmaschinken, und marinierte Meeresfrüchte waren auf Tischen rund um den Pool aufgebaut und wetteiferten um meine Gunst. In silbernen Behältern steckten kleinen Kalbsmedaillons in einer würzigen Marsalasoße, verschiedene Pastasorten und gegrillter Fisch. Zum Nachtisch gab es Tiramisu, Tartufo, Vanille- und Schokoladenmousse sowie die kleinen Teigkügelchen, von denen ich nun wusste, dass sie *bignes* hießen. Ich aß, bis ich fast platzte. Und jeder einzelne meiner Bissen wurde von Giuseppes Eltern wohlwollend registriert.

„Wenn jemand isst, bedeutet das für Italiener, dass er sich wohlfühlt. Und je mehr du isst, desto wohler fühlst du dich in den Augen meiner Eltern. Du könntest sie nicht mehr beleidigen, als wenn du ihr Essen verschmähen würdest“, erklärte Giuseppe.

„Ich nehme auch noch ein winziges Stück Tiramisu, aber dann passt wirklich nichts mehr in mich hinein. Meinst du, deine Mutter akzeptiert das? Oder muss ich wirklich den ganzen Abend weiteressen?“

„Das Büffet wird gleich abgebaut, dann hast du Ruhe bis zur Mitternachtssuppe.“

Ich stöhnte. „Dann müssen wir bis dahin aber noch oft tanzen, damit in meinem Magen wieder Platz ist.“

„Eine meiner leichtesten Übungen.“ Giuseppe zog mich nach oben und führte mich zur Tanzfläche.

„Bitte halte mich nicht für indiskret, aber ich muss dir eine Frage stellen: Sind deine Eltern reich?“, fragte ich Giuseppe, nachdem wir einige Minuten zu einem Lied von Eros Ramazotti getanzt hatten.

Dieser sah mich verwundert an. „Nein, wie kommst du darauf?"

„Das wunderschöne Hotel, das gute Essen, die Musik, die ... aufwendige Dekoration, das muss alles eine Menge gekostet haben."

„Hat es auch. Aber bei italienischen Feiern muss geklotzt werden, damit jeder beeindruckt ist. Ich bin mir ziemlich sicher, dass meine Eltern für diese Feier einen Kredit aufgenommen haben."

„Unglaublich. Einen Kredit aufnehmen, nur um eine Goldene Hochzeit zu feiern? Ihr Italiener seid wirklich ein komisches Volk. Und weißt du, was ich noch seltsam finde? Du hast gesagt, für Italiener ist es das größte Lebensziel, dass die Familie größer wird. Was ist denn, wenn eine Frau überhaupt keine Kinder möchte? So etwas soll es geben. Fee zum Beispiel."

„In Italien gibt es so etwas nicht. Alle Frauen haben Kinder. Es sei denn, sie sind krank oder lesbisch."

„Fee müsste also so tun, als ob sie krank oder lesbisch wäre, damit sie nicht von der Familie verstoßen wird."

„Nein, muss sie nicht. Sobald sie verheiratet ist und keine Kinder hat, nimmt man es sowieso an."

Mittlerweile hatte sich die Dämmerung über die Feier gelegt und auf den Tischen und auf dem Buffet wurden erste Kerzen angezündet. Zusammen mit dem hell erleuchteten Pool sorgten sie für eine märchenhaft-romantische Stimmung in dem großen Park. Ich stand mit einem Glas Prosecco in der Hand bei Angela, ihrem Mann Ernesto und Giuseppe an einem der Stehtische und wir unterhielten uns, als wir ein helles Klirren vernahmen. Salvatore, Giuseppes Vater, stand auf der Bühne und schlug mit einem kleinen Löffel gegen ein Sektglas.

„Meine lieben Freunde, schön, dass ihr alle gekommen seid, um mit mir und Carla ein ganz besonderes Fest zu feiern. Carla, meine Liebe, kommst du zu mir?", begann er oder zumindest vermutete ich das. Und ich schien richtig verstanden zu haben. Denn Carla betrat die Bühne und hatte vor lauter Aufregung ganz rote Wangen.

„Kannst du mir übersetzen, was er sagt?“, fragte ich Giuseppe leise. Dieser nickte.

„Carla“, begann Salvatore feierlich. „Seit fünfzig Jahren bist du an meiner Seite und du bist für mich noch genauso schön und begehrenswert wie am ersten Tag. Du bist meine Sonne am Morgen und mein Stern am Abend, du bist meine Geliebte und meine beste Freundin. Ohne dich wären mein Leben und mein Bauch leer.“ Salvatore rieb sich über die Auswölbung seines Hemdes und die Gäste lachten. „Denn du bist nicht nur die allerbeste Ehefrau und Mutter – schaut euch nur unser Prachtexemplar dort hinten an –“, Salvatore zeigte auf Giuseppe, „sondern auch noch die allerbeste Köchin auf der Welt. Ich danke Gott, dass er dich mir geschenkt hat und dass du es nach fünfzig Jahren mit einem alten Sturkopf wie mir immer noch aushältst.“

Bei seinen letzten Worten nahm er Carla in den Arm. Die Menge tobte, applaudierte und machte dabei einen unbeschreiblichen Krach und dennoch standen Salvatore und Carla auf der Bühne und sahen sich an, als gäbe es nur sie beide in diesem Moment.

Perfekt abgepasst intonierte die Band im Hintergrund die ersten Töne von Chris de Burghs *Lady in Red*.

Verstohlen wischte ich mir einige Tränen aus den Augenwinkeln und schnäuzte mir kurz die Nase.

Angela und Ernesto fingen an, zu tanzen. Sie hatte ihren Kopf auf seine Schultern gelegt und hielt die Augen geschlossen. Giuseppe und ich folgten ihrem Beispiel.

Ich fühlte mich wie verzaubert, versuchte jeden Gedanken auszublenden, hörte nur der wehmütigen Stimme des Sängers zu und schmiegte mich eng an Giuseppe. Minutenlang.

Doch kaum dass die letzten Töne verhallt waren, machte er sich auf einmal von mir los.

„Ich muss noch etwas erledigen“, sagte er.

„Was denn?“

Aber Giuseppe war bereits verschwunden. Ich kam erst gar nicht dazu, mich in der Menge der Tanzenden ein wenig verloren zu fühlen, denn Salvatore stürzte sich auf mich.

„Wäre sehr froh, wenn würdeste mit mir tanze." Er breitete die Arme aus.

* * *

Salvatore war ein viel schwungvollerer Tänzer als sein Sohn. Und er führte auch weitaus energischer. Konsequent lenkte er jeden meiner Schritte, an ein Ausbrechen meinerseits war überhaupt nicht zu denken. Dabei redete er ohne Punkt und Komma auf mich ein und strahlte fortwährend über das ganze Gesicht. Leider verstand ich noch nicht einmal die Hälfte von dem, was er mir sagte. Die Musik war zu laut, sein italienischer Akzent zu stark. Außerdem neigte er zu Gedankensprüngen. Hatte er mir gerade noch seine frühere Wohnung im Frankfurter Hafenviertel beschrieben, erzählte er jetzt von Giuseppes Onkel Giovanni, der an der Milz operiert werden musste und deswegen nicht zur Goldenen Hochzeit kommen konnte. Vielleicht hatte ich den Übergang von dem einen Gesprächsthema zu dem anderen aber auch nur während einer der vielen Drehungen verpasst.

Am Anfang versuchte ich noch, mich zu konzentrieren, um ja kein Wort von ihm zu versäumen, doch nachdem ich erst einmal erkannt hatte, dass er an einem Dialog mit mir überhaupt nicht interessiert zu sein schien, begnügte mich damit, in jeder seiner kurzen Pause ein zustimmendes *Hmm* hören zu lassen und beobachtete stattdessen fasziniert seinen Mund beim Sprechen.

Wie kam es nur, dass dieser Mann so aussah, als hätte er mindestens doppelt so viele Zähne im Mund wie ein normaler Mensch? Vorsichtshalber zählte ich nach. Eins, zwei, drei, vier, nein, je vier Vorderzähne oben und unten und je zwei Eckzähne. Die herkömmliche Anzahl. Vielleicht lag es daran, dass er einen derart breiten Mund hatte, dass man auf jeder Seite auch gleich drei Backenzähne sehen konnte oder weil sie so weiß waren oder an seinen zwei Goldzähnen.

Salvatore sah mich auffordernd an. Ich hatte wohl etwas verpasst.

„Entschuldigung, was hast du gesagt? Die Musik ist so laut", versuchte ich meine gedankliche Abwesenheit zu erklären.

„Ich habe gesagte, ich müsse wieder zurück zu meiner Carla. Sie wird sonste noch ganz eifersüchtig, wenn ich so viel tanze mit meiner hübschen Schwiegertochter."

„Oh, ja, natürlich", stotterte ich und folgte Salvatore von der Tanzfläche. Schwiegertochter! Giuseppe hatte Recht gehabt! Ein Besuch auf einem Familienfest war gleichzusetzen mit einer Verlobung.

Zum Glück fing Giuseppe mich am Rand der Tanzfläche ab. „Möchtest du spazieren gehen?", fragte er und ich nickte.

Mondlicht drang durch das dichte Dach der alten Bäume, als Giuseppe und ich durch den nächtlichen Park wanderten, der sich nach hinten hinaus schier endlos auszudehnen schien. Wäre Giuseppe nicht bei mir gewesen, hätte ich mich fast ein wenig gefürchtet. Überall wisperte und knisterte es auf unserem Weg und zwischen den Baumkuppen hindurch konnte ich tatsächlich einige Fledermäuse schweben sehen. Auf einer kleinen Lichtung blieb Giuseppe stehen. Er stellte sich vor mich und legte seine Hände auf meine Schultern.

„Helga, Cara, ich weiß, dass du bestimmt immer noch enttäuscht bist, weil ich dich angelogen habe, aber ich versichere dir noch einmal, dass ich dich damit nicht verletzten wollte. Ich wollte dich erst meinen Eltern vorstellen, nachdem ich etwas anderes erledigt habe."

„Was denn?", fragte ich verwundert.

Giuseppe ging vor mir auf die Knie und öffnete ein kleines dunkelrotes Kästchen, in dem ein Ring mit einem großen Stein darauf aufblitzte.

„Was machst du?“ Geschockt wich ich einen Schritt zurück.

„Cara“, er sah mich mit seinen braunen Augen treuherzig an, „wir sind jetzt seit zwei Jahren zusammen, wir verbringen fast jeden Tag miteinander und ich genieße jede Sekunde unseres Zusammenseins. Du bist die Frau, mit der ich alt werden möchte. Willst du mich heiraten?“

Mir stockte der Atem und ich starrte ihn an. Giuseppe machte mir gerade einen Antrag!

Wie reagierte man in solch einer Situation richtig? Fing man hysterisch an zu schreien vor Glück, begann man unverständliche Worte vor sich hin zu stammeln oder schlug man die Hände vor dem Gesicht zusammen und schluchzte: „Du bist verrückt. Mit so etwas hätte ich ja überhaupt nicht gerechnet?“ Meiner gegenwärtigen Verfassung wäre das Gestammel sehr entgegengekommen. Und mit dem Antrag gerechnet hatte ich selbstverständlich auch nicht. Natürlich hatte ich mir von der Sternschnuppe am Gardasee einen Heiratsantrag gewünscht. Aber doch nicht sofort. Und in meinem Wunsch hatte ich auch nichts davon gesagt, dass mein Ehemann in spe sich vor mir auf die Knie werfen sollte wie ein Knappe kurz vor dem Ritterschlag. So viel Leidenschaft war ich von Giuseppe nicht gewohnt. Ich fühlte mich mit der Situation überfordert.

„Willst du mich heiraten?“, fragte Giuseppe noch einmal, dieses Mal mit ein wenig unsicherer Stimme.

„Ja“, flüsterte ich, weil mir beim besten Willen sonst nichts einfiel und Giuseppe streifte mir mit erleichtertem Gesicht den Ring über.

„Damit machst du mich zum glücklichsten Mann auf der ganzen Welt.“ Er erhob sich und sah mir tief in die Augen.

Die Nachricht von Giuseppes und meiner Verlobung schlug auf der Feier ein wie eine Bombe. Einen kurzen Moment war es still, nachdem Giuseppe auf der Bühne gestanden und der Menge verkündet hatte: „Helga und ich werden heiraten." Die sprichwörtliche Ruhe vor dem Sturm! Doch dann brachen der Applaus und das Geschrei orkanartig hervor. Salvatore und Carla fielen über uns her und drückten abwechselnd Guiseppe und mich an sich, begleitet von unzähligen *mio-dio*-Rufen, und ihnen folgte jeder einzelne der hundertfünfzig anwesenden Gästen.

Erst nach einer halben Stunde ließ ich mich beschwipst vom vielen Anstoßen mit Prosecco und ein wenig ermattet auf eine der Liegen am Pool sinken. Giuseppe setzte sich neben mich und zusammen schauten wir auf die erleuchtete Wasseroberfläche, in der sich die Lichter unzähliger Lampions spiegelten.

Obwohl es schon spät war, mittlerweile bestimmt elf Uhr, war die Luft immer noch lau. Durch die Wipfel einiger Bäume schien der schwarze Nachthimmel hindurch, nur von einigen Sternen erleuchtet. Im Hintergrund sang der Gitarrist der Band das Lied *Wonderful tonight* von Eric Clapton, mit seiner rauen, dunklen Stimme.

„Wie kommt es, dass du den Ring heute dabei hattest? Du wusstest doch gar nicht, dass ich hier sein würde", fragte ich Giuseppe etwas, was mich schon seit seinem Antrag brennend interessierte.

Er zog mich an sich. „Ich habe ihn schon vor vier Wochen in München gekauft und seitdem immer in meiner Tasche getragen."

„Aber warum hast du mir den Antrag nicht schon dort gemacht? Wir hätten gemeinsam nach Italien fahren können. Es wäre erst gar nicht zu diesem ganzen Chaos gekommen."

„Du warst so mit deiner Arbeit beschäftigt, ich mit meinem Projekt, wir haben uns kaum gesehen. Ich wollte auf den richtigen Augenblick warten."

„Und der wäre wahrscheinlich nie gekommen, wenn ich dir durch mein Erscheinen hier nicht das Messer auf die Brust gesetzt hätte", dachte ich zynisch, schämte mich aber sofort wieder dafür. Ich war unfair! Oder etwa nicht?

Schweigend betrachtete ich den Ring an meiner Hand, er glitzerte und funkelte und war wunderschön. Und Giuseppe sah so gut aus, wie er im Schein des Mondes neben mir saß. Sein Antrag war romantisch gewesen. Vielleicht etwas übertrieben, aber romantisch.

Warum, um Himmelswillen fühlte ich mich trotz allem so, als ob ich nur den Trostpreis gewonnen hätte?

Ich schüttelte den Kopf, um diesen Gedanken zu vertreiben. Die italienische Luft hatte mir die Sinne benebelt. In München, in meiner gewohnten Umgebung, würde sich bestimmt alles von selbst wieder richten.

„Lass uns zu deinen Eltern gehen!"

In dieser Nacht machte ich kein Auge zu und ich merkte, dass der ständige Schlafmangel, mit dem ich seit drei Tagen zu kämpfen hatte, mir langsam an die Substanz ging.

Giuseppe schlief neben mir wie ein Baby und in seiner bevorzugten Position. Alle Arme und Beine um mich geschlungen und so eng an mich gekuschelt, dass kaum ein einziges Blatt Papier zwischen uns gepasst hätte. Sein Antrag war wirklich ganz und gar untypisch für ihn gewesen. Zu Beginn unserer Beziehung hatte ich mich immer wieder gefragt, ob seine Mutter seinen Vater nicht mit einem Engländer betrogen hatte, so förmlich verhielt er sich oft. Oder ob er nicht sogar vielleicht adoptiert worden war. Außer seinen schwarzen Haaren, den dunklen Augen und der braunen Haut hatte Giuseppe so gar nichts Italienisches an sich. Selbst den obligatorischen Goldschmuck suchte man bei ihm vergebens. Sein einziges Schmuckstück war eine teure Armbanduhr von Maurice Lacroix. Und damit konnte ich leben! Jetzt, wo ich seine Eltern kennen gelernt hatte, hätte sich mein Verdacht noch erhärten müssen. Denn wie kamen zwei kleine, muntere Menschen, die permanent redeten und in Bewegung waren, zu einem über eins neunzig großen, immer etwas steif wirkenden Sohn? Doch nun wusste ich es besser. Unter seiner nüchternen Oberfläche gab es noch einen anderen Giuseppe. Auch in seinen Genen war definitiv der italienische Sinn für Theatralik verankert.

Eigentlich ganz süß. Ich konnte glücklich sein, einen Mann wie ihn zu haben. Ja, das konnte ich. Aber ich war es nicht. Im Gegenteil. Ich musste raus, sonst würde ich ersticken!

Vorsichtig schlängelte ich mich unter Giuseppes Gliedmaßen durch und verließ auf Zehenspitzen das Zimmer. Kurz bevor ich die Tür erreichte, murmelte Giuseppe etwas und drehte sich auf die andere Seite. Ich hielt den Atem an, doch er schlief weiter.

In der Ferne begann es schon hell zu werden, als ich den alten Park der Villa Principessa betrat. Nebelschwaden schwebten wie Fäden von Zuckerwatte über dem feuchten Gras und vereinzelt huschten Vogelstimmen durch die Baumwipfel, erhoben sich plötzlich und verstummten ebenso abrupt wieder, als müssten sie erst noch auf das Auftauchen der Sonne warten.

Ich setzte mich auf eine Bank, die in einer kleinen Laube stand, atmete tief die süßliche Morgenluft ein und hoffte verzweifelt, dass sich das dumpfe Gefühl in meinem Kopf verziehen würde und ich endlich wieder einen klaren Gedanken fassen konnte.

Giuseppe und ich würden heiraten, vielleicht sogar dieses Jahr noch. Ich drehte den Ring an meinem linken Ringfinger hin und her. Wir würden ein Baby miteinander haben. Eine kleine Familie sein, so wie Angela, Ernesto und Nevio. Ich versuchte, mir uns drei vorzustellen, hübsch angeordnet wie auf einem altmodischen Familienbild in Sepia: Ich auf einem Stuhl sitzend, das Baby auf meinem Arm und Giuseppe, wie er stolz hinter uns beiden stand, eine Hand auf meiner Schulter. Doch egal wie sehr ich mich auch anstrengte, das kleine Bündel auf meinem Arm blieb gesichtslos, die von mir erdachte Szene starr und ohne Leben. Und in mir regte sich nichts, außer einer spinnwebenzarten Traurigkeit über das, was hätte sein können.

★★

Ich hatte Giuseppe auf der Geburtstagsparty einer Kollegin von mir kennen gelernt. Er war mir gleich aufgefallen. Sein Lächeln, seine schwarzen Locken und vor allem seine Größe. Nach nur drei Treffen zogen sein Pyjama und seine Zahnbürste in meine Altbauwohnung ein und von diesem Zeitpunkt an hatten wir fast jeden Tag miteinander verbracht. Unsere Beziehung war nicht die leidenschaftlichste, aber wir verstanden uns gut und von leidenschaftlichen Auseinandersetzungen und den darauf folgenden noch leidenschaftlicheren Versöhnungen hatte ich sowieso die Nase voll. Nach den Jahren mit Olli erschien mir Giuseppe wie ein Geschenk des Himmels.

Die Beziehung mit Olli war ein ständiger Tanz auf einem Hochseil gewesen: Ein Pullover in der falschen Farbe oder ein zu schweres Parfüm konnten ihm den Tag verderben und dafür sorgen, dass er komplett ausflippte. Zog ich mich daraufhin von ihm zurück, kam er wieder angekrochen. Ließ ich mich wieder auf ihn ein, stieß er mich erneut von sich.

Zunächst suchte ich die Schuld für sein Verhalten bei mir und dachte, ich müsse mich einfach mehr zusammenreißen, anstrengen, was auch immer. Ich versuchte, Verständnis für ihn aufzubringen, Geduld mit ihm zu haben, zum Schluss auch, ihn zu ändern, aber im Endeffekt änderte ich nur eine Person, nämlich mich selbst. Letztendlich bemerkte ich erst zu spät, dass Olli sich nur dann stark fühlen konnte, wenn er andere erniedrigte.

Und leider hatte er vor meiner Erleuchtung auch selbst eine gehabt und festgestellt, dass es auf Dauer langweilig war, immer nur den gleichen Menschen zu quälen.

Die neue Frau an seiner Seite hieß Nathalie. Ich hatte sie einmal auf einer Party an der Uni gesehen. Sie war klein, zierlich und anschmiegsam. Und angeblich war er glücklich mit ihr. Das erzählte er mir zumindest zwei Wochen nach unserer Trennung, als ich unter dem fadenscheinigen Vorwand bei ihm anrief, eine Hose bei ihm vergessen zu haben.

Obwohl ich versuchte, mir einzureden, dass eine kaputte Persönlichkeit wie Olli sich niemals ändern würde und ich im Grunde genommen auch mehr als erleichtert darüber war, ihn los zu sein, nagte seit diesem Telefonat immer ein leiser Zweifel an mir, dass diese Nathalie vielleicht doch das erreicht hatte, was mir nicht gelungen war.

Erst nachdem ich mehrere Monate mit Giuseppe zusammen war, stellte ich überrascht fest, dass ich nicht mehr bei jedem tieferen Atemzug von ihm zusammenzuckte, aus Angst vor einer Gemeinheit.

Noch einmal blickte ich auf den Ring an meiner Hand und zog ihn mir dann vom Finger. Giuseppe hatte Besseres verdient als eine Frau, die nur mit ihm zusammen war, weil er sie gut behandelte.

Leise schlich ich wieder in unser Hotelzimmer zurück.

„Giuseppe!“ Ich strich ihm die feuchten Locken aus der Stirn. „Bitte wach auf!“

Giuseppe öffnete verschlafen die Augen und setzte sich verwirrt nach oben. Ich legte den Ring vor ihn auf die Bettdecke.

„Ich kann dich nicht heiraten. Es tut mir leid!“

Fünfzehn

„Das Leben ist zu kurz, um sich mit halben Sachen zufrieden zu geben.“ Lydias Stimme klang in meinen Ohren, als ich im Taxi nach Vinci saß, und bestärkte mich darin, die richtige Entscheidung getroffen zu haben.

Leider ließ sich sein trauriger, etwas verwirrter Hundeblick genauso wenig aus meinen Gedanken löschen wie das beschämende Szenario, das Giuseppe wohl beim Frühstück erwarten würde, wenn er seinen Eltern und den übrigen Gästen erzählte, dass seine Braut sich nicht getraut hatte und auf Nimmerwiedersehen verschwunden war. Außerdem erinnerte mich mein Taxifahrer in irritierender Weise an Silvio Berlusconi.

„Wo soll ich Sie herauslassen?“, fragte er in perfektem Oxford-Englisch, als wir das Ortsschild von Vinci passiert hatten.

Ich hatte schlichtweg keine Ahnung. Und so drückte ich ihm zwanzig Euro in die Hand und stieg aus.

Es war erst halb acht und die Straßen waren noch menschleer. Lediglich eine rotgetigerte Katze strich mir um die Beine, als ich mich orientierungslos umschaute. Ich stand am Rand einer sternförmigen Kreuzung. Rechts von mir lag die Straße, aus der ich gekommen war, zwei andere Straßen sahen aus, als ob sie in Wohngebiete führten, aber der steil ansteigende Weg vor mir schien der direkte Weg ins Zentrum von Vinci zu sein.

Und tatsächlich! Knapp zehn Fußminuten später stand ich vor einer überdimensionalen Skulptur von Leonardos vitruvianischen Menschen und betrachtete das langgestreckte Castello, in dem das

Lebenswerk des toskanischen Künstlers besichtigt werden konnte. Noch immer war ich keiner Menschenseele begegnet, die ich nach den führenden Hotels in Vinci hätte fragen können. Denn auch wenn ich den Namen des Hotels nicht kannte, in dem Nils und seine Schauspielkollegen abgestiegen waren, so nahm ich doch an, dass es kein einfaches Drei-Sterne-Haus sein würde. Irgendwann würde schon jemand auftauchen. Ich hatte es nicht eilig.

Langsam schlenderte ich an der Steinmauer des Castellos entlang und ließ meinen Blick über die Olivenhaine gleiten, von denen ganz Vinci eingerahmt schien. Eine Kirchturmuhr schlug acht Mal. Sie hatte einen tiefen, vollen Klang und neugierig ging ich dem Geräusch der Glocken nach. Sie führten mich zu einer kleinen romanischen Kirche. Ich drückte die Klinke des Eingangsportals nach unten und zu meiner großen Überraschung ließ sie sich öffnen. In München, aber auch in Marzling, wo meine Eltern wohnten, waren die kleineren Kirchen außer zu Messezeiten meist abgeschlossen. Das Innere der Kirche war winzig, aber freundlich. Durch die bunten Fenster fiel die Sonne herein und malte ein abstraktes Muster auf den Steinfußboden. Ein Hauch von Weihrauch lag in der Luft. Ich ließ meinen Blick umherschweifen und wurde unweigerlich von den schlanken, weißen Kerzen neben dem Opferstock angezogen. Nachdenklich beobachtete ich einige Augenblicke das ruhige Spiel der Flammen. Wie viele unerfüllte Träume mochten wohl in diesen stillen Hallen gefangen gehalten werden? Ich zündete eine Kerze für Giuseppe an und wünschte ihm, dass er eine Frau für seinen Ring finden würde, eine, die ihn mehr verdient hatte als ich. Dann verließ ich die Kirche.

In einer Nische zwischen Schloss und Burgturm entdeckte ich ein Straßencafé. Ein junges Mädchen mit blonden, hochgesteckten Haaren und Sommersprossen auf der Stupsnase war gerade dabei, einige blaue Plastiktische auseinanderzuschieben und einer schwarzen Tafel konnte ich entnehmen, dass Frühstück angeboten wurde. Ich setzte mich an einen der Tische und öffnete die Karte. Da ich nicht viel Hunger hatte, entschied ich mich für ein Panino mit Butter und Erdbeermarmelade und winkte die blonde Bedienung heran.

„Buon giorno!“, begrüßte die junge Dame mich freundlich und ihre blauen Augen blitzten.

„Buon giorno. Un panino con confettura di fragole.“

„Sie kommen aus Deutschland!“, rief sie entzückt in akzentfreiem Deutsch.

Etwas pikiert nickte ich.

„Ich komme aus Freiburg“, fuhr sie fort. „Ich habe mir nach dem Abitur ein Jahr Auszeit genommen. Eigentlich als Au pair, aber die Familie, die mir die Agentur vermittelt hatte, war einfach schrecklich und jetzt arbeite ich die letzten Monate in diesem Café. Darf ich mich ein wenig zu Ihnen setzen? Ich freue mich immer, wenn ich mit jemandem Deutsch reden kann.“

Ich deutete auffordernd auf den freien Plastikstuhl neben mir.

„Toll!“, freute sich das Mädchen. „Der Betrieb im Café beginnt meist erst gegen zehn. Bis dahin ist es immer ziemlich langweilig. Ich bin Nele.“ Sie streckte mir die Hand entgegen.

„Helga.“

„Ach! Jetzt habe ich ganz vergessen, Ihr Frühstück zu holen. Was möchten Sie trinken?“

„Die Mutter der Kinder war eine Künstlerin. Sie hat den ganzen Tag in ihrem Atelier gehockt und gemalt und der Vater, irgendein Firmenheini, war immer auf Geschäftsreise. Ich hatte nie frei und die Kinder haben gemacht, was sie wollten, weil mein Italienisch nicht gut genug war, um mit ihnen zu schimpfen“, erzählte Nele und rümpfte die Nase.

„Warum hast du von deiner Agentur keine andere Familie verlangt?“

„Nach dieser Erfahrung hatte ich die Nase voll von der Kinderbetreuung, aber sofort nach Hause wollte ich auch nicht und deshalb habe ich die Stelle in diesem Café angenommen. Abends bediene ich außerdem noch drei Mal in der Woche in der Pizzeria *Il Nicchio*."

„Kennst du dich in Vinci gut aus?"

„Klar. Der Ort ist winzig. Nach zwei Tagen kennt sich hier jeder gut aus."

„Ich suche ein Hotel. Vielleicht kannst du mir weiterhelfen. Weißt du, wo hier in Vinci deutsche Schauspieler abgestiegen sind?"

Nele überlegte einen Moment, doch dann schüttelte sie den Kopf. „Nein. Und ich müsste es wissen, denn Klatsch und Tratsch spricht sich hier schnell rum. Bist du dir sicher, dass diese Schauspieler in Vinci wohnen?"

„Nein, vielleicht wohnen sie auch nur in der Nähe von Vinci."

„Aber du musst es unbedingt wissen?"

Ich nickte.

„Sieht er gut aus?"

„Wer?"

Nele grinste. „Na, der Schauspieler, den du suchst. Oder bist du nur auf Promijagd?"

„Nein. Ich suche wirklich nach einem Schauspieler", gab ich etwas verlegen zu.

„Kennt man ihn aus dem Fernsehen?"

„Ich weiß nicht. Er heißt Nils Schönebeck.",

Nele schüttelte den Kopf. „Nein. Wo hast du ihn kennen gelernt? Gib mir einen Tipp! Wenn ich wieder zurück in Deutschland bin, suche ich mir auch einen Schauspieler als Freund."

„Wir mussten uns einen Mietwagen teilen, da wegen der Aschewolke der europäische Luftraum geschlossen war oder immer noch ist."

„Er ist immer noch geschlossen", antwortete Nele beiläufig, bevor sie sich wieder auf das eigentliche Thema ihres Interesses konzentrierte. „Und du musstest dir mit einem gutaussehenden Schauspieler den Mietwagen teilen! Wie romantisch!"

„Na ja, schon, aber nicht die ganze Zeit über. Es ist eine lange Geschichte." Ich erzählte Nele in groben Zügen von meiner Fahrt in die Toskana.

„Wow!", meinte sie beeindruckt, nachdem ich fertig war. „Wie im Film. Und das hast du wirklich alles innerhalb von drei Tagen erlebt."

Ich nickte. „Unglaublich, oder? Und zu Hause habe ich noch nicht einmal einen Fernseher."

„Das ist wirklich die romantischste Geschichte, die ich je gehört habe. Du musst diesen Nils unbedingt wiedersehen!", rief Nele begeistert. „Ich werde meinen Chef vom Il Nicchio anrufen. Walter ist die größte Klatschtante von Vinci. Wenn jemand weiß, wo hier in der Gegend deutsche Schauspieler abgestiegen sind, dann er."

Sie verschwand im Café. Nach kurzer Zeit erschien sie wieder mit einem breiten Lächeln auf dem Gesicht.

„Ich habe es ja gesagt, was Walter nicht weiß, ist nicht passiert. Hier in Vinci wohnen keine Schauspieler, aber in Lamporecchio, in der Casa Medioevale, einem todschicken Laden. Nur fünf Kilometer von hier."

„Danke!", jubelte ich und fiel Nele um den Hals, obwohl ich normalerweise nicht zur Überschwänglichkeit neigte. „Gibt es hier in Vinci einen Taxidienst?"

Nele lachte. „Nein, aber Alfredo, ein Rentner, verdient sich gerne etwas dazu."

„Kannst du mir sagen, wo er wohnt?"

„Ich bringe dich hin."

Alfredo wohnte in einem kleinen Häuschen, das so stark mit Efeu begrünt war, dass nur noch Fenster und Türen von der eigentlichen Fassade zu sehen waren. Er schien noch nicht lange wach zu sein, denn er empfing uns im Unterhemd und mit einer Zahnbürste in der Hand. Schnell erklärte ihm Nele unser Anliegen, doch er wackelte bedauernd mit seinem Kopf, der auf einem mageren Truthahnhals saß.

„Alfredo kann dich erst um halb elf fahren. Er geht gleich mit seiner Frau in die Sonntagsmesse."

„Um halb elf erst", wiederholte ich enttäuscht. „Solange möchte ich nicht warten. Kann er nicht ausnahmsweise auf seinen Kirchgang verzichten?"

„Vergiss es! Die Sonntagsmesse hier in Vinci ist ein gesellschaftliches Ereignis."

Sie wandte sich wieder an Alfredo, doch dieser schüttelte erneut den Kopf.

„Ich habe ihn gefragt, ob er dir nicht einfach sein Auto vermieten könnte", übersetzte Nele, „aber er meint, das würde seine Frau nicht erlauben. Er könnte dir aber sein Fahrrad anbieten."

Alfredo nickte und zeigte auf ein rotes Kinderfahrrad, das an der Hauswand lehnte und dessen Sattel und Lenker zwanzig Zentimeter nach oben gestellt worden waren. Ich musste unwillkürlich lachen bei dem Gedanken, wie ich mit diesem Gefährt bei der schicken Casa Medioevale vorfahren würde.

★★★

Zehn Minuten später saß ich auf Neles blauer, angerosteter Vespa in Richtung Lamporecchio. Die Schaltung des Rollers funktionierte glücklicherweise automatisch, und so musste ich nur Gas geben, lenken und bremsen. Die Vorstellung, mit der Vespa zu Nils zu fahren, war zwar kaum weniger absurd als die Fahrt mit einem Kinderfahrrad, aber wenigstens würde ich nicht verschwitzt und außer Atem bei ihm ankommen und mein Ziel in weniger als einer Stunde erreichen.

Tatsächlich benötigte ich lediglich eine Viertelstunde bis nach Lamporecchio. Die Vespa musste manipuliert sein, denn selbst die steilsten Hügel schoss sie mit achtzig Kilometer pro Stunde hinauf.

Ich blieb vor einer Bäckerei mit bunt verpackten Ostereiern im Fenster stehen und zog den Zettel aus der Hosentasche, auf dem Nele mir die genaue Adresse aufgeschrieben hatte.

Die Via Capalla fand ich recht schnell, mehr Schwierigkeiten hatte ich mit der Hausnummer fünfunddreißig, denn die Nummern der Häuser im Ort reichten nur bis zur Dreiundzwanzig. Ziellos kurvte ich mehrere kleine Seitenstraßen hoch und wieder hinunter, bis ich endlich an einem alten Bauern vorbeikam, der eine Ziege an der Leine neben sich herführte.

„La Case Medioevale?“, fragte ich ihn.

Das sonnengegerbte Gesicht des Mannes verzog sich zu einem Lächeln, das braune Zähne offenbarte.

„Oh, La Casa Medioevale, bellissima.“

Er zeigte auf eine steil ansteigende Straße durch einen Olivenwald, die ich zuvor schon einmal gefahren war, die mir aber zu holprig und unbefestigt erschien, als dass sie tatsächlich zu einem Hotel führen könnte.

Also setzte ich meinen Weg fort, vorbei an rot blühendem Klatschmohn und gelben Ranunkeln, und hoffte inständig, dass mir auf der engen, uneinsichtigen Straße kein Auto entgegen raste. Mir kam ein Auto entgegen, und das schon nach weniger als zwei Minuten, doch meine Befürchtungen, über den Haufen gefahren zu werden, erwiesen sich als unbegründet. Die sonnenbebrillte Fahrerin des schicken silbergrauen Cabrios hupte nämlich schon mehrere Meter vor der Kurve, so dass ich mich und den Roller noch schnell am Seitenrand in Sicherheit bringen konnte.

Als ich die Hoffnung schon fast aufgegeben hatte, doch noch auf ein Stück Zivilisation zu stoßen, erschien auf einmal ein Gehöft aus Natursteinen im Hang und gleich darauf zwei weitere. Erst als ich das letzte Haus passiert hatte und in einer schmalen Einbuchtung wenden wollte, fiel mir das Schild an einem Olivenbaum auf, auf dem stand *Parking Casa Medievale.* Ich hatte mein Ziel erreicht.

Ich folgte dem Schild einige Meter den Berg hinab und stellte die Vespa auf einem gekiesten Platz neben der Hundehütte eines Golden Retrievers ab, der begeistert zu bellen begann, als er mich sah. Flüchtig tätschelte ich dem Tier über den Kopf und stieg eine aus unregelmäßigen Natursteinen gehauene Treppe hinauf in eine große mediterrane Gartenanlage, von der man einen phantastischen Blick auf die umliegenden Hügel hatte. Zwischen zwei der Bäume pendelte eine gelbgestreifte Hängematte im Wind und im hinteren Bereich konnte ich die leuchtendblaue Wasseroberfläche eines Swimmingpools erkennen. Ein Hahn krähte lauthals, als würde er mein Erscheinen ankündigen wollen. Und tatsächlich kam gleich darauf eine junge Frau mit lockigen braunen Haaren aus einer Terrassentür heraus und schaute mich fragend an. Anscheinend war es nicht üblich, dass Neuankömmlinge das Grundstück über den Parkplatz betraten.

„I am looking for one of the actors, Nils Schönebeck. Where can I find him?"

Die Frau blieb distanziert. „Warten Sie einen Moment hier draußen, ich suche jemanden, der Ihnen weiterhelfen kann", antwortete sie ebenfalls auf Englisch.

Sie führte mich unter eine große Loggia, die durch cremefarbene, locker gebundene Vorhänge und terrakottafarbene Kübel mit weißen und gelben Calla von der restlichen Gartenanlage abgetrennt war. Ich ließ mich auf einem Lounge-Sofa nieder und die Frau verschwand im Inneren des Hauses. Bald würde ich Nils wiedersehen. Ich wusste noch gar nicht recht, was ich ihm sagen sollte.

Ich lehnte mich zurück und versuchte, mich zu entspannen. Obwohl es in dem Garten keine Sekunde still zu sein schien, Vögel zwitscherten, ein Traktor brummte, im Nachbarhaus stritten sich zwei Kinder, herrschte dennoch eine unglaublich friedliche Stimmung. Auf einmal merkte ich, wie müde ich eigentlich war und ich stellte mir vor, ich würde in der gelbgestreiften Hängematte liegen und vom Wind sanft hin und hergeschaukelt werden. Fast wäre ich auf dem bequemen Sofa eingenickt, hätte nicht auf einmal die braun-gelockte Frau wieder neben mir gestanden.

„Kommen Sie mit!“, forderte sie mich auf und führte mich in den Frühstücksraum, der gleich neben der großen offenen Küche lag. Um einen runden Tisch saßen mehrere Männer und Frauen versammelt und frühstückten. Bei meinem Erscheinen blickten alle auf. Nils konnte ich unter ihnen nicht ausmachen.

„Guten Morgen“, sagte ich unsicher.

Die Gruppe grüßte freundlich, aber etwas irritiert zurück. „Bitte entschuldigen Sie die Störung. Aber ich suche Nils Schönebeck. Ist er hier?“, fragte ich und kam mir dabei wie ein Groupie vor.

Verstohlen huschten Blicke hin und her und einige Augenblicke antwortete niemand. Doch dann stand eine mütterliche Frau mit kurzen blonden Haaren auf, die mir vage bekannt vorkam.

„Ich bringe Sie zu unserem Regisseur. Zu Joachim Peters.“

Sie führte mich durch ein Kaminzimmer hindurch zu einer Bibliothek. Auf einem Ledersofa saß ein braun gebrannter Mann und redete hektisch in sein Handy.

„Das ist er“, flüsterte die Frau und verzog sich wieder in Richtung Küche.

Als der Regisseur mich sah, blickte er kurz auf, schien mich jedoch nicht für interessant zu befinden und sprach weiter. Während des Gesprächs fuhr er sich immer wieder mit einer Hand durch seine Haare, so dass diese bald wie Igelstacheln vom Kopf abstanden.

Etwas unbehaglich blieb ich auf der Treppe stehen und lauschte seinen Worten. In dem Gespräch schien es um einen Schauspieler zu gehen, der wegen der Aschewolke noch immer in München festsaß. Das konnte nicht Nils sein!

Erst nach einigen Minuten beendete Joachim Peters das Gespräch.

„Dieser Vulkan ist mir scheißegal. Schaffen Sie ihn her. Sonst bekommen Sie eine saftige Vertragsstrafe aufgebrummt“, blaffte er und schmiss dann das Handy auf den Tisch.

„Was ist?“, fuhr er mich an. Wahrscheinlich hielt er mich für eine Bedienstete.

„Ich suche Nils Schönebeck. Wissen Sie, wo er ist?"

„Nicht hier." Joachim Peters klopfte mit einem Kuli auf den Tisch.

„Und wo ist er?", fragte ich vorsichtig. Der Regisseur wirkte auf mich ebenfalls wie ein Vulkan, der kurz vor dem Ausbruch stand.

„Keine Ahnung. Und er soll froh sein, dass ich es nicht weiß. Sonst könnte ich für nichts mehr garantieren. Wer sind Sie überhaupt?", fragte er auf einmal, als schien ihm erst jetzt aufgegangen zu sein, dass ich kein Zimmermädchen war.

„Ich heiße Helga Baum. Ich musste mir mit Herrn Schönebeck zusammen einen Mietwagen nach Italien teilen. Er ... hat etwas bei mir vergessen. Das wollte ich ihm wiedergeben."

Der Regisseur ließ für einen kurzen Augenblick erschöpft sein Gesicht in seine Hände sinken, um sich zu sammeln. Dann fuhr er sich energisch mit beiden Händen durch die Haare und sah danach wie ein verzweifelter Albert Einstein aus.

„Nils ist hier nicht erschienen. Gestern Morgen hat er angerufen und abgesagt", erklärte er mir mit müder Stimme. „Und ich bekomme wegen der Aschewolke so schnell keinen Ersatz für ihn." Erneut verbarg er sein Gesicht in den Händen und gab mir damit wohl zu verstehen, dass das Gespräch für ihn an dieser Stelle beendet war.

Wie betäubt verließ ich das Hotel und setzte mich auf Neles Vespa. Schon wieder ein Zeichen! Nils war nicht nach Vinci gefahren. Er hatte Recht gehabt. Vielleicht sollte ich tatsächlich einmal eine Zeitlang alleine sein und lernen, mit mir selbst auszukommen anstatt ständig irgendwelchen Männern hinterherzurennen.

Sechszehn

Von Pisa bis München brauchte ich mit dem Zug zwölfeinhalb Stunden. Zehn Stunden davon schlief ich. Die restliche Zeit weinte ich.

Bis Giuseppe seine Sachen aus meiner Wohnung geholt hatte, blieb ich bei meinen Eltern in Marzling. Der Zeitpunkt meines Besuches war ungünstig, da Milla mehr oder weniger den ganzen Tag über damit beschäftigt war, den Parkplatz vor ihrem Haus zu beobachten und den Corsa umzuparken, um den *schrecklichen Aibl* daran zu hindern, ihr Aussicht und Nachtruhe zu rauben. Doch als sie mich mit rot verweinten Augen in der Tür stehen sah, siegte ihre mütterliche Ader und sie konzentrierte ihre ganzen Anstrengungen darauf, mich wieder aufzubauen, was sich darin zeigte, dass sie mir literweise grünen Tee einflößte und ich mir jeden Tag eine Engelkarte ziehen musste.

Zurück in München versuchte ich, so gut ich konnte, mein altes Leben wieder aufzunehmen, was aber gar nicht so einfach war, da nicht Giuseppe und auch sonst kein Mann, sondern ausnahmsweise einmal ich selbst die Hauptrolle darin spielte. Es war seltsam, nicht die Freundin von jemand, sondern einfach nur Helga zu sein, und noch viel seltsamer war es, dass ich auf einmal neben meinem Beruf so viel Zeit übrig hatte. Zeit, nach der ich mich, seitdem ich das Studium abgeschlossen hatte, immer gesehnt hatte, mit der ich aber jetzt nicht allzu viel anzufangen wusste. Im Gegenteil! Sie machte mir die Leere in meinem Leben noch viel deutlicher bewusst, als es ein voller Terminkalender erlaubt hätte.

Ich versuchte, diese Leere mit allerlei Aktivitäten auszufüllen. Ich wurde Mitglied in einer gemischten Hobby-Volleyball-Mannschaft, bei gutem Wetter joggte ich mit Fee durch den Englischen Garten oder fuhr an der Isar Fahrrad und manchmal ging ich abends mit Bekannten, bei denen ich mich schon seit ewigen Zeiten nicht mehr gemeldet hatte, zum Essen. Und ich holte mir zwei kleine, wuschelige Katzenbabys aus dem Tierheim. Ich nannte die beiden Lydia und Lorenzo und sie sorgten dafür, dass das frei gewordene Bett in meinem Schlafzimmer nicht lange leer blieb.

Die Trennung von mir und Giuseppe war undramatisch verlaufen. Nachdem er aus der Toskana zurückgekehrt war, packte er seine Zahnbürste, seinen Schlafanzug und einige Kleider, die er bei mir deponiert hatte, in einen Koffer und zog wieder in seine eigene Wohnung. Es flogen keine Tassen durch die Gegend, es flossen keine Tränen und es wurden auch keine bösen Worte ausgesprochen. Die fehlende Leidenschaft, die in unserer Beziehung geherrscht hatte, erwies sich bei unserer Trennung als wahrer Segen. Denn wir blieben einfach das, was wir die ganzen zwei Jahre zuvor mehr oder weniger gewesen waren: Freunde.

Ich schätzte Giuseppe sehr. Ich mochte seine Freundlichkeit, seine Aufmerksamkeit und auch die Ruhe, die er ausstrahlte und die von mehreren Mitgliedern meiner Familie als „Lahmarschigkeit" bezeichnet worden war. Und ich war mir sicher, dass er von der richtigen Frau an seiner Seite auf Touren gebracht werden konnte. Wir trafen uns alle paar Wochen zum Essen, zum Badminton spielen oder einfach nur zum Reden. Er war ein weitaus besserer Freund, als er ein Liebhaber gewesen war.

Männer spielten in meinem Leben ansonsten keine Rolle. Obwohl ich zugeben musste, dass ich ein paar Monate nach meiner Rückkehr, als mir das Alleinsein gar zu erdrückend erschien, versuchte, mich probehalber in meinen Kollegen HDK zu verlieben. Es wäre wirklich praktisch gewesen. Aber der Funke wollte und wollte zwischen uns nicht überspringen. Und so sehr ich es auch versuchte: Ich konnte Nils nicht vergessen. Ein paar Male dachte ich darüber nach, ihn anzurufen. Aber wirklich nur kurz! Was hätte ich schon sagen können?

Ich sprach mit niemandem über ihn. Aber ich kam auch gar nicht in die Verlegenheit. Meine Eltern und meine Schwestern merkten zwar, dass ich traurig war, aber sie schoben diesen Zustand meiner Trennung von Giuseppe zu und fragten nicht weiter nach. Sie versuchten lediglich, mich so unauffällig wie möglich von meinem Kummer abzulenken, indem sie in den ersten Wochen zu jeder erdenklichen Tages- und Nachtzeit vor meiner Tür auftauchten, um mir Gesellschaft zu leisten. Selbst mein Vater kam mich unter dem fadenscheinigen Vorwand besuchen, er müsse sich ein paar neue Hemden kaufen und ich solle ihn dabei beraten.

Aber dann passierte im Spätsommer etwas, was die geballte Aufmerksamkeit von mir und auch Lillys Verlobung weg auf ein anderes Mitglied unserer Familie lenkte und was mein mühsam aufgebautes Gleichgewicht wieder ins Wanken brachte: Fee verkündete uns nämlich eines Sonntagnachmittags auf der Terrasse meiner Eltern, dass sie und ihr Freund Sam ein Baby erwarteten.

„Ich wusste gar nicht, dass ihr eins haben wolltet“, sagte Mia unverblümt und biss in ein großes Stück Erdbeerkuchen.

„Wollten wir auch nicht, aber es ist nun mal passiert und nun müssen wir das Beste daraus machen.“

„Aber hast du überhaupt genug Geld für ein Kind?“, wandte Mia sich an den Kindsvater in spe, der etwas zerknittert in der Ecke saß und mittlerweile schon den dritten Espresso in sich hineinschüttete. „Du hast schließlich gerade deine Chance auf ein Leben in Saus und Braus hingeworfen, um ekelhaften, kleinen Rotzgören Rechnen beizubringen?“

Er hatte sein Vorhaben nämlich tatsächlich in die Tat umgesetzt und fing nach den Sommerferien sein Lehramtsreferendariat an.

Sam lächelte nur schwach und bestellte bei meiner Mutter noch einen vierten Espresso.

„Bist du sicher, dass er sich auf das Baby freut?“, fragte Milla skeptisch, als er kurz auf der Toilette verschwunden war.

„Natürlich. Er zeigt es nur nicht. Am Anfang war er natürlich etwas geschockt – wir hatten das Baby ja nicht geplant –, aber jetzt freut er sich.“

„Man sieht es“, brummte Mia.

Doch Fee beachtete sie nicht. „Er kommt morgen sogar mit in ein Babygeschäft. Wir wollen uns einen dieser schicken City-Kinderwagen ansehen, einen Bugaboo“, plapperte sie weiter. „Ihr wisst schon, den Kinderwagen, den auch Heidi Klum und Claudia Schiffer hatten. Ist das nicht aufregend?“

Ich nickte bemüht begeistert, war aber von der Neuigkeit wie vor den Kopf geschlagen. Die Aussicht, einen kleinen Neffen oder eine kleine Nichte zu bekommen, war wirklich schön, aber Lilly verlobt, Fee schwanger, jetzt fehlte es nur noch, dass Mia einen festen Job annahm, und ich wäre endgültig die einzige von uns Schwestern, in deren Leben der Zeiger rückwärts statt vorwärts lief.

Doch auch Mia war über die Babyneuigkeiten nicht gerade entzückt, denn sobald Fee und Sam unsere Kaffeerunde verlassen hatten, fing sie an zu lästern.

„Ist sie nicht unglaublich? Fee wollte nie Kinder haben, aber nun stellt sie es so hin, als könne sie sich nichts Schöneres vorstellen, Babykacke an sich kleben zu haben und mit Brei vollgespien zu werden. Und das hohle Gerede von diesem Kinderwagen, ihr wisst schon, den, den auch Heidi Klum und Claudia Schiffer hatten.“ Sie äffte Fees Tonfall nach.

„Was hast du von jemand erwartet, dessen Hamster Paris Hilton heißt und der nachts eine rosa Schlafbrille mit der Aufschrift *Prinzessin* trägt“, meinte ich müde. „Du solltest nicht so streng mit ihr sein.

„Du hast Recht“, lenkte Mia ein. „Sie kann nichts dafür. Dieser Job bei *trend* hat ihr das letzte bisschen Hirn rausgezogen.“

Milla sah ihre zweitjüngste Tochter strafend an. „Fee hat wenigstens eine geregelte Arbeit."

Ein weiterer unangenehmer Nebeneffekt des Alleinseins war, dass ich nicht nur furchtbar oft an Nils, sondern auch furchtbar oft ans Essen dachte. Ich war immer schlank gewesen. Doch trotz meiner zahlreichen Leere-füllenden sportlichen Aktivitäten sorgten Pizza, Pasta und Schokolade innerhalb weniger Monate dafür, dass ich nach und nach auseinanderging wie Popcorn in der Mikrowelle.

Die körperliche Veränderung kam zunächst schleichend. Ich merkte, dass meine Blusen anfingen, in der Mitte unschön auseinander zu klaffen. Im Brustbereich erschien mir ein Größenzuwachs zunächst nicht besonders dramatisch, außerdem ließ sich dieses Problem nach dem Motto *Aus den Augen, aus dem Sinn* leicht beheben. Ich zog einfach einen Pullunder über die Blusen und sie saßen wieder perfekt. Schlimmer wurde es, als mir meine Lieblingsjeans nicht mehr passte. Ich hatte schon seit einiger Zeit Probleme gehabt, sie zu schließen, aber eines Tages wehrte sich der Reißverschluss besonders hartnäckig und entzog sich meinem Ziehen und Zerren, indem er an der Naht, die ihn mit dem Hosenstoff verband, aufplatzte. Ich musste abnehmend. Dringend! Und mich endlich dem Punkt auf meiner To-do-Liste stellen, den ich schon seit Wochen vor mir herschob: Ich musste mir neue Kleider kaufen.

Im Herbst, ich hatte zusammen mit meiner Mutter ein Café betreten, das eine verspiegelte Glasfront hatte, musste ich mir resigniert eingestehen, dass Milla mit ihrem ständigen Gestichel über meinen langweiligen Kleidungsstil recht hatte. Wer nicht direkt in unsere Gesichter schaute, konnte ohne weiteres annehmen, dass sie die Tochter und ich die Mutter war. Denn während ich mit Jeans, einem beigen Shirt, einer Strickjacke und flachen braunen Schuhen bekleidet war, trug meine Mutter eine goldglänzende Pumphose, ein cremefarbenes Shirt mit Spitzenausschnitt und hohe Stiefeletten in Cognac, der Trendfarbe der Saison, wie sie mir versicherte.

Danach hatte ich beschlossen, dass sich in meinem Leben modisch etwas ändern musste. Aber bisher hatte ich es einfach noch nicht geschafft, diesen Entschluss auch in die Tat umzusetzen.

Erst als ich auch eine zweite Jeans trotz unmöglicher Verrenkungen nicht mehr schließen konnte, gab ich auf und machte mich an einem verschneiten Samstagmorgen im Januar zusammen mit Lilly auf zum Münchener Marienplatz.

Wir gingen in das Kaufhaus Ludwig Beck und suchten zusammen eine neue Jeans, ein zart roséfarbenes Oberteil mit V-Ausschnitt und eine weiße Bluse für mich aus. Danach wäre ich am liebsten wieder nach Hause gegangen.

„Ich verstehe nicht, wieso alle Frauen so gerne einkaufen gehen. Ich hasse diese ständige Umzieherei“, murrte ich.

Doch Lilly zeigte sich erbarmungslos. „Nichts da. Schwächeln gilt nicht.“ Und sie zerrte mich in die nächste Abteilung, wo sie mir eine senffarbene Hose, einen braunen Pullover und ein gemustertes Halstuch aufdrängte. Am Schluss gingen wir noch in die Schuhabteilung und ich musste mir sandfarbene Schnürstiefeletten und kniehohe schwarze Stiefel kaufen.

„Bist du nun zufrieden?“, fragte ich und zückte mit schmerzverzerrtem Gesicht erneut meine Kreditkarte.

„Fast. Aber eine Sache fehlt noch.“

„Was denn?“

„Du brauchst dringend neue Unterwäsche“, sagte Lilly. „Was ich vorhin in der Umkleidekabine an dir gesehen habe, kann ich nicht durchgehen lassen. Du kannst doch keine Baumwollunterwäsche tragen! Jedenfalls nicht, wenn du jemals wieder mit jemandem zusammenkommen willst.“

Resigniert folgte ich ihr.

„Guten Tag, kann ich Ihnen behilflich sein?“, fragte uns eine Verkäuferin, kaum dass wir die Wäscheabteilung betreten hatten. Sie war klein und zierlich und hatte einen dicken, taillenlangen Zopf.

„Danke, ich komme zurecht. Ich schaue mich nur um.“

Doch die Verkäuferin ignorierte meinen Einspruch. „Wir haben gerade heute Morgen schöne neue Modelle hereinbekommen.“

„Gut“, gab ich nach. „Zeigen Sie sie mir! Aber ich möchte nichts Buntes.“

„Welche Größe haben Sie?“, fragte sie mich.

„Achtunddreißig“, wollte ich schon sagen. Aber dann fielen mir meine auseinanderklaffenden Blusen ein. „Wahrscheinlich vierzig“, meinte ich schicksalsergeben.

Die Verkäuferin verschwand und tauchte nur wenige Augenblicke mit mehreren Wäschesets auf. Sie reichte sie mir in die Umkleidekabine. Sie hatte einen wirklich guten Geschmack. Ich griff nach einem weißen BH und zog ihn an. Er passte wie angegossen. Dann griff ich nach dem dazu passenden Spitzenslip und wollte ihn gerade überstreifen, als mein Blick auf das Etikett fiel. Das musste ein Irrtum sein! Größe vierundvierzig! Ich griff nach dem nächsten Set! Vierundvierzig! Und nach einem dritten. Ebenfalls.

Ich schaute durch den Schlitz des Vorhangs hindurch.

„Gibt es ein Problem?“, fragte die Verkäuferin.

„Ja, Vierundvierzig ist zu groß. Könnten Sie mir die Slips bitte ein oder zwei Nummern kleiner bringen?“

„Aber sie müssen immer zwei Nummern größer als die normale Kleidergröße gekauft werden“, sagte die Frau. Als sie meinen verzweifelten Gesichtsausdruck sah, fügte sie hinzu: „Ich selbst muss bei Slips auch immer zu zwei Größen mehr greifen.“

Da sie selbst bei zwei Größen plus aber bestimmt auf keine höhere Zahl als vierzig kam, konnte sie mich mit dieser Aussage nicht aufheitern, aber ich honorierte ihren Versuch, der Zahl vierundvierzig etwas von ihrem Schrecken zu nehmen und beschloss, zumindest so zu tun, als ob ich sie anprobieren würde. Lilly kam zu mir in die Umkleidekabine. Unentschlossen hielt ich die Spitzenunterhose in der Hand.

„Ich glaube nicht, dass ich sie anziehen kann. Es ist vierundvierzig. Mein Gott!"

„Aber die Verkäuferin hat recht. Slips muss man zwei Nummern größer kaufen. Sie schneiden sonst in der Hüfte ein. Diese Unterhose ist also eigentlich Größe vierzig."

„Aber vierzig ist immer noch zwei Größen über sechsunddreißig."

In einer Zeitschrift hatte ich gelesen, dass man sich in angsteinflößenden Situationen vorstellen sollte, was im allerschlimmsten Fall passieren könnte. Die Realität würde in neunzig Prozent aller Fälle weitaus weniger schrecklich sein.

Der allerschlimmste Fall, der in dieser Situation eintreffen könnte, war, dass mir auch Größe vierundvierzig nicht passte und ich nach Größe sechsundvierzig fragen musste. Ich wartete vergeblich darauf, dass dieser Gedanke etwas von seinem Schrecken verlor.

„Ich kann diese Unterhose wirklich beim besten Willen nicht anziehen. Stell dir vor, mir passt sie nicht."

Lilly konnte nur mühsam ein Lachen unterdrücken. „Sie passt dir bestimmt. Glaub mir, du wirst gertenschlank darin aussehen. Ich würde nur das Etikett darin raustrennen."

„Warum?"

„Na ja, wenn du wieder einen Freund hast ... Du weißt schon. Soll er wirklich wissen, dass du vierundvierzig trägst?"

„Gut, das reicht. Du hast mich überzeugt. Ich komme erst wieder, wenn ich mindestens fünf Kilo abgenommen habe."

Ich zog den BH aus und verließ schnell die Umkleidekabine, um mich von Lilly nicht noch einmal umstimmen zu lassen. Dabei prallte ich gegen einen jungen Mann, der vor der Nachbarkabine stand.

„Entschuldigung!", murmelte ich.

Er blickte auf. Oh nein! Damit hatte ich nicht gerechnet.

„Helga!“, sagte der junge Mann, nun auch ziemlich überrascht.

Ich hörte, wie Lilly hinter mir scharf die Luft einzog.

„Olli!“, antwortete ich mechanisch. „Was machst du denn hier?“ Ich versteckte meine Unterwäsche hinter meinem Rücken.

„Ich warte auf meine Freundin. Sie sucht sich einen Bikini aus. Wir fliegen nächste Woche nach Ägypten.“

„Das ist schön. Ein paar Tage in der Sonne zu verbringen, darauf hätte ich auch Lust.“ Meine Stimme ließ jeglichen Enthusiasmus vermissen.

„Aber du musst arbeiten, oder? Immer noch beim DGB tätig?“

„Ja, und du? Immer noch ...?“

In diesem Moment wurde der Vorhang der Umkleidekabine beiseitegeschoben und besagte Freundin erschien. Es war nicht mehr Nathalie, wegen der mich Olli verlassen hatte. Es sei denn, Nathalie wäre innerhalb der letzten zweieinhalb Jahre zwanzig Zentimeter gewachsen. Denn diese Frau war sogar noch größer als ich. Sie musste über eins achtzig sein und wog bestimmt keine sechzig Kilo. In einem winzig kleinen Bikini stand sie vor mir, trotz des Winterwetters braun gebrannt und mit langen, seidigschwarzen Haaren. Fragend schaute sie mich an!

Jede Frau, die schon einmal von einem Mann verlassen worden ist, wird mich verstehen können, wenn ich sage, dass ich mir die erste Begegnung zwischen Olli und mir nach unserer Trennung schon hundert Male in den verschiedensten Variationen ausgemalt hatte. Es wäre unnötig, jeden einzelnen dieser Tagträume detailliert zu beschreiben. Denn letztendlich hatten sie alle etwas gemeinsam: Ich selbst stand strahlend schön und gertenschlank einem unglücklichen, einsamen und am besten auch noch erkälteten Olli gegenüber. Und niemals, wirklich niemals, hatte ich bei all den erdachten Szenarien Unterwäsche in Größe vierundvierzig in der Hand und Olli ein Topmodel an seiner Seite.

„Yanni, Helga. Helga, Yanni“, stellte Olli uns gegenseitig vor und blähte sich auf vor Stolz. Lilly hatte sich diskret in den Hintergrund verzogen. „Helga ist eine ... alte Bekannte von mir.“

Ich nickte unbehaglich. Yanni lächelte huldvoll. Dann wandte sie sich wieder ihrem Freund zu.

„Nu, wie findsdn den Bigini? Iss doch ooch guhd, odor?", fragte sie Olli in breitem Sächsisch und fuhr sich geziert mit ihren manikürten Fingernägeln über Hüfte und Bauch.

Ich biss mir auf die Unterlippe. „Olli, ich muss weiter. Lilly und ich sind noch zum Mittagessen verabredet. War schön dich getroffen zu haben." Gott möge mir diese unsagbar große Lüge verzeihen!

Olli zuckte mit den Schultern. „Kein Problem. Hätte dich eben fast gar nicht erkannt. Ich hatte dich gar nicht so füllig in Erinnerung." Er lächelte mich an.

Fasziniert bemerkte ich, dass dabei seine Mundwinkel immer noch nach unten zeigten. Füllig! Klar! Ich presste die Lippen zusammen, um nicht laut loszulachen.

Ich schaffte es noch bis kurz hinter das Kaufhaus, meine Fassade aufrecht zu halten. Doch kaum hatte ich den Fischbrunnen erreicht, ließ ich mich auf dessen Mauer sinken und es schoss aus mir heraus. Ich lachte so laut und heftig, dass mir die Tränen über die Wangen liefen und ich mehrmals nach Luft schnappen musste, um wieder zu Atem zu kommen. Lilly beobachtete mich besorgt.

Erst nach mehreren Minuten merkte ich, dass sich der unbändige Lachreiz in mir legte, und ich wischte mir die Tränen aus den Augen.

„Geht es dir gut?", fragte Lilly vorsichtig.

„Nun ja, so gut wie es einem geht, wenn man seinem Exfreund begegnet und dieser Miss Universum an seiner Seite hat, man selbst aber Unterwäsche in XXL in der Hand hält."

„Ach, so schön war seine Neue auch wieder nicht. Und die Slips in deiner Hand haben winzig ausgesehen", versuchte Lilly abzuschwächen.

„Du brauchst mich nicht zu trösten. Dieser Moment war einfach nur grotesk. Aber auch heilsam."

„Wieso das?"

„Ich hatte die ganze Zeit über Angst davor, Olli wiederzusehen. Aber jetzt bin ich froh, dass ich es hinter mir habe. Hast du gehört, wie Ollis neue Freundin geredet hat? Und hast du gesehen, dass sich Ollis Mundwinkel selbst beim Lachen kein bisschen nach oben gezogen haben? Und dann auch noch dieses Wort. Füllig! Was für ein Idiot!" Ich begann erneut zu lachen.

Nur eine Woche später lernte ich wieder einen Mann kennen. Sebastian Nebert. Er war in einem meiner Wochenendseminare gewesen und lud mich am Ende unseres gemeinsamen Tages noch auf einen Salat im trendigen Nage und Sauge im Münchner Stadtteil Lehel ein.

„Dies ist eines meiner Lieblingsrestaurants", erklärte er mir, als wir Samstagsabend bei gedämpftem Licht in dem proppevollen Szenerestaurant saßen und ich mich nicht so recht zwischen Salat Olpe mit gegrillten Zucchini und Kichererbsen oder Salat Rosmarino mit Kartoffeln und Bohnen entscheiden konnte.

„Meines auch. Ich finde, hier haben sie die beste Pasta und die besten Salate der Stadt. Und es schmeckt einfach alles. Selbst so exotische Dinge wie Fenchelpüree und Kürbisparfait", sagte ich.

„Dann sind Sie öfter hier?"

„Nein, leider nicht. Meistens nur, wenn ich in die Stadt muss, und das ist nur selten der Fall. Ich gehe nicht gerne einkaufen."

„Ich auch nicht." Er lächelte mich an. „Aber das ist bei Männern wohl auch nicht ganz so ungewöhnlich wie bei Frauen. Was machen Sie dann in ihrer Freizeit?"

Ich überlegte kurz. „Vieles. Fahrrad fahren, joggen, essen gehen, lesen, Kino."

„Mainstream-Filme oder eher Independent?"

„Beides. Am liebsten aber Filme mit Angelina Jolie oder Scarlett Johansson."

„Genau das sind auch meine Lieblingsschauspielerinnen. Welcher Film mit Scarlett Johansson hat Ihnen am besten gefallen?"

„Ganz klar *Lost in Translation.* Und verraten Sie mich nicht: *Der Pferdeflüsterer.*"

Er lachte.

„Ansonsten gehe ich gerne ins Museum, am liebsten in die Pinakothek der Moderne."

„Sie mögen Kunst? Ich auch. Früher wollte ich am liebsten Grafikdesign studieren. Aber dann habe ich mich doch breit schlagen lassen, in die Kanzlei meines Vaters einzusteigen. Jetzt male ich nur noch hin und wieder zur Entspannung."

„Ein malender Rechtsanwalt. Das ist ungewöhnlich."

„Nicht weniger als eine attraktive Gewerkschafterin." Er lächelte charmant. „Wir scheinen eine ganze Menge Gemeinsamkeiten zu haben."

Am Ende des Abends fragte Sebastian mich, ob wir uns nächstes Wochenende wiedersehen könnten.

„Haben Sie Lust, mit mir in die Pinakothek zu gehen? Oder ins Kino? Wir könnten uns *The Tourist* mit Angelina Jolie und Johnny Depp anschauen. Wussten Sie, dass ein Deutscher bei diesem Film Regie geführt hat?"

Ich wollte schon zusagen, doch dann fiel mir Nils ein. Wie er am Gardasee mit mir zusammen auf einem Steg gesessen und mir erzählte hatte, wie gerne er selbst hinter statt vor der Kamera stehen würde. Er hatte dabei so glücklich ausgesehen. Dieser Mistkerl! Sich ausgerechnet jetzt wieder in meine Gedanken zu schleichen!

Ich lehnte Sebastians Einladung unter dem fadenscheinigen Vorwand ab, in nächster Zeit mit meiner Seminararbeit komplett ausgebucht zu sein. Und hätte mir dafür in den Hintern beißen können!

Da saß ich nun. Ende dreißig, mit mehreren angefutterten Kilos auf den Rippen, seit neun Monaten ohne Sex und gab einem gut aussehenden Rechtsanwalt, der sympathisch war, dieselben

Interessen hatte wie ich und darüber hinaus auch noch ein deutliches Interesse an mir zeigte, einen Korb. Ich doofes Huhn!

Und das war der Moment, in dem mir klar wurde, dass es so nicht weitergehen konnte. Ich musste Nils wiedersehen, im kalten, grauen Deutschland und dafür sorgen, dass der sonnengetränkte Schleier unserer gemeinsamen Zeit endlich verflog und Platz für einen Neuanfang machte. Mit Nils hatte ich keinen Alltag erlebt. An seine schlechten Seiten, die er definitiv besaß und die mich am Anfang unserer Reise schier in den Wahnsinn getrieben hatten, konnte ich mich mittlerweile kaum noch erinnern. Zurück blieb nur noch all das Schöne, das wir miteinander erlebt hatten, und der Zauber.

Ich dachte kurz an die Begegnung mit Olli letzte Woche. Wenn es so leicht war, böse Geister durch ein einfaches Wiedersehen abzuschütteln, so musste das doch auch mit guten Geistern möglich sein! Und wieder rief ich Fee an, die trotz ihres Mutterschutzes noch weiter arbeitete.

„Du musst mir helfen!", kam ich ohne Einleitung auf den Punkt. „Ich möchte mich mit Nils Schönebeck treffen. Weißt du, wo ich ihn finden kann?"

„Mit Nils Schönebeck? Den konntest du doch damals überhaupt nicht leiden. Warum willst du ihn wiedersehen?"

Ich seufzte. „Das ist eine längere Geschichte. Ich erzähle sie dir, aber erst muss ich wissen, ob du mir helfen kannst."

Fee überlegte. „Gute Frage. Aus dem Stegreif kann ich es dir nicht sagen. Aber ich kann bei mir in der Redaktion nachfragen, welche Events in der nächsten Zeit angesagt sind und mir die Gästelisten mailen lassen."

Zehn Minuten später rief sie mich zurück.

„Nächste Woche drehe ich im *Bayerischen Hof* beim Deutschen Filmball. Dort wird er mit Sicherheit hingehen."

„Kannst du mich mitnehmen?" Bisher hatte ich meine Schwester noch nie darum gebeten, sie zu Veranstaltungen begleiten zu dürfen.

„Du bräuchtest eine Akkreditierung, das heißt, du müsstest auf der Presseliste stehen. Und das tust du nicht. Hm, lass' mich überlegen! Mit etwas Make Up und der entsprechenden Frisur könnte man dich eventuell für eine Kollegin von mir halten. Und so genau schauen die Türsteher sich die Presseausweise auch nie an. Ich werde Karen fragen, ob sie mir ihren Ausweis für nächsten Samstag leiht."

Karen Einhauser hatte tatsächlich eine ähnliche Gesichtsform wie ich und ebenfalls dunkelblonde Haare. Danach hörte unsere Ähnlichkeit jedoch auf, denn ihre Haare waren nicht lang und leicht gelockt wie meine, sondern sie trug sie zu einem glatten Bob geschnitten.

„Besteht die Chance, dass das Foto schon einige Jahre alt ist und Karens Haare mittlerweile gewachsen sind?", fragte ich Fee, als wir gemeinsam einen Tag später im *Backhaus* in der Nymphenburger Straße saßen und einen Cappuccino schlürften.

„Nein. Presseausweise müssen immer auf einem aktuellen Stand sein."

„Also, was soll ich tun?"

Fee grinste. „Schnipp, schnapp!" Sie unterstrich ihre Worte mit einem Auseinander- und Zusammenklappen von Zeige- und Mittelfinger. „Oder du trägst eine Perücke."

„Ich lasse mir die Haare schneiden." Die Worte waren aus mir heraus geströmt, ohne dass ich darüber nachgedacht hatte.

„Ernsthaft! Du hast schon, so lange ich mich erinnern kann, lange Haare."

„Nach meinem Kindheits-Trauma mit dem Topfschnitt war ich lange Zeit nicht offen für etwas Neues! Aber jetzt! Ich lasse sie mir abschneiden."

„Sicher?"

„Ja“, antwortete ich und meinte „Nein!“ Aber es war Zeit für einen dramatischen Einschnitt in meinem Leben und wenn dafür meine Haare fallen mussten, dann sollte es so sein.

Karen erklärte sich sofort bereit, den Samstagabend gemütlich mit ihrem Freund auf der Couch zu verbringen und mir ihren Presseausweis zu überlassen und Fee machte für mich einen Termin bei ihrem Friseur aus, einem unglaublich schwulen Mann namens Bruno, der Haare, Fingernägel und Augenlider schwarz gefärbt trug und mehr Ringe als Finger an der Hand hatte. Auch Nase, Augenbrauen und Ohren waren mehrfach gepierct.

Nachdem Bruno zwei Stunden an mir herumgeschnitten, gesträhnt und geföhnt hatte, erkannte ich mich kaum wieder. Meine Haare, die vorher noch bis in die Mitte meines Rückens gefallen waren, reichten nur zwei Zentimeter übers Kinn und wirkten durch unzählige Strähnchen fast hellblond. Ich wusste nicht recht, was ich von meiner neuen Frisur halten sollte. Lenkte sie den Blick nicht zu sehr auf meine Nase? Auch die ungewohnte Nackenfreiheit war seltsam.

Für den Samstagnachmittag vor dem Ball hatte Fee einen Termin bei einer Visagistin arrangiert. Judith aus Ungarn kam zu Fee nach Hause und brachte neben einem riesigen Schminkkasten auch eine Gürteltasche mit bestimmt zwanzig verschiedenen Pinseln mit. Sie sah aus wie ein Model mit ihrem überlangen Pony und dem ebenmäßigen Gesicht, entpuppte sich aber zum Glück als nett und unkompliziert.

„Du Helgar, hast ein sehrr schönes Gesicht. Ich werrde es noch schönerr machen“, sagte sie und hielt, was sie versprach.

Stand ich meiner neuen Frisur anfangs noch ausgesprochen skeptisch gegenüber, war ich von Judiths Malerarbeiten in meinem Gesicht sofort begeistert. Mit jeder Farblage wurde mein Teint ebenmäßiger, meine Wangenknochen konturierter, meine Augen strahlender und meine Lippen voller.

Auch Fee war begeistert. „Wow! Du siehst so toll aus! Vielleicht sollte ich mein Outfit noch einmal überdenken, sonst stiehlst du mir heute Abend komplett die Show." Sie zupfte ein wenig unentschlossen an ihrem silbrig-grauen Kleid mit dem reichverzierten Oberteil herum, das sich eng um ihren mittlerweile gigantischen Babybauch schmiegte.

Ich selbst hatte mir ein mattgoldenes, bodenlanges Kleid gekauft. Im Gegensatz zu meinem sonstigen Kleidungsstil konnte es schon fast als bombastisch bezeichnet werden, aber tatsächlich war es ein eher schlichtes Modell, das durch sein enges, schulterfreies Oberteil und den weiten bauschigen Rock geschickt kaschierte, dass ich neun Monate lang zu viel Fast Food gegessen hatte.

Aber ich kam gar nicht erst dazu, mir allzu viele Gedanken zu machen, denn direkt nach unserer Schminksitzung mussten wir uns zusammen mit Kameramann Jens und Tonassistent Tobias auf den Weg zum Bayerischen Hof machen, einer der ersten Hoteladressen in München, wo ein Zimmer für eine Nacht so viel kostete wie meine Wohnung im Monat. An der Gründerstil-Fassade des Hotels vorbei war ein bestimmt vierzig Meter langer roter Teppich ausgerollt, dessen eine Seite von Fotowalls mit verschiedenen Werbeaufdrucken begrenzt wurde. Auf dem Boden vor dem Teppich waren im Abstand von vielleicht einem Meter Klebestreifen fixiert worden. Auf einem der Streifen stand *trend*. Unser Platz für die nächsten Stunden. Doch Fee und Tobi begannen sofort, den Klebestreifen gegen einen anderen, ein wenig näher am Eingangsportal befand, auszutauschen.

„Warum tut ihr das?", fragte ich Fee.

„Unser alter Platz war zu nahe an der Wand, vor der die Stars für Pressefotos posieren. Dort bekommst du als Filmteam keinen vernünftigen O-Ton, weil die Fotografen sich die Seele aus dem Leib schreien."

„Und was schreien Sie?"

Fee grinste. „Frau Ferres, Frau Ferres! Bitte hierher! Frau Ferres! Bitte jetzt ein bisschen mehr nach rechts drehen! Und noch einmal der Blick über die Schulter. – Du wirst es gleich hören. Als Filmteam ist es besser, sich ein wenig weiter weg zu positionieren. Ich rufe die Stars, die für uns interessant sind, dann nacheinander zu uns herüber."

„Ist Nils für euch interessant?"

Fee schüttelte den Kopf. „Nein. Er hat im letzten Jahr nichts Spannendes gemacht, seine Eltern auch nicht. Aber ich muss unbedingt versuchen, Florian David Fitz zu erwischen. Der hat nämlich gestern auf der Verleihung des Bayerischen Filmpreises den Preis für das beste Drehbuch und den Publikumspreis erhalten. Um deinen Schönebeck kannst du dich selbst kümmern."

„Er kommt also nicht automatisch zu uns?"

„Quatsch. Die Stars kommen nie von alleine, sondern immer nur, wenn sie gerufen werden. Die sind froh, wenn sie in ihren dünnen Kleidern so schnell wie möglich im Warmen sind."

Ich atmete auf. Es wäre mir sehr unangenehm gewesen, wenn Nils mich auf diese Weise nach fast einem Jahr wiedergesehen hätte, eingezwängt in einem winzigen Kästchen mit unzähligen schreienden Presseleuten neben mir und, bis die Veranstaltung endlich begann, wahrscheinlich blau vor Kälte. Denn obwohl der rote Teppich durch einen weißen Plastiktunnel notdürftig gegen äußere Einflüsse abgeschirmt war und ich zu meinem dünnen Kleid Mantel und Winterstiefeln trug, fror ich ganz erbärmlich.

Nach und nach füllte sich der Platz vor dem Teppich und ich fühlte mich zunehmend wie ein Huhn in einer Legebatterie. Doch zumindest wurde mir mollig warm. Rechts von mir packte gerade das Filmteam von RTL seine Ausrüstung aus.

„Na, Mädchen, dat erste Mal bei solch einer Veranstaltung?“, fragte der Kameramann. Er hatte blonde fusselige Haare und sah aus wie Karl Dall.

„Sieht man mir das an?“

„Du stehst ein wenig verloren herum.“

„Ja, es ist tatsächlich mein erstes Mal.“ Verlegen drehte ich mein Mikrofon hin und her. „Meine Kollegin“, ich zeigte auf Fee, die in ein angeregtes Gespräch mit der Bunte-Redakteurin zu unserer Linken führte, „hat mir gesagt, welche Fragen ich stellen muss, aber ich bin mir nicht sicher, ob ich es schaffe, mich gegen diese ganze Pressemeute durchzusetzen.“

Kameramann Karl grinste. „Du machst das schon, Mädchen.“ Er zwinkerte mir aufmunternd zu.

Fee hatte tatsächlich darauf bestanden, dass ich selbst auch Interviews führte, denn das hätte ihre Assistentin Karen schließlich auch getan. Sie selbst wollte sich voll und ganz auf die männlichen Film- und Fernsehgrößen konzentrieren. Ich dagegen sollte die weiblichen Stars fragen, ob sie vorhätten, zu tanzen oder wie lange sie gebraucht hatten, um sich für den heutigen Abend fertig zu machen. Sehr einfallsreich!

Auf einmal kam Bewegung in die Masse, Blitzlichter begannen aufzuflackern und der Geräuschpegel um mich herum wurde ohrenbetäubend laut. Jutta Speidel und der Mann von der Melitta-Werbung schritten über den roten Teppich, das heißt, sie versuchten zu schreiten, denn sie kamen immer nur wenige Meter weit. Immer wieder wurden sie von Fotografen und Kameraleuten gebeten anzuhalten und für sie zu posieren. Beide wirkten entspannt und gut gelaunt. Bei ihnen hätte ich keine Hemmungen, meine Fragen zu stellen. Doch schon waren sie an mir vorbei! Mist! Ich musste schneller reagieren. Jutta Speidel und dem Melitta-Mann folgten Uschi Glas und ihr Mann. Bei ihnen traute ich mich nicht. Dann kamen in rascher Folge mehrere Männer und Frauen, die ich nicht kannte, und Wolke Hegenbarth. Ihr würde ich meine erste Frage stellen. Ich gab Ihnen ein Zeichen und Jens und Tobi brachten sich in Position.

„Wolke, Wolke, kannst du bitte zu mir kommen!", imitierte ich den Pressejargon, den ich mir von meinen „Kollegen" um mich herum abgeschaut hatte. Doch Wolke reagierte nicht.

„Wolke, Wolke, bitte hierher!", versuchte ich es noch einmal und drängte mich auf unserer winzigen Stellfläche nach vorne. Und tatsächlich! Die Schauspielerin schaute in meine Richtung. Stolz reckte ich mein Mikrofon nach vorne und brachte mich in Position. Doch ich wurde rücksichtslos zur Seite gestoßen.

„Wolke, Mädchen, bitte dreh dich für mich doch ein bisschen nach rechts." Kameramann Karl war auf einmal überhaupt nicht mehr nett, sondern hatte sich grob nach vorne gedrängt und bombardierte die zierliche Schauspielerin mit verschiedenen Anweisungen.

Im Gegensatz zu mir war Fee in ihrem Element. Ruhig und souverän rief sie einen Star nach dem anderen zu sich herüber und stellte ihre Fragen. Aber so schnell wollte ich mich nicht geschlagen geben. Mein Ehrgeiz war geweckt und Kameramann Karl wusste ich nun auch einzuschätzen. Tom Gerhard erschien mit einer dunkelhaarigen Begleitung auf dem Roten Teppich. Er trug eine Pudelmütze und hielt eine Polizeikelle in der Hand, auch auf seinem Smoking prangte die Aufschrift *Polizei*. In diesem Aufzug brauchte ich wahrlich keine Hemmungen zu haben, ihm meine Fragen zu stellen und bestimmt würde auch er nicht zu Fees Zielgruppe gehören.

„Herr Gerhard, Herr Gerhard, bitte hier rüber!", schrie ich aus Leibeskräften und fuhr meine Ellbogen aus, um mich gegen die RTL-Batallion von rechts zu wappnen. Ich hatte Erfolg. Der Komödiant kam auf mich zu.

„Herr Gerhard, haben Sie vor, heute Abend zu tanzen?" Ich hielt ihm das Mikrofon vor die Nase und lächelte, so strahlend ich konnte.

„Dat weiß isch noch nischt", antwortete er in breitem Kölner Dialekt. „Dat hängt janz davon ab, wie die Getränke heute laufen."

„Sie brauchen also ein wenig Starthilfe?" Ich fühlte mich sehr eloquent.

Doch seine Antwort hörte ich nicht mehr, denn in diesem Moment sah ich ihn.

Er schritt Arm in Arm mit seiner Mutter an mir vorüber. Katharina Schönebeck trug ein schwarzes, tief dekolletiertes Abendkleid, er eine schwarze Hose, ein weißes Hemd und die gleiche Lederjacke wie auf unserer Fahrt nach Italien. Lächelnd unterhielten sich Mutter und Sohn mit einer Redakteurin der Zeitschrift Gala, die sich drei Kästchen links von uns positioniert hatte. Mein Magen krampfte sich zusammen.

Tom Gerhard war mittlerweile weitergegangen und wurde von Fees Freundin interviewt. Anscheinend hatte ich zu lange gebraucht, um die nächste Frage zu stellen. Und als ich wieder aufblickte, waren auch Nils und seine Mutter verschwunden.

Der Rest der Promi-Schau floss an mir vorbei. Ich stand mehr oder weniger nur herum und wartete darauf, dass die Menschenparade versiegte.

Nach zwanzig nicht enden wollenden Minuten packten Fee, Jens und Tobi endlich zusammen. Die wenigen Prominenten, die nun noch über den Roten Teppich schritten, waren für sie anscheinend nicht mehr interessant.

„Schnell, machen wir, dass wir hineinkommen. Es ist schon nach acht. Die Presse darf nur die erste halbe Stunde bei der Veranstaltung anwesend sein."

„Wir dürfen nicht den ganzen Abend bleiben?", fragte ich enttäuscht.

„Natürlich nicht. Irgendwann wollen auch die Stars einmal ungestört feiern. Das Blöde ist nur, dass direkt am Anfang des Balls das Buffet eröffnet wird. Ich muss also alle Prominenten während des Essens befragen."

Nachdem wir den Bayerischen Hof betreten hatten, begaben wir uns als erstes ins sogenannte Pressezimmer. Dort saßen bereits unzählige Fotografen vor ihren Laptops und jagten die ersten Fotos von der Veranstaltung zu ihren Bildagenturen. In diesem Raum konnten wir unsere Mäntel und Jacken ablegen und in einer Ecke waren Getränkeflaschen und Platten mit belegten Semmeln aufgebaut.

Der Ballsaal des Hotels war normalerweise bestimmt ein großzügiger, heller Raum, doch an diesem Abend platzte er fast aus allen Nähten vor lauter Menschen und das erste Wort, das mir beim Betreten in den Sinn kam, war nicht beeindruckend oder stilvoll, sondern vollgestopft. Besonders bemerkenswert fand ich die Anordnung der Tische. Im vorderen Bereich des Saals standen sie so eng, dass die Stars wahrscheinlich über die Stuhlreihe hinweg zu ihrem Platz klettern mussten, die Prominenten, die ein wenig näher an der Tanzfläche sitzen durften, hatten schon etwas mehr Beinfreiheit.

„Die Stars werden nach ihrem Bekanntheitsgrad platziert", erklärte mir Fee. „Je prominenter desto näher an der Tanzfläche und desto mehr Platz. Da dein Schönebeck mit seiner Mutter hier ist, wirst du ihn wahrscheinlich in einer der abgeschirmten Nischen finden." Fee zeigte auf einige runde Tische, die sich links von der Tanzfläche befanden. Dann verschwand sie mit Tobi und Jens in der Menge, um sich auf ihr Lieblingsobjekt Florian David Fitz zu stürzen und ich versuchte, mich zwischen den Tischreihen durchzuquetschen. Keine leichte Aufgabe, denn immer wieder stellten sich mir Film- oder Fototeams in den Weg und brüllten ihre Fragen den meist sichtlich genervten Promis zu. Es dauerte allein eine Viertelstunde, mich bis zur Tanzfläche vor zu kämpfen. Und dann noch einmal genauso lange, um in all dem Prominentengewusel Nils auszumachen. Fee hatte Recht gehabt. Ich fand Nils tatsächlich in einer der Nischen. Ein wichtig aussehender Mann mit Mallorca-Bräune redete wild gestikulierend auf ihn ein.

Da war er nun, der Mann, nach dem ich mich seit einem dreiviertel Jahr, auch wenn ich es mir nicht immer eingestehen wollte, gesehnt hatte. Nur ein paar Meter von mir entfernt. Er stand neben einer hübschen jungen Frau mit blonden Locken, die aufgeworfene Lippen und eine niedliche Stupsnase hatte und mir vage bekannt vorkam. Unwillkürlich fasste ich mir an meinen eigenen Zinken.

Auf einmal trat eine weitere Frau von hinten an die Dreier-Gruppe heran und legte Nils die Hand auf die Schultern. Katharina Schönebeck! Aus der Nähe betrachtet sah sie noch besser aus als eben auf dem roten Teppich. Sie war groß und schlank, hatte strahlend blaue Augen und weichgelockte schwarzen Haare. Sie hauchte Nils' Begleitung neben der rechten und der linken Wange ein Küsschen in die Luft. Die junge Frau sagte etwas und Mutter und Sohn lachten.

Mein Magen krampfte sich zusammen.

Nils war wieder in seiner eigenen Welt! In der glamourösen, glitzernden Film- und Fernsehwelt, prall gefüllt mit Premierenfeiern, Preisverleihungen und Charityveranstaltungen. Es war richtig gewesen, ihn in Lucca stehen zu lassen, denn ich würde in dieser Welt niemals bestehen können, es auch überhaupt nicht wollen.

Plötzlich merkte ich, wie die von Fee so eng geschnürte Korsage meines Kleides mir die Luft zum Atmen nahm, und ich wollte nur noch eins: Raus aus diesem Raum und weg von Nils, seiner Mutter und all den anderen ach so wichtigen Menschen in diesem Saal. Hilfesuchend sah ich mich nach Fee um, doch ich konnte sie in dem Meer von Kameras nicht ausmachen.

Noch einmal ließ ich meinen Blick auf Nils' Profil ruhen, versuchte mir jedes Detail von ihm einzuprägen, um es fest in Erinnerung zu behalten, seine unzähligen Bartstoppeln ebenso wie die Narbe unter seiner linken Augenbraue und die winzigen Sommersprossen auf der Nase, und wollte mich gerade abwenden, als Nils den Kopf drehte und mich ansah. Seine Augen weiteten sich und sein Arm, den er um seine Begleiterin gelegt hatte, glitt von ihren Schultern. Ich weiß nicht, wie lange wir da standen und uns über die Köpfe der Menschen hinweg anblickten. Mir kam es vor wie Minuten, aber es konnten wohl nur einige Sekunden gewesen sein.

Jemand berührte mich am Arm. Ich drehte mich um. Vor mir stand einer der hünenhaften Saalordner, die ich schon bei unserem Eintreten bemerkt hatte: „Alle Presseleute müssen umgehend den Saal verlassen!"

Ich nickte mechanisch und schaute noch einmal kurz zu Nils.

Der machte eine schnelle Bewegung nach vorn, als wolle er auf mich zu kommen. Und ich wich zurück. Nein! Ich wollte nicht mit ihm reden. Es war zu spät! Ich drehte mich um und quetschte mich, so schnell es meine hohen Stöckelschuhe und das Menschenmeer um mich herum erlaubten, durch die Menge. Eine hoch gewachsene rothaarige Schönheit funkelte mich wütend an, als ich ihr auf meiner Flucht auf den Fuß trat, ein rundlicher Mann mit Glatze verschüttete wegen mir ein wenig von seinem Champagner, doch ich brachte noch nicht einmal eine Entschuldigung heraus.

Als ich mich kurz vor dem Pressezimmer noch einmal umdrehte, konnte ich Nils nirgendwo entdecken. Wahrscheinlich hatte ich ihn abgehängt, aber vielleicht war er mir auch überhaupt nicht gefolgt. Und nachdem ich unter einem Berg von Kleidungsstücken meinen Mantel gefunden hatte, begab mich langsam zum Ausgang.

Als ich das Hotel verließ, war es draußen kalt und klar und über mir leuchteten die Sterne. Tief sog ich die metallisch riechende Winterluft ein und atmete kleine Rauchwölkchen in den Himmel aus. Ich beschloss, ein Stück zu Fuß zu gehen, um wieder einen klaren Kopf zu bekommen, bevor ich mir für die letzten Kilometer zu meiner Wohnung ein Taxi rief.

Auf einmal hörte ich schnelle Schritte hinter mir.

„Helga. Warte!"

Ich drehte mich um. Nils kam auf mich zugelaufen. Einige Meter vor mir blieb er stehen. Er atmete schwer.

„Du bist es wirklich. Was machst du hier?", stieß er aus. Er streckte seine Hände in die Taschen seiner Anzughose und sah mich an.

„Ich bin mit meiner Schwester hier. Sie muss arbeiten und hat mich gebeten, sie zu begleiten“, meinte ich steif und zog meinen Mantel noch fester um mich.

„Ich war mir zuerst nicht sicher, ob ... Du hast eine andere Frisur.“ Nils kam auf mich zu. „Schön, dich wiederzusehen.“

Ich bohrte mit meinem rechten Absatz auf dem Asphalt herum.

„Hast du noch Zeit?“, fragte er.

Ich nickte und überlegte verzweifelt, was ich Intelligentes sagen könnte, um der Situation etwas von ihrer Beklommenheit zu nehmen. Aber mir fiel nichts ein.

„Ist ganz schön lange her, dass wir uns das letzte Mal gesehen haben.“

„Ja.“

„Und was hast du die letzten Monate gemacht? Immer noch in der politischen Erwachsenenbildung tätig?“

Ich nickte erneut. „Und du? Immer noch Schauspieler?“

„Ich scheine den Absprung nicht zu schaffen.“

„Welche aufregende Rolle spielst du denn zurzeit?“

„Frag’ besser nicht!“

„Warum nicht?“

„Dr. Wohlschläger ist zurückgekehrt. Zumindest für zwanzig Folgen.“

„Und diese Rolle hast du freiwillig angenommen?“

„Ja.“ Er grinste. „Von irgendetwas muss der Porsche ja bezahlt werden“, sagte er und spielte damit auf unser Gespräch am Gardasee an.

Ich musste wider Willen lachen und fühlte, dass ich mich etwas zu entspannen begann. „Lydia wird begeistert sein.“

„Wahrscheinlich. Die Dreharbeiten haben vor vier Wochen begonnen. Aber es ist in Ordnung. Meine Rolle ist kleiner als vorher, ich habe nur drei Drehtage in der Woche und deshalb noch Zeit für andere Dinge.“

„Für welche denn?“, fragte ich neugierig.

„Ich bin dabei, einen Film zu produzieren. Mit den Kindern vom Hasenbergl. Ich habe dir davon erzählt. Erinnerst du dich noch?“

„Ja“, verwundert hob ich die Augenbrauen. „Du hast gesagt, dass du ein solches Projekt gern in Angriff nehmen würdest, es aber sehr schwer zu finanzieren sei. Wie hast du es geschafft?“

„Letztendlich war es billiger, als ich angenommen hatte. Die Kids wollen sowieso keine Gage und alle bekannteren Schauspieler konnte ich dazu überreden, umsonst für mich zu arbeiten. Das Drehbuch schreibt ein guter Freund von mir, Regie werde ich selbst führen. Und für den Rest suche ich Sponsoren. Deshalb bin ich auch heute Abend hier.“ Nils klang ganz euphorisch.

„Das ist toll. Wirklich!“

„Es ist genau das, was ich schon immer machen wollte. Nicht vor, sondern hinter der Kamera stehen. Vielleicht schaffe ich es ja, mir durch diesen Film einen Namen als Regisseur zu machen. Und wenn nicht“, er zuckte mit den Schultern, „dann bleibt mir immer noch 'Dr. Wohlschläger'. Seine Rolle kann bestimmt wieder ausgebaut werden.“

„Verstehst du dich jetzt besser mit deinen Eltern?“

„Ein bisschen. Sie finden es gut, dass ich diesen Film mache. Und ich versuche, finanziell von ihnen unabhängig zu bleiben. Momentan komme ich recht gut über die Runden. Aber jetzt erzähl' von dir.“

Er trat nahe an mich heran und nahm meine Hand in seine. Dabei stieß ich an eine Ausbeulung in seiner Hosentasche.

„Du rauchst wieder?“ Ich ließ seine Hand los und klopfte überrascht auf die Zigarettenschachtel. „Wolltest du nicht aufhören?“

„Schon. Aber ich hatte in den letzten Monaten ziemlich viel Stress gehabt und ...“ Er stockte kurz.

„Ja?“

„... ich war eine Zeitlang ziemlich unglücklich wegen einer Frau.“

Ich blickte ihn fragend an.

„Soll ich dir von ihr erzählen?“

„Wenn du magst“, flüsterte ich. Die Umgebung um mich herum begann, zu verschwimmen.

„Ich habe sie auf einer Fahrt nach Italien kennen gelernt und am Anfang mochte ich sie nicht. Aber dann ... Sie war ganz anders als alle anderen Frauen, die ich kenne."

„Anders? Inwiefern?"

Nils zuckte mit den Schultern. „Sie hat über viele Dinge nachgedacht, an die ich noch nie einen Gedanken verschwendet habe, und in guten Momenten konnte sie wirklich witzig sein."

„Und wie ging die Geschichte weiter?"

„Wir haben miteinander geschlafen. Aber danach ist sie zu ihrem Freund zurückgegangen. Zu einem Italiener. Tja, und dann ist die Geschichte aus."

Ich schluckte ein paar Male. „Vielleicht ging sie noch weiter."

„Ach? Wie denn?"

„Der Italiener hat der Frau einen Heiratsantrag gemacht, aber sie hat ihn abgelehnt."

Nils hob fragend die Augenbrauen hoch. „Ist sie nicht mehr mit ihm zusammen?"

„Nein." Ich schüttelte den Kopf. „Ist sie nicht. Schon seit einem Dreivierteljahr nicht mehr."

„Aber warum? Er war doch genau derjenige, den sie unbedingt wollte."

„Am Anfang schon." Ich merkte, wie meine Stimme drohte brüchig zu werden, aber ich redete tapfer weiter. „Aber dann ist etwas dazwischen gekommen."

„Was denn?"

Ich nahm all meinen Mut zusammen und schaute Nils direkt in die Augen.

„Du", sagte ich. „Du bist dazwischen gekommen." Und bevor ich einen Rückzieher machen konnte, redete ich weiter. „Auf dieser Fahrt ist alles schief gelaufen. Ich musste mir mit dir zusammen den Smart teilen, der Stau, die Blase am Fuß, mein Anschlag auf Giuseppe, das Gefängnis und dann die Nacht am Gardasee und die Sternschnuppen. Du warst auf einmal so anders, so nett zu mir, obwohl ich mich dir gegenüber so eklig verhalten habe. Ich musste mich übergeben. Und dann hast du nicht mit mir schlafen wollen.

Ich habe mich so geschämt. Und dann am nächsten Tag hast du es doch gewollt und ich war so glücklich, als ich neben dir aufgewacht bin und ..." Ich merkte selbst, dass ich immer schneller und zusammenhangloser sprach. Aber wenn ich Nils jetzt nicht sagte, was ich fühlte, würde ich es nie tun. „Und als du mich am nächsten Tag vor der Villa abgesetzt hast, war ich so unglücklich. Aber ich hatte Angst. Ich meine, schau uns doch an! Wir passen gar nicht zusammen. Du rauchst, ich nicht. Du isst Tiere, ich nicht. Du bist Schauspieler und ich habe immer noch keinen Fernseher. Du wirst sogar auf Veronika Hartmanns Geburtstag eingeladen Aber ich bin dir trotzdem nachgefahren. Und als ich dich nicht getroffen habe, ..."

„Du bist mir nachgefahren?", fragte Nils überrascht.

„Ja, aber du warst nicht da und dieser komische Regisseur hat mir erzählt, dass du die Rolle abgesagt hast. Ich dachte, das wäre ein Zeichen."

„Ein Zeichen wofür?"

„Dafür, dass wir überhaupt nicht zusammenpassen. Aber ich musste trotzdem die ganze Zeit an dich denken. Wie wir am Gardasee die Sternschnuppen gesehen haben, wie wir im Meer gebadet haben und ..." Ich stockte kurz. „Wie wir miteinander geschlafen haben. Es war so schön ... und ... ich musste immer daran denken. Ich muss immer noch ständig daran denken ...", fügte ich nach einer kleinen Weile hinzu und schaute auf meine Fußspitzen.

„Wie praktisch", murmelte Nils und trat noch einen Schritt weiter auf mich zu.

„Warum?"

Er legte seine Hände auf meine Wangen und hob meinen Kopf an, so dass ich ihm in die Augen schauen musste.

„Weil es mir ganz genauso geht."

Seltsamerweise küssten wir uns in diesem Moment nicht, sondern standen einfach nur da, eng voreinander, und sahen uns an.

Hinter uns lag das hell erleuchtete Hotel, über uns funkelte der Sternenhimmel. Und auf einmal war es mir egal, ob Nils und ich eine Zukunft hatten oder nicht. Denn wir hatten eine Gegenwart, und das war bestimmt mehr, als viele andere Paare von sich behaupten konnten.

Seitdem ich Mitte Zwanzig war, hatte ich Angst gehabt, in meinen Beziehungen einen Fehler zu machen, einen Fehler, der so groß war, dass ich deswegen nicht mehr geliebt und verlassen werden würde. Ich hatte so krampfhaft versucht, ihn zu vermeiden, dass am Ende überhaupt nichts mehr von mir übrig blieb, nur ein riesengroßer Klumpen Unsicherheit.

Bei Nils brauchte ich diese Angst nicht zu haben, denn ich hatte mich ihm gleich von Anfang an von meiner denkbar unsympathischsten Seite präsentiert. Ich war zickig, unfreundlich und besserwisserisch gewesen. Er musste mich aus einem Gefängnis holen und zum Dank dafür hatte ich ihm über die Füße gespuckt und ihn nach unserer gemeinsamen Nacht wegen eines anderen stehen lassen. Aber er schien mich trotzdem zu mögen.

Glücklich schmiegte ich mich an ihn und verbarg meine Nase fest in seiner Lederjacke. Nicht einmal zur Verleihung des Bayerischen Filmpreises konnte sich dieser Kerl vernünftig anziehen! Und auf einmal wusste ich, welchen Geruch ich an Nils die ganze Zeit wahrgenommen hatte, aber nicht identifizieren konnte: Nils roch nach Zigarettenrauch, nach Aftershave, nach Leder und nach Waschmittel. Aber auch noch nach etwas anderem. Er roch nach Zuhause.

Danksagung

„Niemand ist eine Insel." Dieses Zitat des englischen Schriftstellers John Donne trifft in besonderem Maße auf die Arbeit an diesem Buch zu. Denn ohne diese wundervollen Menschen, die mich auf meinem Weg zu meinem ersten Roman begleitet haben, würde es „Aussicht auf Sternschnuppen" nicht geben:

Stefan, mein „Manager", ich kann gar nicht alles auflisten, was du für mich getan hast, denn das würde den Rahmen dieser letzten Seiten sprengen. Schön, dass ich in dir meine ganz persönliche Hauptfigur bereits gefunden habe.

Thomas, du bist meine Muse. In diesem Zusammenhang bedanke ich mich auch bei Diane, Susanne und Michael. Ihr alle habt mir stets zugehört und mit Rat und Tat zur Seite gestanden. Ich glaube nicht, dass es viele Menschen gibt, die ihre Nachbarn auch als Freunde bezeichnen können.

Nadine, du bist eine mehr als würdige Patin für meine Helga. Und Nicole … Danke für deine Hilfe und Aussagen wie „Wann veröffentlichst du denn dein Buch? Ich will endlich damit angeben, dass ich dich kenne." Mit euch beiden verbinden mich so viele tolle Erinnerungen. Und was hätte ich nur all die Jahre ohne euer geduldiges Ohr, euren Kirschsecco und euren wundervollen Humor gemacht?

Isa, meine Fee. Vor deiner Meinung hatte ich Angst. Umso erleichterter war ich, als du meintest: „Das ist ja ein richtiges Buch-Buch." Vielen Dank auch für deine Einblicke in die Welt der Stars und Sternchen und dafür, dass du die Rechtschreibfehler aus meinen Promi-Namen verbannt hast Ich hatte sie tatsächlich fast alle falsch geschrieben!

Steffi, tausend Dank für dein unermüdliches Engagement und das wunderschöne Buchcover. Ja, genauso habe ich es mir vorgestellt!

Tom, mein herzallerliebster „Schwager", dein großzügiges Geschenk hat das Sahnehäubchen oben drauf gesetzt.

Martina, der große Erfolg deines „Holunderküsschens" hat mir Mut gemacht, den ersten Schritt zu wagen.

Außerdem danke ich meinem Schreibcoach Rainer Wekwerth, der Fotographin Heike Pohla, Katha, Savino, Steffi, Valerie, Daniel und meiner lieben Autoren-Kollegin Claudia Winter dafür, dass sie mir geholfen und mich in die richtige Richtung gelenkt haben.

Und last but noch least möchte ich Harmut und Renate Koppold danken, die mich bei all meinen Vorhaben stets unterstützt haben, fast zu sehr schon, denn um es mit Helgas Worten zu sagen, die rosa Brille und die blaue Zahnspange mit den Glitterpartikeln hättet ihr mir wirklich nicht durchgehen lassen müssen.

Dennoch, ihr wart und seid tolle Eltern!

Helgas Geschichte ist nun zu Ende, aber die von ihrer Schwester Fee fängt gerade erst an:

Zeit für Eisblumen

Nach der Geburt ihres Sohnes gerät das Leben der Moderedakteurin Fee völlig aus den Fugen. Der Job stresst, die Designerkleider zwicken und ihr Freund Sam scheint sie mit ihrer verhassten Kollegin zu betrüben.

Als sie von ihrem Chef in Zwangsurlaub geschickt wird, ist das Maß voll. Fee beschließt, ihr Leben zu ändern und macht sich mit Mutter Milla und Sohn Paul im Schlepptau auf ins winterliche Irland. Eine Suche nach sich selbst beginnt – und nach der Vergangenheit. Denn in Irland hofft sie, auf den Straßenmusiker David zu treffen, mit dem sie einst eine leidenschaftliche Affäre hatte. Ist er der fehlende Funke in Fees Leben?

Liebe Leserinnen und Leser,
wenn euch „Aussicht auf Sternschnuppen"
gefallen hat, besucht mich auf meiner Autorenseite:
www.katrinkoppold.de

Oder trefft mich auf Facebook:
www.facebook.com/Katrin.Koppold

Ich freue mich über Post von euch!

3824466R00160

Printed in Germany
by Amazon Distribution
GmbH, Leipzig